btb
Aus Freude am Lesen

btb

Buch

Die junge Inna kämpft in der menschlichen Einöde Lapplands ums Überleben. Die Mutter ist tot, der Vater nach einem tragischen Unglück ein verkrüppelter gebrochener, despotischer Mann. Inna kennt wenig Freude in ihrem Dasein. Und doch ist da eine namenlose Sehnsucht, eine Kraft, die aus der Wärme der Erinnerung kommt. Eines Tages besiegt Inna die Angst und begegnet Aron, einem schweigsamen Fremden, der in der weiten Fjäll- und Seenlandschaft Lapplands Pferde hütet. Eine ungewöhnliche Liebe nimmt ihren Anfang …

Fünfzig Jahre später begibt sich mitten im Winter eine andere Frau voller Schmerz und Trauer auf die Wanderschaft in die Einöde. Nach dem plötzlichen Tod ihres Mannes aus dem Leben gerissen, stößt sie zufällig auf einen vollkommen einsam gelegenen Hof und entdeckt die tote Inna an einem Brunnen im Schnee. Fasziniert spürt sie deren Schicksal nach und den eigenen Vorstellungen von Liebe.

Autorin

Elisabeth Rynell, geboren 1954, lebt in Umeå. 1975 publizierte sie ihren ersten Gedichtband, der großes Echo bei Kritik und Publikum fand. Danach mehrere Gedichtsammlungen, einen Roman und Essays. Ihren großen Durchbruch hatte sie in Schweden mit dem Roman *Schneeland,* der autobiografische Elemente enthält und von Hans W. Geißendörfer erfolgreich verfilmt wurde. Rynell erhielt dafür zahllose Auszeichnungen und stand damit monatelang auf den Bestsellerlisten des Landes.

Elisabeth Rynell

Schneeland

Roman

Aus dem Schwedischen
von Verena Reichel

btb

Die schwedische Originalausgabe erschien 1997 unter dem Titel »Hohaj« bei Albert Bonniers Förlag, Stockholm.

Die vorliegende Übersetzung wurde vom SVENSKA INSTITUTET, Stockholm, gefördert.

Der btb Verlag ist ein Unternehmen der Verlagsgruppe Random House.

3. Auflage
Genehmigte Taschenbuchausgabe September 2002

Umschlaggestaltung: Design Team München
Umschlagfoto: Premium/Natural Selection
Satz: IBV Satz- und Datentechnik GmbH, Berlin
RK · Herstellung: Augustin Wiesbeck
Made in Germany
ISBN 3-442-72377-9
www.btb-verlag.de

»Betrachte sie genau, ehe sie sich für immer zerstreuen …
Noch hast du sie eine Weile, solange das Herz
festhalten kann –
Noch dienen sie auf den Höfen der Erinnerung.«

Aus »Das Gespenst der Erinnerung« von Harry Martinson

Randbezirke. Die selten betretenen. Es ist seltsam, dahin zu kommen. Dass sie sich da befinden, so wach träumend.

Aber das Seltsamste vielleicht: ihre Schönheit. Und beim Gehen durch dieses Unbetretene plötzlich zu entdecken, es ist bewohnt. Draußen im Abseits leben Menschen, manche hier, manche da. Mikroskopische Hauspunkte. Hundegebell, das eine meilenweite Stille durchschneidet.

Auch das Unbetretene ist von Pfaden durchkreuzt. Es braucht Zeit, bis man sie entdeckt, aber sie sind da. Menschen und Tiere haben sie zusammen geschaffen, sie sind eine gemeinsame Sprache. Später haben die Menschen in ihrer eigenen Sprache weitergemacht. Sie haben alles benannt. Jede Schattierung der Landschaft haben sie benannt.

Die Randbezirke in dieser Erzählung tragen den Namen Hohaj. Früher einmal ließ sich dieses Wort deuten. Jetzt ist es ein Zeichen, ein Mal; das Gewebe, in das es geknüpft war, ist zerbröselt.

Doch die Pfade sind geblieben, die Ursprungssprache. Da begegnen sich Erinnern und Vergessen. Und hinter der Stille liegt eine noch tiefere Stille.

I | Der Ruf

Zuerst eine Erinnerung. Wir wohnten schon viele Jahre in Lappland. In einer kleinen Mulde in der Landschaft, die Wald und Berge offen gelassen hatten. Da warst du, da war ich, und dazu unsere Kinder. Sie waren klein damals.

In diesem letzten Jahr fiel den ganzen November über nasser, schwerer Schnee. Unsere Straße war blockiert, und die Birken wurden in einem Bogen niedergezwungen. Wir gingen ins Freie und versuchten den Schnee aus den Bäumen zu schütteln, du und ich. Wir lachten wie Kinder, als er in Fladen auf uns herabfiel. Stundenlang liefen wir herum und befreiten die Bäume mit langen Stangen, die wir eigens dafür angefertigt hatten. Dann kam der Vorweihnachtswinter. Der nasse Schnee gefror und wurde hart. Ständig gab es Stromausfälle. Du standst draußen im Schneedunkel und brietst Lammkoteletts auf dem Grill. Im Geruch der Holzkohle, der durch den Winterabend trieb, hatte sich die Wirklichkeit bereits in Erinnerung verwandelt.

Du wolltest die Morgenmaschine nehmen. Das Taxi holte dich lange vor sechs. Ich schlief, hörte trotzdem mitten im Dunkel eine Autotür schlagen. Jetzt ist er abgefahren, war mein Gedanke, wie ich mich erinnere.

Mehrere Tage vergingen. Wir telefonierten miteinander. Jetzt war wieder Morgen. Dunkelheit. Die Kinder schliefen im Kinderzimmer, ich schlief in unserem Bett. Warum zittern mir noch immer die Hände, während ich das schreibe? Da draußen waren die

Baumstämme unter der harten Schneekruste abgeknickt. Es war ein sehr kleines Haus mitten im Wald, tief vergraben im Schnee, weit draußen in der Dunkelheit. Klingelzeichen rissen mich aus dem Schlaf, und während ich mich zum Telefon tastete, hatte ich mich bereits in ein Tier verwandelt, aufgescheucht aus seinem Bau, witternd, Fell und Schnurrhaare gesträubt.

Eine Telefonistin.

– Ein Ferngespräch vom Bezirkskrankenhaus. Ich verbinde.

Vom Krankenhaus? Du? Aber es war doch alles in Ordnung. Ich hatte am Abend zuvor angerufen. Du warst aus der Narkose aufgewacht, du hattest Hagebuttensuppe getrunken, sagten sie, und mit dem Personal gescherzt.

Jetzt kam eine neue Stimme aus dem Hörer, eine Männerstimme, und wollte wissen, ob ich wirklich ich sei und niemand anders. Es war ein Arzt. Er sagte, etwas sehr Bedauerliches sei geschehen. Ich wog die Worte. Sehr bedauerlich. Etwas, das schlimmer war als bedauerlich, aber nicht grauenvoll, denn das sagte er nicht, nicht zutiefst tragisch, keine Katastrophe. Ich hörte nur die Hälfte von dem, was er anschließend sagte, es machte mir solche Mühe, diese Worte abzuwägen und sie mit der Tatsache in Einklang zu bringen, dass er angerufen hatte, und so früh – wie viel Uhr war es überhaupt? Plötzlich merkte ich, dass er die Operation schilderte, offenbar war er es, der operiert hatte, er berichtete, alles sei gut verlaufen, du seist gegen Abend aufgewacht. Warum erzählte er das? War später etwas passiert? Und das sehr Bedauerliche, wann würde er darauf kommen? Jetzt erwähnte er die Hagebuttensuppe. Er steuerte auf etwas zu, er hatte ein Ziel, ich beginne die Witterung aufzunehmen, beginne Wände zu ahnen, Wände, die bald einstürzen müssen. Bist du bewusstlos? Liegst du im Koma? Ich werde sofort zu dir fahren, bei dir sein, deine Hand in meiner halten, bis du aufwachst. Aber jetzt sagt die Stimme etwas. Du wärst auf der Toilette ohnmächtig geworden. Die Krankenschwester sei dabei gewesen, nein, allein wärst du nicht gewesen, nie, keinen Augenblick. Und dann die

Bahre, dass du da liegst und wieder ohnmächtig wirst, und der Alarm, der Großalarm, alle rennen, Sauerstoff, Adrenalin. Und jetzt ist die Stimme ein Fleischwolf, in den werde ich gepresst und zermahlen, Faser um Faser. Jetzt berichtet sie, wie du blau angelaufen wärst, und wie der Narkosearzt, und wie der Dienst tuende Arzt, und wie du für einen kurzen Moment aufgewacht wärst und dann das Bewusstsein verloren hättest, und wie – aber jetzt höre ich nicht mehr, was die Stimme sagt, nur vage Umrisse von Worten in dem gewaltigen Erdrutsch, der alles mit sich gerissen hat, was ihm im Weg stand, Bilder, Blitze, mein ganzes Leben und du und unser Haus und unsere letzten Gespräche, alles, alles heult und tost, so dass die Stimme, die hartnäckig leiert, der unerträgliche Fleischwolf, fast klingt wie der dünnste kleine Diskantton auf dem Klavier, er klimpert, klimpert im Sturm.

Auf einmal stand ich also auf einer endlosen Ebene aus Stille, in vollkommenem Schweigen. Die Stimme, die sagte: ... und er starb um zweiundzwanzig Uhr und... Da gefror die Welt. Doch nur für einen Moment. Dann begann sie knackend und berstend in rasender Geschwindigkeit rückwärts zu taumeln, und alles wurde aus seiner Verankerung gerissen und hart ins Rückwärts gedreht, in den Schmerz hinein. Es zerriss, jeder Faden, jede Faser zerriss unter unbezwinglichen, wahnwitzigen Kräften. Rückwärts, rückwärts, gegen den Uhrzeigersinn, gegen den Uhrzeigersinn. Ich schrie. Ich stand mitten in dem irrsinnigen Sturm und schrie. Und jetzt waren die Kinder aufgewacht. Unter schrillem Geschrei kamen sie aus dem Kinderzimmer gestürzt, völlig verstört, weinend. Und ich rief ihnen zu, ich schleuderte ihnen die ganz unmöglichen, unförmigen Worte entgegen, ihr Vater sei tot, ich stieß die Worte aus mir hervor, spie sie aus, ließ sie auf die Kinder niederprasseln, die brüllten, als würden sie geschlagen. Irgendwo am Boden tönte immer noch die Stimme aus dem Telefonhörer, während wir eng umschlungen dastanden, die Kinder und ich, und uns festklammerten, uns aneinander festklammerten.

Da war ich, da waren die Kinder. Jetzt spürte ich den Hieb, den Axthieb. Wir sanken in uns zusammen, mitten in ihn hinein, es trieb uns hinein.

Bestimmt verging Zeit. Stunden vergingen. Ein Freund kam die Kinder holen. Wieder und wieder mussten die Rückwärtsworte ausgesprochen, die Hiebworte zwischen meinen Zähnen hervorgestoßen und herausgepresst werden. Es war jetzt hell, weiß. Es war ein Tag. Das begriff ich. Es würde weiterhin Tage geben. Wie unsinnig. Die Tiere im Stall mussten gefüttert werden. Sollte ich das tun?

Die Ziegen waren still, als ich zu ihnen kam. Sie sahen mich. Sie rührten das Heu nicht an, das ich ihnen hinstreute. Da weinte ich mit ihnen. Weinte zusammen mit ihnen und erzählte ohne Worte. Und es war so still da drinnen bei ihnen. Lauschen. Tiere wissen eine Menge. Manche Dinge verstehen sie besser. Und ich hatte schon aufgehört, ein Mensch zu sein. Das sah ich in den Augen der Ziegen. Ich war eine von ihnen. Im Unermesslichen, im Formlosen.

Später, als ich aus dem Stall trat, geschah etwas. Da lag Schnee. Da stand die Welt. Da waren die Bäume. Alles war offen. Offen. Ich konnte geradewegs hineingehen. Geradewegs in alles hineingehen. Doch eine innere Stimme deutete auf unser Haus, deutete und sagte: Dahin sollst du, in dieses Haus sollst du hinein. Ich wusste nicht, ob es eine Stimme war, auf die man hören sollte. Und das Haus wirkte so klein, so beliebig. Bestand wirklich ein Zusammenhang zwischen mir und diesem Haus? Dass ich da hinein sollte und Platz darin finden?

Ich schaute hinauf zum Wald. Da war noch eine andere Stimme. Wie ein Ruf in meinem Inneren. Ein Ruf und der Wald und der ganze Himmel. Wirklich, ja. Wirklich. Aber die erste innere Stimme sagte: Geh jetzt, geh zu der Tür da, das ist deine Tür, das ist dein Leben da drinnen. Geh jetzt, öffne die Tür.

Und ich ließ den Ruf draußen im Schnee. Ließ ihn da zurück. Nun hatte ich ihn gehört. Wie er in mir klang, im Offenen.

Er war einer von denen, die über die Landstraßen zogen. Manche zogen kreuz und quer durchs Land. Andere hielten sich an kleinere Reviere. Landstreicher nannte man sie. Wie herrenlose Hunde, wie streunende Katzen, wie Stand- und Strichvögel. Etwas hatte sie in Bewegung gesetzt. Etwas hatte sie hinausgeschleudert. Jede Landstraße trug einige von ihnen. Wie eine Unruhe. Die Sesshaften wurden in ihrer Sesshaftigkeit gestört. Dass es sie hinausgetrieben hatte, diese Jammergestalten, dass es sie umtrieb. Es lag ein Unbehagen darin. Harte und schorfige Haut hatten sie. Ihr Blick war landstraßenweit. In den vier Wänden wurde er zusammengedrängt und zu einem harten Strahl gebündelt, einem geschliffenen Lichtstrahl. Und der traf die Sesshaften. Der Landstreicherblick, hieß es.

Er nannte sich Aron. Nach unzähligen Jahren zur See war er in Simrishamn an Land gegangen. Er hatte sich auf den Weg gemacht. In der Welt herrschte Krieg. Lebende und tote Männer waren im Lehm der Äcker von Europa eingegraben. Er bewegte sich weg vom Krieg, er ging nach Norden, das hatte er sich in den Kopf gesetzt. Immer nur landauf gehen und gehen. Es war ein fremdes Land, er hatte kein Recht, da zu sein, er hatte kein Recht, irgendwo zu sein. Jetzt ging er instinktiv nach Norden, als folge er einem Ton. Seit einem Monat war er auf Wanderschaft. Er hatte Stockholm passiert, hatte die Stadt an einem knappen Tag durchquert. Er war hungrig. Er mochte nicht betteln, wollte nicht an den Falschen geraten. Ins falsche Haus, an die falschen Menschen. Nein, er wollte, dass man ihn aufnahm. Er hatte eine Sehnsucht.

In seiner Begleitung hatte Aron zudem einen Hund. Ein riesiges, schwarzes Hundegeschöpf, mit einem Maulkorb aus geflochtenen Weidenzweigen. Er nannte den Hund Lurv, und das war ein passender Name. Nur mit großer Mühe gelang es ihm, sich und seinen Hund so weit zu ernähren, dass sie sich auf den Beinen hielten. Aber es gab Leute, die Mitleid mit dem großen Hund hatten, dass er wie ein Landstreicher auf Wanderschaft sein musste. Man gab ihm Schlachtabfälle, verschimmeltes Brot, Kartoffelschalen. Und dann bekam auch Aron ein Stück Brot oder eine kalte Kartoffel, um sie sich in den Mund zu stecken, während der Hund fraß.

Kaum hatte er die Ebene von Uppsala hinter sich gelassen, wurden die Abstände zwischen Dörfern und Katen größer. Da gab es viel Wald. Und kalt war es. Immerhin war ja Winter, Weihnachten hatte er in Uppsala verbracht. Aber der Wald. Was für eine Welt war das? Dieses ganze Land, das er durchwanderte, schien vor allem von Wäldern bevölkert. Schon als er an einem der ersten Tage Kristianstad passiert hatte, schlossen sich diese dunkelgrünen Nadelbäume um ihn. Danach ging er tagelang unter Bäumen. Anfangs erschienen sie ihm hauptsächlich als Hindernis, er konnte nichts sehen, die Bäume standen im Weg. Aber nach einer Weile lernte er sehen, was zwischen den Bäumen war. Dass es da eine Welt aus Licht und Schatten gab, eine Welt aus Räumen, aus ständig neuen Räumen, die sich ihm öffneten. Und da ging er, ein verwunderter Gast in einem ungeheuren Haus. Jetzt stand der Wald winterstill und klirrte leicht mit seinen Kältekristallen. Lurv wurde seinen Maulkorb los und scharrte im Tiefschnee nach Wühlmäusen. Auf Aron wartete viel Hunger zwischen den Höfen, Meilen von Hunger waren zu durchwandern. Wenn die Kälte groß war und er lange Zeit nichts gegessen hatte, bildete er sich ein, die Eingeweide klapperten wie leere, tote Schalentiere in seinem Leib. Dann zwang es ihn zu den Häusern. Und es war unvermeidlich, dass er dabei manchmal auf die eine oder andere Art fehlging.

Aber mitunter konnten Fehler sich als günstig erweisen. Etwa in einem Einödhof in den Wäldern zwischen Hälsingland und Medelpad. Es war in der Abenddämmerung. Die Frau des Hauses lag in den Wehen, als er ankam. Aron fürchtete sich zutiefst davor, die Nacht im Wald verbringen zu müssen. Plötzlich war es so kalt geworden. Und weit und breit kein Haus zu sehen. Lurv fror so sehr an den Pfoten, dass er hinkte.

– Verschwinde! Hier kommt keiner herein! Sie liegt in den Wehen!

Er verkroch sich in sich selbst, trat rasch von der Haustür zurück und machte Lurv ein Zeichen, ihm zu folgen. Der Boden knirschte unter seinen Füßen, es tat schon beim bloßen Hören weh. Das Geräusch der Haustür, die wieder aufflog, war bereits unwirklich, genau wie die Stimme, die durch die schneidende, einschnürende Frostluft schrie.

– Bist du noch da? Kannst du melken?

Aron blieb lauschend stehen. Er verstand die Worte nicht, er drehte sich nicht einmal um.

– Hörst du nicht? Kannst du melken, Mann?

Jetzt drehte Aron sich um. Im Dämmerlicht gewahrte er den Mann auf der Vortreppe als unförmigen Schatten.

– Ja, rief er. Ja-a.

– Na, komm schon her, es eilt! Nimm die Kinder mit zum Melken in den Stall, dann geh ich die Hebamme holen.

Aron war unverzüglich zur Kate zurückgekehrt. Eine kleine Schar von Kindern stand auf dem Treppenabsatz. Der Mann reichte ihm einen Eimer.

– Es wird noch schwer da drinnen, sie hat es schwer, murmelte er, während er die Stiefel anzog. Und eine verdammte Kälte ist das.

Er schnallte die Skier an und fuhr los.

– Ist sie allein da drin?, rief Aron ihm nach.

– Nein, nein, hörte er die Antwort des Mannes vom Waldrand.

– Großmama ist da, sagte das größte von den Kindern leise.

– Kommt jetzt, sagte Aron. Habt keine Angst. Der Hund ist fromm wie ein Lamm.

Die Kinder folgten ihm in einigem Abstand hinunter zum Stall. Er versuchte mit ihnen zu reden und fragte sie nach dem und jenem, aber sie antworteten leise und einsilbig, vielleicht verstanden sie nicht, was er sagte. Er molk die Kühe ziemlich linkisch und ungeübt, er war nicht mehr in die Nähe einer Kuh gekommen, seit er vor undenklichen Zeiten seine Inseln verlassen hatte. Lurv schnarchte laut in seiner Ecke, und ein paar Holzscheite glühten gleichmäßig in der Feuerstelle. Er gab den Kindern und sich selbst von der lauwarmen Milch zu trinken. Als der Mann spätabends wiederkam, war Aron als Einziger wach.

– Es wird schon gut gehen, sagte er, als Aron fragte.

Aber das Kind wurde tot geboren. Und Aron durfte bleiben, während der Mann sich auf den Weg machte, um das Kleine zu beerdigen. Fast eine Woche lang blieb er in der Kate.

Meistens jedoch wollten die Menschen seine Hilfe nicht. Misstrauisch von der Herrschaft beäugt, wurde er allenfalls gnädig in die Stallwärme gelassen.

– Aber das Untier muss er draußen lassen, sagten sie dann oft.

Aron empfand eine unerträgliche Schuld, er wusste nicht genau, weshalb. Eine Schuld, eine Last.

– Wird es denn nie ein Ende haben mit diesem Landstreicherelend?, meinten manche sagen zu müssen, wenn sie ihn da in der Türöffnung stehen sahen.

Aber dann wandte er sich von ihnen ab und ging. Menschen dieses Schlages ertrug er nicht. Er fand, es genüge durchaus, wenn er seine Schuld allein auf sich nahm und auch die eigene Qual. Seine eigene Schande war ihm gerade genug. Sie hing ihm wie ein Sack auf dem Rücken, ein prall gefüllter Sack.

Und in diesem Jahr lag der Winter da, wo er lag. Ihm war, als hätte er sich darin bewegt, solange er sich erinnern konnte. Zuweilen versuchte er sich spielerisch die Landschaft ohne Schnee vorzustellen. Das Grün. Die Blumen in den Gräben. Und die Berge, die ständig in der Ferne warteten, welche Farbe hatten sie wohl unter dem Weißen? Und die Luft, ein lauer Wind? Hier ging kaum ein Lüftchen, hier war es windstill. Reglos standen die Bäume drinnen im Wald, wie Zwischenräume, wie in Erwartung. Die Sonne war weiß am Himmel, und der Boden war weiß und die Berge und die Bäume und die Hausdächer. Der Rauch, der aus den Schornsteinen stieg, war ebenfalls weiß. Aber am schlimmsten war das Weiß des Mondes in den Nächten, in denen ihn keiner hatte aufnehmen wollen. Da fragte er sich selbst, wohin er eigentlich unterwegs war, was er sich über sein Leben einbildete. Früher hatte er sich nie die Mühe gemacht, die Gedanken in Worte zu fassen, doch in diesen Nächten musste er die Worte aufspüren für das, was er tat. Und die lauteten ungefähr, dass er heimfinden wollte. Dass da ein Ton war. Ein Ruf.

Als Aron im Februarwinter Umeå erreichte, beschloss er, seine bisherige Himmelsrichtung aufzugeben und stattdessen dem Umefluss ins Land hinein zu folgen. Es hatte etwas mit dem Wald zu tun, eine Sehnsucht immer tiefer einzudringen, war in ihm aufgeblüht. Er dachte, es müsste ein großes, stilles Land sein, das ihn da drinnen erwartete. Er würde nicht mehr einfach strikt nach Norden gehen, sondern sich von der Eingebung leiten lassen.

Auf diese Weise gelangte er ein paar Tage später nach Racksele, einem Marktflecken schon ein gutes Stück weit in Lappland. Die Dunstwolken der Stromschnellen hingen wie weiße Standbilder über dem Fluss, als er die Brücke überquerte. Es war früh am Vormittag und bitterkalt, und weder er noch der Hund hatten seit Umeå etwas Ordentliches zu essen bekommen.

– Zu diesen Häusern gehen wir nicht, murmelte er starr seinem Begleiter zu. Wir gehen einfach weiter geradeaus. Heute folgen wir der Sonne.

So wanderten sie mit der Sonne in den Augen schnurstracks vorbei an den Holzschlössern der Forstwirtschaftsunternehmen und verließen Racksele Richtung Süden. Es ging schnell, bald waren sie wieder vom Wald umschlossen. Auf einem Kamm am Ende einer langen Steigung war es, als öffnete sich vor ihnen das ganze Land in einem Moor, das sich in alle Richtungen ausbreitete. Ja, plötzlich war die Landschaft ein Meer, und auf diesem Meer segelten Wälder und Berge und Hügelketten in immer dünneren Schichtungen, bis man schließlich nicht mehr sah, wo das Land aufhörte und der Himmel anfing.

Aron blieb stehen. Er stand, eine Hand auf Lurvs Nacken, und betrachtete es einfach. Mitten in all seiner Verfrorenheit, all seinem Hunger spürte er so etwas wie eine kleine Bewegung, etwas, das kratzte und scharrte. Er lachte auf, rau, fremd. Er sog so viel Luft ein, wie in ihm Platz fand. Seine Hand kniff in den Nacken des Hundes, er schloss die Augen und streckte seinen Hals nach oben, nach oben.

– Komm!, stieß er zischend hervor. Und dann rannten sie los. Hinaus in all das.

Sie liefen durch Wälder, hinauf zu den Höhen, hinab in die Senken, durchquerten gefrorene Flussläufe, erreichten ein Dorf, wo Aron genug Mut schöpfte, um in einigen der Häuser auf seinen Mund und seinen Bauch zu deuten. Und sie verließen das Dorf mit ein paar klappernden Brotkanten im Magen, gingen und gingen. Gegen Nachmittag, nicht allzu weit von dem Dorf entfernt, kamen sie an eine Wegkreuzung. Rechts führte ein Weg schnurstracks nach Westen, wie mit dem Messer durch den bewaldeten Fjäll geschnitten. In ihn bogen sie ein.

– Hab ich's nicht gesagt, heute folgen wir der Sonne!, rief Aron triumphierend seinem Hund zu.

Der Sonnenball stand tief zwischen den Bäumen, da hinten, wo der Weg steil anstieg. Sie befanden sich jetzt mitten in dem Märchenland, das sie hinter dem Moor nahe bei Racksele gesehen hatten. Die Kiefern waren verschwunden, geblieben waren die Fichten, sehr dürr und ernst in ihren eng anliegenden Schneegewändern. Sie standen ziemlich licht, und fast überall sah man Moore zwischen ihnen hervorschimmern. Und darauf waren hier und da kleine gekrümmte Tannen und noch krummere verkrüppelte Birken aufgestellt wie auf einer Bühne. Die Berge waren jetzt näher herangerückt. Aron spürte, dass sie um ihm waren, er konnte sie in ihrer Fülle sehen, vom Fuß bis zum Gipfel. Und sie waren sehr schwer. Der Weg wand sich mitunter gewaltig empor, dann lag er wieder ausgestreckt vor ihnen.

Als sie geraume Zeit auf diesem Weg gegangen waren und er nicht die Spur einer menschlichen Behausung entdeckt hatte, nein, nicht einmal eine Scheune, begannen Freude und Zuversicht des Vormittags nach und nach der Mutlosigkeit zu weichen. Jetzt ging es wieder steil bergauf. O Gott, wie er fror! Die Nahrung aus Brotstücken, die er zu sich genommen hatte, war bestimmt aufgebraucht. Tief unten im Bauch begann ein Grummeln und Rumoren. Jetzt zehrte er sich selber auf, nagte an seinem Fleisch, seinen Muskeln, ja, sogar die Knochen wurden langsam vom rasenden Hunger gefressen.

Wenn er hungrig unterwegs war, geschah es oft, dass ihn Fantasien darüber heimsuchten, wie er von seinem eigenen Hunger aufgefressen wurde. Ganz deutlich sah er vor sich, wie ihn der Hunger verzehrte, wie er von innen aufgefressen wurde, bis er plötzlich einfach in sich zusammenfallen würde, leer und ausgehöhlt wie eine Larve, an der sich ein Hautflügler gesättigt hat. Diese Gedanken quälten ihn beinah mehr als der Hunger selbst, sie klammerten sich an ihn und weigerten sich zu verschwinden, ständig waren diese Bilder da, die ihn mit Ekel erfüllten.

Es ging immer weiter bergauf. Lurv fing an zu hinken. Und jetzt bemerkte Aron eine Veränderung um sich herum. Wind war aufgekommen. Und der Himmel, den die Sonne soeben verlassen hatte, hatte sich in Wolken gehüllt. Jetzt wehte der Schnee aus den Tannen am Wegrand, überall entstanden dichte Schneewirbel, sie quollen in großen, prallen Wolken aus den dürren Bäumen und sanken sacht zu Boden. Aron hielt Lurv so dicht bei sich, wie er irgend konnte, und mit zusammengekniffenen Augen, weit vorgebeugt, drängte er sich vorwärts durch den Schnee, der immer dichter aus den Bäumen und vom Himmel wirbelte. Jetzt bekam er den Wind zu spüren. Er hörte, wie er brauste und pfiff, wie er Anlauf nahm und zupackte, wie er rüttelte und durch den Wald heulte. Der Schnee drang von überall her auf seinen Körper ein, an Nacken und Hals entlang, zwischen den Ritzen des Mantels hindurch, in die Ärmel, die Hosenbeine hoch, in den Hosenbund hinab – es gab kein Erbarmen, wie fest er auch den Mantel zusammenhielt und den Hut in die Stirn zog. Bald konnte er selbst Lurv kaum noch erkennen, obwohl er ihn an seinem Bein spürte. Das einzig Wichtige war, auf dem Weg zu bleiben. Denn irgendwo musste der ihn schließlich hinbringen. Ein Weg, dachte er, kann sich nicht einfach nur ins Nichts bohren. Er muss ja irgendwohin führen.

Aber jetzt türmte sich der Schnee so schnell, dass er auf dem Weg oft genauso hoch lag wie daneben. Im Wald ging es noch an, aber als sie wieder auf die Moore hinauskamen, war es fast unmöglich zu erkennen, was in all diesem Weißen der Weg war. Er schaute direkt nach unten, sah aber oft nicht einmal die eigenen Füße. Er probierte es mit Tasten – war es da hart, war da ein Weg gebahnt? Lurv wusste es offenbar besser, er trabte wie selbstverständlich drauflos, und so gab Aron schließlich auf und ließ sich von seinem Hund durch den Sturm führen.

Die Windböen fegten heran und wurden mit jedem Mal stärker. Mitunter hörte man mitten in all dem Getöse Geräusche wie von umknickenden Bäumen. Und unablässig senkte sich der Schnee in dichten Schwaden auf sie herab. Aron musste sich das Gesicht mit der Hand freikratzen, damit er sehen und atmen konnte.

Allmählich gelangten sie in ein Dorf, aber das merkte Aron nicht. Er sah nicht die Lichter der Häuser am Wegrand, er ging und ging, das Gesicht auf die Brust geneigt, rings um ihn herum der Sturm. Er dachte an nichts, bis auf dies eine, vorwärts zu kommen. Aber dann löste sich das Halstuch, das er um den Hut gebunden hatte. Da blieb er stehen und versuchte mit seinen ungeschickten, umwickelten Händen die Enden des Halstuchs zu packen und sie aufs Neue zu verknoten. Er hob den Kopf ein wenig und begriff zuerst nicht, was er sah. Kleine mattgelbe Vierecke draußen in der Dunkelheit. Und Lurv wirkte unruhig an seiner Seite.

Es dauerte eine Zeit, bis er erkannte, dass es tatsächlich Häuser waren, die er sah, dass sie in ein Dorf gekommen waren. Er tätschelte Lurv leicht mit der Hand und versuchte etwas zu sagen, doch das Gesicht war wie ein Panzer, der Mund ein zugefrorenes Loch. Es kam nur ein Knurren aus der Kehle, das der Sturm sogleich mit sich fort in die Dunkelheit riss.

Eine Weile stand Aron da und graulte sich. Aber an einem Abend wie diesem konnte ihn doch wohl keiner abweisen. Also watete er durch die Schneewehen hinauf zum Lichtschimmer in den Fenstern, Lurv hielt sich dicht an seinen Fersen.

Als er endlich die Außentür des Hauses, vor dem er angekommen war, aufzustemmen vermochte, fuhr der Sturm mit ihm hinein.

– Mach die Tür zu, Mensch!, rief es aus der Stube. Sonst müssen wir uns heute Abend ins Freie schaufeln!

Es war ein hartes Stück Arbeit, die Tür wieder zu schließen, der Schnee hatte sich schon auf der Schwelle getürmt, so dass er ihn mit den Füßen wegschieben musste. Dann blieb Aron schweigend in der Diele stehen, in die er geraten war.

Zur Stube hin war es offen, aber er sah nichts. Er stand versunken in sich selbst, stumm, geblendet. Es war, als könnte er nicht aus sich heraustreten, als hätten Sturm und Kälte und Hunger ihn tief in einen Winkel gepresst, und nun fand er nicht zurück zum Ausgang.

In der Stube saßen ein Mann und eine Frau und eine Schar Kinder bei ihrem Abendbrot. Sie löffelten ihre Grütze und warteten schweigend.

Aron begriff, dass er etwas sagen müsste. Zum Beispiel, dass er ein Dach über dem Kopf suchte, dass der Sturm, dass Lurv. Und dass er es entgelten würde. Er begriff mehr und mehr, dass er dies aus sich herausbringen musste, und versuchte umständlich seine Stimme wiederzufinden. Jetzt ließ er ein eigentümliches Räuspern hören.

– Entschuldigung, sagte er. Dann wurde es still.

Der Hausherr legte den Löffel weg und richtete seinen Blick auf den Fremden. Er war nicht unfreundlich, der Blick. Aber lang. Er schaute, bis ihre Blicke sich trafen, bis der Blick des Fremden sich aus seinen Höhlen gegraben hatte.

– Helga, sagte er dann. Hilf dem Mann aus dem Mantel und den Stiefeln. Er ist ja regelrecht eingeschneit!

Nicht einmal den Hut hatte Aron herunterbekommen. Dieser war wie ein kleines Haus aus Schnee, fest ans Halstuch zementiert, das wiederum irgendwo unter dem Mantel verankert war. Die Frau fing damit an, ihm behutsam den Hut und das lange Halstuch abzunehmen, so dass sein Gesicht zum Vorschein kam. Sie sah ihn flüchtig an, aber Aron schämte sich und hätte sich am liebsten wieder verkrochen. Der Schnee stürzte in Klumpen zu Boden, als sie ihm aus dem Mantel half. Wieder durchströmte ihn die Scham, er wollte etwas tun, konnte sich aber zu nichts entschließen, und so blieb er einfach mitten in der Diele stehen wie ein großes, schweres Tier. Die Frau hatte ihm einen Stiefelknecht zum Abstreifen des Schuhwerks hingestellt, und Aron mühte sich jetzt heftig damit ab, er wollte es selbst erledigen, dieses wenige wollte er ohne Hilfe tun. Er wollte der Frau auch etwas sagen, doch das einzige Wort, das ihm einfiel, war Entschuldigung, und das hatte er ja bereits gesagt. Vielleicht könnte er auch danke sagen, aber damit wartete er besser noch ein wenig. Es reute ihn, dass er nicht guten Tag oder guten Abend gesagt hatte, als er hereinkam. Was dachten sie jetzt wohl von ihm, diese Menschen, sie mussten sich ja fragen, was für einer er war? Und Lurv war auch noch da. Was sollte er mit Lurv anfangen, der draußen angebunden war? Alles andere war ja schon mehr als genug.

Inzwischen hatte die Frau einen Besen geholt, und damit bürstete sie den restlichen Schnee aus seinen Hosen. Beim Bürsten drehte und wendete sie ihn, und Arons Blick kehrte sich wieder gequält nach innen, ganz nach innen, wo ihn keiner finden konnte. Als er ihr schließlich von Angesicht zu Angesicht gegenüberstand, lächelte sie. Wie ein fernes Echo drang ihr Lächeln in ihn ein, und wenn er auch nicht zurücklächeln konnte, vermochte er sie doch anzusehen.

– Aha!, sagte sie mit erstaunlich starker und durchdringender Stimme. Jetzt lässt er sich sehen!

Sie blickte zu ihrem Mann hin.

– Dann kann er doch jetzt erzählen, wer er ist, fuhr sie fort.

Arons Lippen bewegten sich ein wenig, während er schaute, bald auf sie, bald auf den Mann.

– Aron Ryd, brachte er endlich heraus. Ihr könnt mich Aron nennen, sagte er. Und es war deutlich zu hören, dass er mit einem fremden Akzent sprach.

– Na, dann bekommt Aron Ryd erst mal etwas zu essen, entgegnete die Frau sofort und schob ihn in die Stube, hin zu den anderen.

Aron sah die Menschen an, die rings um den Tisch saßen, den Mann, die vier kleinen Kinder, er sah sie an, ebenso schüchtern wie neugierig, während die Frau Grütze und Milch in eine Schale schöpfte und diese vor ihn hinstellte.

– Iss jetzt, sagte sie.

Er aß schweigend, die Blicke der anderen auf sich gerichtet. Es waren jedoch gute Blicke, sie betrachteten ihn ohne Misstrauen, er konnte es nicht fassen. Diese Menschen müssen etwas Besonderes haben, dachte er.

Das letzte Mal, dass er eine warme, gekochte Mahlzeit an einem Tisch in Gesellschaft anderer zu sich genommen hatte, war bei den Leuten in der Kate zwischen Hälsingland und Medelpad gewesen. Seitdem hatte er sich mit kalten Kartoffeln und Brot und Essensresten begnügt. Es musste mehrere Wochen her sein. Plötzlich taten ihm die Tiere Leid, die nie warmes Essen bekamen. Von der Wärme fühlte er sich fiebrig. Sein Gesicht brannte, es musste hochrot sein. Sorgfältig kratzte er die Schale aus und leckte sich die Lippen.

– Ihr sollt Dank haben!, sagte er.

– Wenn er nur satt geworden ist, dann …

– Danke, sagte er noch einmal. Und jetzt sah er von der Frau zum Mann, forschte gleichsam in ihren Augen.

– Es ist so, begann er schließlich, es ist so, dass ich meinen Hund dabei habe.

– Aber dann lass ihn doch herein, erwiderte der Herr des Hauses unverzüglich.

– Er ist ziemlich groß. Er ist vor der Tür angebunden.

– Lass ihn ruhig in die Diele. In diesem Haus haben wir keine Angst vor Hunden.

Als Aron die Tür öffnete, toste der Sturm in einer Welle von weißem Dunst und Schnee herein.

– Du kannst jetzt hereinkommen, Lurv, murmelte er und löste den Strick.

So rasch er konnte drückte er die Tür wieder zu und blieb mit dem Hund in der Diele stehen.

Die Kinder, die sich neugierig genähert hatten, rannten weg und versteckten sich. Der Mann blieb mitten im Raum stehen und starrte nur. Lurv schüttelte den Schnee aus dem Fell, dass es nur so wirbelte. Jetzt lachte der Mann auf, ganz kurz.

– Und du schwörst, dass es kein Bär ist, den du da angeschleppt hast?

Aron schaute ihn verwundert an. Machte er Scherze?

– O du allmächtiger Gott!, schrie in diesem Moment die Frau, die hinter ihm vorgetreten war.

– Ist das wirklich ein Hund?, fragte der Mann und starrte Aron mit kugelrunden Augen an. Ist das dein Ernst? Ein Hund!

Aron nickte eifrig und lächelte vorsichtig. Darauf brach der Mann in Gelächter aus. Hinter ihm stand seine Frau mit dem

Kleinsten im Arm und lachte so, dass sie schrie. Plötzlich stürzte ihr Mann zu einem Schrankbett in einer Ecke der Stube.

– Papa, rief er aufgeregt. Das musst du gesehen haben, Papa! trompetete er hinter den Bettvorhang. Wir haben nämlich einen zahmen Bären in der Diele. Denn er ist doch zahm?, fuhr er fort, mit einem Zwinkern zu Aron hin. Unterdessen bugsierte er einen kleinen Greis aus dem Schrankbett heraus und trug ihn dann auf den Armen hinüber zur Türöffnung.

– Siehst du jetzt, Papa?, brüllte der Hausherr dem Alten ins Ohr. Siehst du?

Das Kind auf dem Arm der Frau schrie laut vor Schreck, während die Mutter sich vor Lachen schüttelte. Die etwas größeren Kinder saßen zusammengekauert unter dem Esstisch und hatten ebenfalls zu lachen angefangen, vielleicht eher über das Lachen als über den Hund. Aron stand neben seinem durchnässten Riesenhund, warm und benommen von all der Freude, die rings um ihn herum ausgebrochen war. Alle waren wie von Sinnen vor Lachen.

Schließlich musste der Mann den Alten wieder zurückbringen und ihn in das Schrankbett setzen. Die Tränen liefen ihm über die Wangen, genau wie seinem Vater.

– Ja-a, sagte er matt. Kein übler Hund, den du da hast...

Ein weiterer Lachschauer fuhr durchs Zimmer.

– Das braucht wohl viele Tagwerke, um den da zu ernähren?, fuhr er fort, in einem entschlossenen Versuch, sich zu sammeln.

– Do-och. Nun ja. Aron zögerte. Aber das meiste ist Fell, behauptete er dann und tätschelte Lurv ein bisschen an der Flanke.

– Das meiste... Fell...!, stöhnte die Frau in einem neuen Lachkrampf. Nee. Nee, jetzt übertreibt er aber!

Lurv selbst hatte sich in all diesem Lärm hingelegt, die Schnauze auf den Vorderpfoten. Mit gequältem Blick beobachtete er die entfesselten Menschen.

Aron spürte in sich seltsame Gefühle von Verbundenheit, von unbegreiflicher Heimkehr, er betrachtete die Gestalten da in der

Stube und wusste nicht, ob er wirklich glauben sollte, was er gerade erlebte.

– Na ja, sagte die Frau plötzlich und sah den Hund an. Dafür muss man ihn doch belohnen, den armen Hund.

Rasch schüttete sie Kartoffelschalen und andere Reste in den Grützetopf und stellte ihn Lurv hin.

– Das ist alles, was es heute gibt...

– Ja, morgen müssen wir die Kuh schlachten... Wenn er sie nicht selber schlachtet! Übrigens, ich heiße Salomon, das habe ich wohl zu sagen vergessen.

Der Mann nahm Arons Hand und drückte sie.

– Und das hier, das ist Helga, fuhr er fort und packte seine Frau.

– Der Alte da drüben, das ist mein Vater, er ist gebrechlich, kann man sagen. Und die da, fuhr er fort und zwinkerte den Kindern zu, die heißen die Kleenen! Damit du Bescheid weißt!

Sie hatten sich an die Feuerstelle gesetzt. Salomon rauchte Pfeife und stieß große Rauchwolken aus. Aron musste vom Sturm berichten und wie weit er an diesem Tag gegangen war. Als sie fragten, woher er denn käme, da er mit einem so merkwürdigen Akzent sprach, mussten sie sich mit der ausweichenden Antwort begnügen: – Aus einem Nachbarland. Und sie begnügten sich, sie fragten nicht weiter. Dann begleiteten sie Aron hinauf zu einer Dachkammer, wo er schlafen sollte. Allein da oben, faltete Aron seine Hände und betete sich in den Schlaf.

Es ist leer. Ich höre jetzt mein eigenes Herz. Und das andere. Tief unter dem Schnee. Das gewaltige, heiße.

Die Fichten, sie lauschen auch. Die ganze Landschaft. Kleine, stille Wolken von Frost, aufgehängt über den Talschluchten. Und der Ruf, dieser Ruf, der mit dem Stock in mir stößt. Er trägt einen Weg in sich. Ich will nichts als gehen. Will? Ich will gar nichts. Das bin nicht ich. Es sind die Beine, die Schritte, es ist das Gefühl von Weg. Der Ruf, der sich aus mir aufschwingt wie der Vogel aus der Birke. Irgendwo tiefer zwischen den Bäumen warte ich vielleicht auf mich. Es ist sonderbar. Meine Schritte, ich höre mich gehen.

Wer ist es, der die glatten, stillen Stunden hier ausgebreitet hat? Die Schneestunden. Endlose weiße Weiten. Glaube ich wirklich, meine Schritte könnten die Zeit essen? Oder sie kreuzen? Oder sie einholen? Mitunter denke ich, die Zeit könnte die Stunden verlassen. Sie einfach zurücklassen wie leere Samenkapseln. Und ein Mensch könnte in einer solchen Stunde gefangen sein, die von der Zeit verlassen wurde.

Ich habe mir selbst gelobt, dass ich versuchen will zu erzählen. Eine Erinnerung habe ich bereits erzählt, von diesem Morgen im Schnee. Aber immerzu zeigt es sich, dass es zu viele Erzählungen gibt. Und ich bilde mir ein, keine Erzählung wäre wahr, wenn ich nicht alle erzähle. Aber die Talschluchten hier sind gewaltig. Die Rufe zerschellen darin. Verfangen sich unter den Fichtenschleppen. Alles ist fern. Der Schmerz. Die Erzählungen. Ich. Wer ist es, der hier wohnt? Wessen gewaltiger, unhörbarer Ruf ist es, der alles erfüllt? Der Riese Niemand hat große Räume zur Verfügung, viel Luft, viel Licht um sich herum. Meine Räume sind zersprengt. Es schreckt mich nicht, dass Niemand eine so starke Stimme hat. Es ist weit weg. Die Stille ist aus Erz. Und die Kälte steht kerzengerade darin. Die Talschluchten hier sind nur von Himmelsschatten bevölkert. Diese streichen behutsam mit der Hand über die Fichtenpelze. Und es ist eine Art Vergebung. Für alles, für das Leben. Wie die Schuld aus einem Gesicht zu streichen. Wie ein Kind zu werden. Die Schwere der Jahre aus einem Gesicht zu streichen. So liebkosen die Wolkenschatten den Wald. Und dann weiß ich, dass ich hier am richtigen Ort bin. Ich bin in ein Land gekommen, das berührt wird, vielleicht von Händen.

Die Berge sind streng. Auf diese Weise gleichen sie der Vergebung. Von wo man sich ihnen auch nähert, sie bleiben stets genauso fern. Und nah. Zuweilen versinken sie vor einem, verschwinden ohne Erklärung. Dann türmen sie sich wieder vor einem auf, größer als zuvor. Sie kommen nicht, wenn man ruft. Sie erhören kein Gebet. Sie sind auf andere Art. Ich bin dabei zu lernen. Nicht rufen, bitten, flehen. Nur still auf Antwort warten. Die Hoffnungslosigkeit betreten, als würde sie tragen. Wunder sind so still. Wie dünnes, dünnes Eis.

Eigentlich war es einfach. Sie musste nur Knövel zu Willen sein. Das hatte Inna gelernt. Wenn sie das tat, ging es schnell vorbei. Im Übrigen galt es, sich fern zu halten, unsichtbar, beschäftigt.

Sie war ihm zu Willen. Sie konnte den Anschein erwecken, als wollte sie es selbst. So dass sie sogar selber meinte, es wäre so. Als würde sie sich nach Laga sehnen, dem Stock, den Knövel benutzte. Als wäre Laga eine Erleichterung. Als wäre es dann bald vorbei.

Sie konnte im Gesicht ihres Vaters lesen. Jedes Zucken der Muskeln und Nerven konnte sie deuten. Es war ein wichtigeres Wissen für Inna, als Buchstaben und Worte zu lesen. Und sie sog dieses Wissen in sich auf. Ihr entging kein Blick, keine Falte. Knövel wäre bange geworden, hätte er sich selber genauso gut gekannt.

Sie wohnten oben in Nattmyrberg. Sie lebten allein, seit Hilma, Innas Mutter, ihnen weggestorben war. Das war vor vielen Jahren. Inna war jetzt eine erwachsene Frau. Aber das hatte ihr keiner erzählt.

Nattmyrberg war ein unzugänglicher Hof, ein Einzelgehöft. Zwei Pfade schlängelten sich dahin, einer für den Winter- und einer für den Sommergebrauch. Aber niemand kam da vorbei, außer möglicherweise die Lappen im Frühjahr. Und auch die nur in bestimmten Jahren, wenn der übliche Zugweg nicht benutzbar war. In Notjahren gingen die Rentiere über Nattmyrberg, Jahre, in denen der Boden wie von einer Eiskruste überzogen war und die Rentiere nicht scharren konnten. Dann fällten die Lappen flechtenreiche Bäume rings um das Einzelgehöft, alte halb verdorrte Fichten, fast ohne Nadeln, aber mit langen, grauen Bartflechten. In diesen Jahren durfte Inna ein bis zwei Wochen lang für die Rentierhirten Kaffee und Grütze kochen und hören, was sie alles zu erzählen hatten. Befangen bewegte sie sich vor ihren Augen, erkannte sich bei diesen Gelegenheiten kaum wieder.

Hilma hatte sie sich selber überlassen, Inna und Knövel. Es war in einem Winter, einem von all den Wintern. Sie war immer tiefer in den Fellen verschwunden. Es war, als würde das Bett sie langsam auffressen. Und die blassgelbe Haut spannte sich straff über die Knochen in ihrem Gesicht.

Inna gab sich die allergrößte Mühe mit der Pflege. Sie glaubte nicht, dass eine Mutter sterben könnte. Bis zuletzt dachte sie, die Mutter würde sich eines Tages doch noch aus dem Bett erheben, die ausgespülten Eimer ergreifen und in Begleitung der Tochter zum Melken in den Stall gehen. Sie hatten sich immer wohl gefühlt miteinander, wenn Hilma molk und Inna ausmistete und frische Streu aufschüttete. Dann hatte die Mutter erzählt. Es hatte keine besondere Rolle gespielt, was sie erzählte, alles wurde lebendig und handlich in Hilmas Mund. Man konnte über die Dinge lachen. Sogar über Knövel war es möglich zu lachen. Während die Kälber von der schäumenden Milch tranken, erzählte Hilma von ihrer ersten Begegnung mit dem Vater. Das war zu der Zeit, als er noch Erik hieß, bevor er unter den Baum geriet. Er kam vom Örsjön, näher an der Küste, Hilma aus dem Fjäll. Kennen gelernt hatten sie sich in Hohaj, in einem Dorf, das ein paar Meilen entfernt lag.

Die Erzählungen der Mutter waren wie ein großes Gemälde, in das man nur einzutreten brauchte. Da drinnen erhielt das Leben seine richtigen Proportionen, alles konnte berührt werden, und durch das Dunkel zog sich gleichsam ein Strahl von wohltuendem Licht. Alles da drin war versöhnt, vergeben. Man konnte darüber lachen, nicht boshaft, sondern leicht, erleichtert.

Inna bat sie oft, dieselben Geschichten immer wieder zu erzählen. Nach den ersten Worten war sie mittendrin, nun bewegten sie sich durch das Land, das die Mutter heraufbeschwor, Menschen, denen Inna nie im Leben begegnet war, kamen zu Wort und lebten auf, alle Geschwister der Mutter, die Großeltern, Leute auf den Höfen, wo sie gearbeitet hatte – und dann dieser Erik, der gestürzt und zu Knövel geworden war.

In der ersten Zeit ihrer Bettlägrigkeit geschah es noch mitunter, dass die Mutter erzählte. Aber nach einer Weile kam etwas in ihrem Blick zum Vorschein, das vorher nicht da gewesen war. Eine böse, kantige Bitterkeit, Tonfälle, die jedes Lachen erstickten und die Worte verdorren ließen. Etwas wuchs während der letzten Monate in der Mutter heran, etwas, das sich nicht versöhnen ließ, das sich weigerte zu vergeben. Da waren die Erzählungen schon lange verschwunden. Ein scharfer, fremder Blick grub sich aus den nussbraunen Augen hervor, die Lippen wurden dünn, und der Mund war nur ein kleines, kleines o. Inna saß auf der Bettkante und sah ihre Mutter an. Die Wärme, die sie früher ausgestrahlt hatte, war einer körnigen Kälte gewichen, die sich ausbreitete und die ganze Stube mit einem neuen, beängstigenden Graulicht füllte. Inna konnte sich nicht davor schützen, da es die Mutter war, von der es ausging. Die Mutter, von deren Nähe sie sich ernährt hatte, solange sie denken konnte. Jetzt trank sie die graue Kälte, sie war erfüllt davon wie früher vom Licht in den Geschichten der Mutter. Sie war schutzlos. Wie gefesselt saß sie bei der Kranken und wartete darauf, dass die Lebenswärme wieder aus den Augen leuchten würde, die Lippen schwellen, der Mund sich öffnen. Sie saß da und wartete geduldig auf das Wunder. Aber das Wunder geschah nicht. Nur ein Schauer, so schnell, dass er nicht festzuhalten war, fuhr in dem Moment, als sie starb, über den Blick der Mutter. Dabei hob sie den kleinen ausgemergelten Kopf, als sähe sie etwas, nicht Inna, nicht etwas, das Inna sehen konnte, nein, etwas anderes, und der Blick füllte sich wieder mit Leben, mit Überfluss, die Augen strahlten auf. Dann war nichts mehr darin. Sie sank aufs Kissen zurück und war weg, ein Abstand tat sich auf, den Inna sich niemals hätte vorstellen können, ein Schlund aus grauer Kälte und Dunkelheit.

Als Knövel hereinkam, schloss er Hilmas Augen. Er hieß die Tochter, Wasser zu wärmen und die Tote zu waschen. Und das tat Inna. Die blauschwarzen Beine, die Hinterbacken, die fast nur aus Wunden bestanden, die dünnen Hautlappen, die Brüste gewesen waren, die Hände, das fremde Gesicht. Später hoben sie die Tote in den Sarg hinüber. Inna wollte ihr vorher ein Hemd anziehen, aber der Vater sagte, jetzt bräuchte sie keine Kleider mehr, jetzt könnte sie nicht mehr frieren. Außerdem hätte er den Sargboden mit Stroh bedeckt, obwohl das eigentlich unnötig wäre.

Dass sie es nicht über sich gebracht hatte, die hässlichen Wunden auszuwaschen, das quälte Inna später, als sie Zeit hatte, in der Erinnerung alles noch einmal durchzugehen. Sie hatte das Aufgelöste, Hautlose gemieden. Wie sie sich geekelt hatte. Wie sie sich geekelt hatte.

Aber für Knövel waren die Wunden nur harter Schorf.

– Also, sagte er, als die Mutter draußen im Holzschuppen lag. Jetzt bist du die Mutter hier in Nattmyrberg. Jetzt bist du Hilma.

Er wollte keine weiteren Verluste hinnehmen. Ein Menschenleben kann nur einmal zerschlagen werden. Dann ist es geschehen. Dann ist es kaputt. Es bleibt nur, das zu bewahren, was ist. Keine neuen Gaben, keine neuen Verluste. Auch das Verwüstete ist ein empfindlicher Balanceakt. Und Knövel hatte sich in seinem verwüsteten Leben eingerichtet, da kannte er sich aus. Der gestauchte, schmerzende, entstellte Rücken, Hilma, Inna, das Einsiedlerleben auf dem Hof: nichts war so geworden, wie er es sich einmal vorgestellt hatte. Nattmyrberg wurde kein blühendes Dorf, wie er es einst erhofft hatte, als er noch Erik hieß und der Rücken gerade war und Hilma jung. Es waren ihrer viele, die da oben anfingen, den Boden urbar zu machen. Es waren viele, die Baumstümpfe herausstemmten und den Sumpfboden trockenlegten. Schon damals besaß Erik den größten Ingrimm, er gab nicht auf, wenn die zweite Schicht Baumstümpfe eine dritte Schicht bedeckte. Dass die Sümpfe sich als bodenlos erwiesen, hat ihn schon damals nicht überrascht. Noch bevor die Fichte von einem Windstoß getrieben direkt auf seinen Rücken fiel, hatte er das Leben eher als Feind denn als Rätsel betrachtet. Daher hatte er nie nach dem Sinn des Lebens gefragt. Er wusste Bescheid. Es wollte ihm an den Kragen. Und als der Buckel aus seinem Rücken ragte, hatte er den Beweis. Dass nun Hilma draußen in der Kälte in einem Sarg lag, bedeutete vielleicht gewisse Veränderungen für die Tochter, nicht für ihn.

Und Inna krümmte sich gleichsam zusammen und kehrte sich nach außen und wurde sich selber Mutter und Tochter. Im Frühjahr nach Hilmas Tod wurde sie sechzehn. Sie wusste nichts anderes, als dass das Leben genau so war, wie es war. Es war unvergleichbar. Es war gegeben und unverrückbar, ungefähr wie Jahreszeiten, Unwetter, Frühlingsschäden. Mal regnete es aufs Heu, bevor es geharft war, mal erfroren die Kartoffeln vor der Blüte. Da war Knövel und da war sie. Hilma kam nicht zurück, das war das Neue, das sie als Erstes lernte. Sie kam in keiner Gestalt zurück. Und schließlich entdeckte Inna, wie einfach es war. Wenn sie Knövel zu Willen war, es einfach tat. Dann war es nicht mehr schlimm. Es konnte wehtun, es konnte sie ekeln, es konnte unbegreiflich sein. Aber sie hatte eine Art entdeckt, wie sie unberührt blieb.

Der Vater hatte schon immer geschlagen, so lange sie sich erinnern konnte, das war nichts Neues. Es hatte verschiedene Stöcke gegeben, alle mit Namen auf L, Lisa, Lotta, Lina. Jetzt war es Laga. Knövel hatte ihn offenbar mit Sorgfalt ausgesucht, er war unzerbrechlich. Er verwahrte ihn in einer Ecke im Vorraum, Inna musste ihn selber holen.

– Laga!, konnte er brüllen. Da war sie schon draußen im Vorraum, in ihrem ganzen Körper stach es von etwas, sie wusste nicht, von was, die Hand umfasste das glatte Holz, es galt sich zu sputen, denn Knövel hatte es eilig, und die Raserei wuchs immer dann am schlimmsten, wenn er warten musste. Dann stand sie vor ihm, und sie wusste, was jetzt geschehen würde, war eigentlich unmöglich, trotzdem geschah es ein ums andere Mal, als wäre es dennoch möglich. Knövels Gesicht in Auflösung, oft schrie er Dinge, aber sie hörte nicht, welche, sondern reichte ihm Laga, rückte einen Schemel hin, zog den Rock hoch und legte sich auf den Schemel. Wenn die Schläge zu fallen begannen, meinte sie fast, es wäre schon vorbei. Am schlimmsten war das andere: Laga aus der Ecke holen, vor dem aufgelösten, wahnsinnigen Gesicht stehen, die kalte Luft auf der Haut spüren. Jetzt prasselten die Schläge auf sie nieder, und der Schmerz war so scharf und wahnsinnig, dass er sie gleichsam von dort wegholte, weg vom Schemel, weg von Knövel, weg von Inna.

Wenn die Schläge aufhörten, war nur noch Knövels Keuchen zu hören. Sie kehrte wieder in das Unmögliche zurück, das jetzt wieder geschehen war, das nicht geschehen konnte, die Luft bestand aus Feuerflammen, die sie leckten, und dieses Stechen kam wieder, nur stärker jetzt, verbunden mit dem Schmerz nach den Schlägen.

– Steh auf!, brüllte er. Oder: Willst du mehr? Oder: Hau ab!

Das war das Zeichen, das war das Signal, sie hangelte sich herunter und nahm den Rock zum Schutz, oft kroch sie auf allen vieren davon wie ein Tier, auf einen Winkel zu, irgendwo hinein. Mitunter trat er nach ihr, während sie über den Boden rutschte. Aber immerhin stellte er Laga jedesmal selbst zurück in die Ecke im Vorraum. Inna registrierte das Geräusch. Auf den Fußboden, an die Wand. Sie hatte gelernt, wie es klang, als sie ihm knapp über die Schenkel reichte. Dass es jetzt vorbei war. Jetzt warteten Laga oder Lisa oder Lotta aufs nächste Mal.

Knövel bewegte sich etwas gebückt. Das kam von seinem Gebrechen. Wie eine Silhouette durch das Zimmer. Das Neue nach Hilmas Tod war, dass er manchmal zu ihr kam, wenn sie sich nach den Schlägen verkrochen hatte.

– Bist du jetzt gehorsam?, fragte er.

– Ja. Musste sie antworten. So ging es am schnellsten, wenn sie die Kehle entblößte.

Sie musste das Bett zurechtmachen, ob es nun Vormittag war oder Melkzeit. Und zwischen die Felle kriechen, die nicht die ihren waren, die Knövelsfelle. Es war sein Geruch. Er schlüpfte neben sie und nahm ihre Hand in seine unerbittliche, harte. Zwang sie zwischen seine Schenkel, hinunter zu seinem weichen, unbegreiflichen Schoß. Die ganze Zeit behielt er ihre Hand in seiner und zwang sie, Dinge zu tun, Sachen anzufassen. Und sie überließ ihm ihre Hand, das hatte sie gelernt, sie gehörte ihr nicht mehr, sie tat Dinge, von denen Inna nichts wusste. Sie hatte gelernt, sich aufzulösen. Oft war es da unten warm und ein bisschen feucht, aber manchmal Male wurde es hart, es wuchs in ihrer Hand, und er wurde hitzig, wie rasend. Dann wollte er in sie hinein, unter ihren Rock, in ihren Unterleib – und es war eilig, eilig. Sie wehrte seinen Atem ab, versuchte ihren Kopf zu drehen, um ihm zu entkommen, rang mit seinem Körper, der auf ihr stieß und kämpfte. Wenn er schließlich auf ihr zusammensackte, hasste sie ihn nicht, o nein, sie hasste ihn nicht mehr. Sie empfand nichts als Erleichterung, ein Gefühl der Befreiung erfüllte sie. Dass es jetzt vorbei war. Dass sie sich herausziehen würde. Heraus aus der Schlammpfütze, heraus aus dem Moortümpel, der sie um ein Haar verschlungen hätte. Nein, sie konnte nicht hassen. Sie konnte nur warten, bis es vorbeiging, wie ein Unwetter. Und zum Schluss war es immer vorbei, jedes Mal.

Knövel machte sich nicht regelmäßig an sie heran, nachdem er sie geschlagen hatte. Er war unberechenbar. Manchmal musste sie ohne das Vorspiel mit Laga zu ihm kriechen. Inna konnte kein Muster entdecken. Als Hilma noch lebte, war es einfacher gewesen. Die Mutter protestierte selten, wenn Knövel schlug. Sie ließ es geschehen. Es war in Ordnung, verstand Inna. War sie bockig gewesen, hatte Hilma sogar mitgeholfen. Aber eine andere Nähe zu Knövel hatte sie nicht erfahren müssen. Es war nur dies gewesen und sonst nichts. Jetzt waren es auch der Mund, der Atem, die Hand, die Dinge tun konnten, seine Hände überall an ihrem Körper, und dann das, wenn er hart wurde und in ihren Leib eindringen wollte und stoßen. Inna musste sich mehr und mehr auflösen, um nicht zu zerbrechen, um nicht in eine Verwirrung und ein Grauen zu verfallen, für die es keine Abhilfe gab. Sie musste sich wandeln, um in die neue, launische Ordnung zu passen. Dass sie jetzt zugleich Hilma und Inna war. Und Hilma kehrte nicht zurück. Sie war verschwunden, auf jede erdenkliche Art war sie verschwunden. Hilma, die sie jetzt sein musste, gab es nicht. Und Inna. Und Inna?

Aron blieb auf dem Hof bei Helga und Salomon.

Solange die Winterwege noch befahrbar waren, arbeitete er mit Salomon im Wald. Er lag auf den eigenen Ländereien des Hofs, sie fällten Bäume und transportierten Schnittholz. Sie hatten ein Zugpferd. Ein großes, falbes Geschöpf namens Balder. Auf den entlegenen Inseln, wo Aron aufgewachsen war, hatte es keinen Wald gegeben, aber mit Pferden hatte er seine ganze Kindheit verbracht. Balder konnte gelegentlich ebenso feurig wie störrisch sein, und Salomon merkte bald, dass Aron eine bedeutend bessere Hand mit ihm hatte als er selbst. Er brachte den Hengst dazu, seine gewaltigen Kräfte für die Fuhre einzusetzen, statt für seine Bocksprünge und Mätzchen. Es war eine Freude zu sehen, wie der sanfte und leise Aron all die Wildheit bezwang, die in Balder tobte, und dabei musste Aron weder die Stimme erheben noch Gewalt anwenden. Er strahlt irgendetwas aus, dachte Salomon. Ein merkwürdiger Kerl.

Der Schnee hatte schon begonnen, in nassen Brocken von den Bäumen zu fallen. Die Vögel ließen sich auf den nackten Ästen nieder und schrien, während die Sonne, immer mächtiger, über den Himmel rollte. Der Frühling tat weh. Alles war entfesselt: das Wasser, die Vogelrufe und ein wahnwitziges Licht, das in die Dinge eindringen wollte, in die Körper, ins rote Dunkel der Augenhöhlen – als wollte es von innen die Welt zersprengen und durchtränken. Die Dörfer von Hohaj lagen alle hoch oben an den Bergflanken. Jetzt hörte man, wie sich das Wasser unter der Schneedecke bewegte, es rieselte und knisterte da unten. An sonnigen Tagen setzte sich manchmal der Boden unter einem, mit einem Seufzer sank er zusammen. Es gab gleichsam kleine Erdbeben in der meterdicken Schneedecke, Risse bildeten sich, Menschen, Pferde, Holzfuhren gerieten aus dem Gleichgewicht, man hatte das unheimliche Gefühl, den Boden unter den Füßen zu verlieren. Es war, als wollte der Schnee einen verschlingen.

Eine innere Unrast hatte von Aron Besitz ergriffen, obwohl er so etwas wie ein Zuhause für sich gefunden hatte – und Menschen, mit denen er seine Einsamkeit teilen wollte. Sie hatten ihn aufgenommen, ohne zu fragen, ohne misstrauisch zu sein. All das Unausgesprochene, das er mitschleppte, ließen sie gelten. Sie misstrauten seiner Rätselhaftigkeit nicht, versuchten sein Schweigen nicht zu brechen. Aber jetzt, da sein äußeres Leben in ruhigen Bahnen verlief und er angekommen war, wie er es sich vorgestellt hatte, begann die innere Unruhe. Die Bilder da drinnen, die für die Einsamkeit aufgespart werden mussten, wie auch all die Bande und Fäden, die diese Bilder mit seinem Leben zusammenhefteten. Seine Einsamkeit musste sehr groß sein, und jetzt spürte er, wie er da drinnen herumirrte, rastlos, verloren. Oftmals fiel es ihm schwer, überhaupt etwas zu sagen. Das, was er mit keinem Menschen teilen konnte, stellte sich dem in den Weg, was teilbar war. Da verschlang ihn sein eigenes Schweigen.

Und dann war da dieses Licht. Darin wohnte etwas wie eine rasende Sehnsucht, eine Sehnsucht, die kein Ziel kannte. Noch nie hatte Aron ein solches Licht erlebt. Der Frühling, der in diesen Landstrichen schneebedeckt ist, stand stampfend im Licht. Nicht einmal die Nächte waren davor geschützt. Da drang das Licht von hinten in den Nachthimmel ein und verwandelte ihn in einen bläulichen Edelstein.

An Sonntagnachmittagen kamen die Kinder oft zu Aron in die Kammer hinauf, um die Schnecken anzuschauen, die er hatte. Eingewickelt in ein Stück weichen Stoff verwahrte er auch ein getrocknetes Seepferdchen. Nie wurden sie müde, es zu betasten und zu betrachten. Den schönen kleinen Kopf und den eigentümlichen Körper, und dass es so klein war und so trocken und stachelig... Sie brachten andere Kinder aus dem Dorf mit und baten ihn, das Seepferdchen sehen zu dürfen, und alle miteinander verstanden sie bei seinem Anblick, dass alles möglich war: Seejungfrauen, Wichtel, Waldfeen und Drachen. Das kleine, mattweiße Seepferdchen wanderte von Hand zu Hand.

– Vorsicht, sagte Aron. Seid vorsichtig damit.

Wenn er Lust hatte, erzählte er von bemalten und reich ausstaffierten Elefanten, die Holzfuhren zogen, und von Gewässern, die brodelten und von unersättlichen Haien zerpeitscht wurden. Die Kinder schlürften seine Geschichten in sich hinein und verlangten nach mehr. Immer größer und älter wurden die Kinder, die kamen, und schließlich trieb es auch die Erwachsenen aus dem Dorf hinauf in Arons Kammer, um die Merkwürdigkeiten zu sehen, die er da verwahrte. In seiner eigenartigen Sprache erzählte Aron von den Männern am Arabischen Meer, die unbekleidet waren bis auf einen Gürtel um die Taille und ein kleines Lederfutteral für den Penis, und von Frauen, die wie Göttinnen dahinschritten, Krüge auf dem Kopf balancierend und mit nackten Brüsten.

Die Leute hätten wohl angenommen, dass er das alles nur erfand, dass er es in den Büchern gelesen hatte, die er besaß – ja, Bücher hatte er ja außerdem, und sie waren nicht einmal auf Schwedisch geschrieben –; sie hätten ihm nicht geglaubt, wäre da nicht das Seepferdchen gewesen. Während die Kinder beglückt waren, es zu sehen, es behutsam in der Handfläche ruhen zu lassen, bereitete es den Erwachsenen meist Unbehagen. Die Welt wurde plötzlich zu groß. Sie wollten doch glauben, die Welt zu kennen, zu wissen, welche Art von Ordnung darin herrschte. Das kleine Seepferdchen und all die sonderbaren Erzählungen, die in der Kammer bei Aron daheim waren, machten die Welt ungewiss. Und selbst wenn es fast nur Gutes über den Logiergast von Helga und Salomon zu sagen gab – er war schließlich von ebenso gottesfürchtiger wie friedfertiger Art –, war doch etwas Unangenehmes an der Art, wie er sprach, und der Name, das verstand schließlich jeder, dass der nicht sein richtiger war, das hatte er ja selbst fast schon zugegeben. Und von sich selber erzählte er nichts.

– Aron wohnt hier bei uns. Er gehört zum Haushalt, schnitt Salomon alle Versuche des Räsonierens ab. Und außerdem, wir wissen doch zum Teufel auch nicht, woher die Kinder kommen, wenn sie geboren werden!

– Ich begreife euer ganzes Gerede nicht, fauchte Helga. Aber freilich, er ist bestimmt zu gut für euch.

Eines Tages fuhr Aron mit einem Bauern aus der Nachbarschaft nach Racksele und kaufte einen Ofen, ein schönes, rundes kleines Stück mit einer Kochplatte obenauf. Der Kaminschacht führte durch die Kammer, in der er wohnte, und so war es ziemlich einfach, ihn einzumauern. Ein paar Abende später, als es hinter der Ofenklappe gut brannte und die Wärme sich allmählich in dem kleinen Zimmer ausbreitete, lud er die Hausbewohner zu sich ein.

Zuerst kam Salomon, den Alten tragend, die Treppenstufen herauf, danach die Kinder und zuletzt Helga. Sie drängten sich auf dem Bett zusammen und wo sonst noch Platz war. Aron ließ die Zugklappe weit offen stehen, so dass der Feuerschein durchs Zimmer flackern konnte. Ein kleines Kruzifix mit einer schwärzlichen Christusgestalt hing über dem Kopfende des Betts. Auf dem Tisch lagen einige Bücher und eine Zeitschrift. Sie saßen schweigend da. Helga ließ das Kleinste an der Brust saugen. Das Summen des Ofens und sein plötzliches, hartes Knacken mischten sich mit dem schläfrigen Schmatzen des Kindes und dem kraftlosen, trockenen Husten des Alten. Draußen fiel nasser Schnee in dichten, kleinen Flocken. Frühlingsschnee, der mit dem Winterschnee dahin fahren würde, wie die Leute sich gern zum Trost sagten.

Aron schob noch ein paar Scheite nach. Man konnte die Milch in Helgas Brust gluckern hören.

– Einen prächtigen Ofen hast du da, sagte Salomon.

Aron nickte.

– Eine wirklich gute Sache, fügte Helga energisch hinzu. Sie hatte schon lange dafür plädiert, dass sie einen Eisenherd einmauern sollten, bisher hatten sie nur eine offene Feuerstelle. Aber Salomon sträubte sich dagegen. Er fand, man sollte das Feuer nicht einsperren. Wo sollte man sonst an den langen Abenden das Licht hernehmen?

– Ja, es ist fast, als könnte man damit sprechen.

Aron, der auf einem Holzklotz nah beim Ofen saß und vorwiegend in die Glut gestarrt hatte, wandte jetzt den anderen das Gesicht zu. Er bemerkte die Kinder, die hinter ihm auf dem Boden hockten.

– Na aber, ich hab doch Bonbons...!

Er zog eine Tüte aus der Tasche und gab sie dem Mädchen, das die Älteste von den Kindern war.

– Die sind für euch. Esst so viel, wie ihr wollt.

Er holte noch eine Tüte hervor, eine etwas kleinere.

– Für uns hab ich auch eine gekauft. Ich dachte, der Großvater mag gern etwas Süßes im Mund haben.

Er ließ die kleinere Tüte die Runde machen und reichte sie dann dem Alten.

Salomon beugte sich etwas näher zu Aron hin.

– Ja, das war gute Arbeit mit den Fuhren, keine Schlamperei. Und jetzt hast du dir einen Ofen eingemauert... Fast könnte man sich fragen, ob du hier bei uns bleiben willst.

Ein leichter Ruck durchfuhr Aron.

– Ja, wenn ihr mich loswerden wollt...

– Ha! Salomon lachte auf. Das glaubst du doch selber nicht!

– Nein, das tu ich nicht.

– Aber viel von dir selber hast du nicht gerade erzählt.

Für eine Weile wurde es still.

– Ich kann nicht anders, sagte Aron schließlich.

– Also versteckst du dich vor jemand?

– Ich bin geflüchtet, Salomon, vor langer Zeit.

– Du brauchst nichts mehr zu sagen, ließ Helga sich vom Bett her vernehmen. Frag ihn nicht weiter, Salomon.

– Nein, das hatte ich auch nicht vor. Aber die Leute, die reden …

– Wäre Aron ein unredlicher Mensch, hätte er eine gute Geschichte zusammengelogen.

– Un de Hunn erst!, kreischte der Alte mit seiner Fistelstimme.

– Na, du begreifst wohl überhaupt nichts mehr, Vater, murmelte Salomon. Er klopfte seine Pfeife an der Zugklappe aus und lächelte Aron flüchtig zu.

– Du hast Glück gehabt. Ich meine, dass du an so gute Leute wie uns geraten bist!

Aron gab ein leises kleines Lachen von sich.

– Das hab ich wohl.

Es wurde nicht viel mehr gesagt an diesem Abend, und nach und nach begaben sich die Gäste wieder die Treppe hinunter. Aron blieb lange am Fenster stehen.

In dieser Nacht hatte er einen Traum, an den er sich am nächsten Tag erinnerte. Ein Schiff, das er bisher nie zu segeln vermocht hatte, glitt jetzt in einem starken, drängenden Wind rasch aufs Meer hinaus. Erst nach geraumer Zeit entdeckte er, dass es mit rasender Geschwindigkeit durch den Schnee auf einem endlosen Moor segelte, wo vereinzelte, verkrüppelte kleine Fichten starr im Wind aufragten. Und er sah, dass das Moor Wellen schlug, hohe, rauchende Wellen aus Schnee wirbelten über ihn hin, wie er da am Ruder stand. Sonderbarerweise hatte er im Traum nicht die geringste Angst, obwohl er allein an Bord war. Nur sehr verwundert war er.

Doch die Sonne zehrte am Schnee. Um die Bäume herum lag der Boden bloß, in einem Kreis, der langsam vom Stamm aus wuchs und sich erweiterte. Mitte Mai zogen die Lappen auf dem letzten Harsch durchs Dorf, unterwegs mit ihren Rentieren zu den Kalbungsplätzen tiefer drinnen im Fjäll. Sie quartierten sich für ein paar Nächte hier und da im Dorf ein, soweit sie Aufnahme fanden. Dass viele der Höfe in dieser Gegend auf dem ehemaligen Land der Lappen standen, hatten die Leute bereits vergessen. Obwohl es erst eine Generation her war, dass die Kommunalbehörde von Racksele den Besitzanspruch der Waldlappen für ungültig erklärt hatte. Daraus folgte die Vertreibung der meisten Waldlappen – oder Fichtenlappen, wie sie auch genannt wurden –, aber einigen gelang es, ihre Ländereien als eigenen Besitz anerkannt zu bekommen, und sie wurden »Siedler«, genau wie die Schweden und Finnen, die hierher kamen und das Rentierland unter den Pflug nahmen.

Bei Salomon und Helga wohnten für ein paar Nächte ein alter Lappe und sein erwachsener Sohn. Aron tauschte für eine Schneckenkette und etwas Geld eine schöne Silberspange ein. Es war ein Frauenschmuck, und er wusste eigentlich nicht, wozu er es haben wollte. Aber vielleicht könnte er sie irgendwann Helga schenken.

Als mit der Schneeschmelze das Ende der Holzfuhren herannahte, kam die Rede darauf, was Aron in der schneelosen Zeit machen sollte. Man war jetzt in der Tauwetter-Periode, und Aron hatte alle Hände voll zu tun, das Holz für den kommenden Winter zu sägen und zu hacken, während Salomon das Dach des Viehstalls reparierte. Aber danach? Aron, der ein Neuling in dieser Gegend war, wusste ja kaum, welche Arbeiten hier anfielen, und als seine Wirtsleute vom »Pferdehüten« sprachen, verstand er zuerst nicht, was gemeint war. Aber schließlich begriff er. Pferde hüten hieß, die Pferde des Dorfes für den ganzen Sommer in entlegene Weidegründe zu begleiten. Schafe und Ziegen und sogar Kühe wurden von Kindern gehütet, aber die Pferde musste ein verlässlicher Mann beaufsichtigen. Die Pferde von Frauen versorgen zu lassen, war genauso fehl am Platz, wie die Männer zum Melken zu schicken. So war die Weltordnung in Hohaj. Und nun war die Frage: Ob er sich vorstellen könnte, die Pferde von Krokmyr und Spettliden den Sommer über zu hüten?

– Ich für meinen Teil kann mir keinen besseren Sommer vorstellen, als mit den Pferden in den Wald zu gehen, hatte Aron schließlich Salomon nach längerem Überlegen geantwortet.

– Na, das hab ich mir doch gedacht, sagte Salomon zufrieden. Dass das einem Menschen wie dir passen würde.

Nein, eine geeignetere Tätigkeit konnte Aron sich kaum vorstellen. Aber zuerst mussten die Dorfleute der beiden Dörfer über die Sache beratschlagen. Die Pferde waren schließlich wertvoll, und Aron war ein Fremder. Nichts konnte man eigentlich über diesen Mann wissen, und außerdem redete er sonderbar.

Aron wurde zur Teilnahme an der Beratung geladen, und er beantwortete willig und freundlich alle mehr oder weniger misstrauischen Fragen. Doch als einer der Dorfleute geradeheraus zu fragen wagte, wer er eigentlich sei und woher er käme, antwortete Aron gemäß dem erhaltenen Protokoll:

– Kann man auch Herkunft und Heimatort anderer aufspüren, soll doch, woher ich komme, niemand erfahren.

Jetzt wurde es ungeheuer still unter den Männern. Salomon hatte diese Worte ja schon früher gehört und längst beschlossen, dass er nicht mehr über seinen Logiergast wissen müsse, als was er selber sehen konnte. Aber die anderen Männer blieben gleichsam in einem Schweigen stecken, das quälend lange anhielt.

– Und das sagst du einfach so geradeheraus, meinte endlich einer von ihnen.

– Ja, das tu ich, sagte Aron.

Keiner wollte ihn direkt anstarren, aber alle taten es gleichwohl. Das linke Lid, das ein wenig über dem Auge herabhing. Jetzt sahen alle, dass es leicht zuckte. Die kleinen feinen Linien überall in dem sonst so jungen Gesicht. Und die Augen, die hellblau und leuchtend waren, so dass man ihm fast ansah, dass er irgendwo am Meer aufgewachsen war. Aron ließ sie schauen. Hatte er nicht selbst dieses Spiel in Gang gesetzt? Und was für eine Art Mensch war er wirklich, dass er glaubte, er könnte vor seinem eigenen Leben flüchten? Von außen war nicht zu erkennen, wie sehr er litt. Er sah traurig aus, aber das war sein üblicher Ausdruck.

– Aber ich kann euch ja erzählen, dass ich Pferde betreut habe, seit ich ein Kind war…, sagte Aron und unterbrach damit ihr Starren. Es hat von mir immer geheißen, ich hätte eine gute Hand mit Pferden.

– Nicht dass ich glaube, es kümmert die Pferde, ob es ein Fremder ist, der mit ihnen geht!, sagte einer der Spettlider mit dem Versuch eines Lachens.

– Ne, ne, fielen andere etwas unsicher ein. Sie mussten ja irgendwann zu einem Entschluss kommen, und am liebsten wäre es ihnen gewesen, er hätte sich von selbst ergeben.

– Wenn Aron mit den Gäulen durchbrennt oder sie allesamt im Storfatmoor versinken lässt, dann verspreche ich, euch mit neuen Pferden auszustatten, jeden einzelnen, verkündete Salomon großmütig. Und das könnt ihr verdammt noch mal zu Protokoll nehmen!

Er hieb mit einem Grinsen die Faust auf den Tisch und sah schelmisch zu Aron hin.

– Ja, Salomon war ja schon immer nicht ganz bei Sinnen, sagte ein Halbbruder von Helga, der Rubert hieß und voller Groll auf das meiste war.

Aber da räusperte sich der Dorfälteste.

– Nun gut, sagte er. Dann müssen wir wohl einen Vertrag schließen, wenn Salomon nun schon so großzügig ist. Vermutlich hat er ein Angebot von den Unternehmen bekommen, für die Großwälder, die er beim Vällingmoor besitzt!

Alle kicherten.

– Ne, als die Leute die Bäume markieren wollten, hat das Moor sie sich alle geholt, gab Salomon geschwind zurück, bevor Rubert oder irgendein anderer den Mund aufbekam.

Der Vertrag wurde aufgesetzt. Es war ein langes, ausführliches Dokument, in dem Aron versprach, alle ihm anvertrauten Tiere unter sorgsamer Pflege und Aufsicht zu halten und außerdem Sorge dafür zu tragen, dass sie die Heuernte nicht gefährdeten. Außer Käse, Butter und Milch sollte er einen Lohn von sechshundertfünfundzwanzig Kronen nach dem zwanzigsten September erhalten, wenn die Pferde heimgebracht wurden. Aron unterschrieb den Vertrag und sah beim Aufblicken die verdutzten Mienen der Männer. Er war der Erste der von ihnen beschäftigten Pferdehirten, der nicht statt seines Namens ein Zeichen darunter gesetzt hatte.

– Ja, passt nur auf, Leute, dass er nicht noch den Pferden das Schreiben beibringt!, rief Salomon vergnügt aus und erhob sich.

Die Zusammenkunft war beendet. Aron war Pferdehirt für die Pferde von Krokmyr und Spettliden, und draußen wehte ein kalter Wind über den mürben Schnee.

Er sollte sich nördlich des Dorfes aufhalten, hatte es geheißen, auf den Arealen zwischen dem Doliabäckmoor und Viskaberg. Das einzige Dorf in Reichweite der Pferde war Spettliden, also würde es wohl nicht schwierig sein, sie von den Heuwiesen fern zu halten. Schwieriger war es schon, darüber zu wachen, dass sie nicht in den großen Mooren versanken. In Hohaj war es so, dass aller Boden, der nicht Fels war, Moor war. Und dabei gab es auch in den Bergen Sümpfe. Die Moore erstreckten sich meilenweit zwischen den Fjällmassiven, manche eben wie ein Tanzboden, manche baumlos. Aron versuchte eine Karte abzuzeichnen, die er vom Kaufmann geborgt hatte. Was für Namen es da gab! Alles in der maßlosen, menschenleeren Wildnis schien benannt, jedes Moor, jeder kleine Tümpel, jeder Berghang, jeder Bach und jede Hütte. Das Überraschende war nur, dass die Wälder namenlos waren, nirgends konnte Aron einen entsprechenden Namen finden, während alles, was im Gelände nicht Wald war, einen Namen trug. Langwegbach. Trostlosmoor. Hundbergshütte. Innerer Doliasee.

Genau zwischen Nattmyran und Bumyran gab es einen Berg, der Nattmyrberget hieß, mit einem See unterhalb, der Saddijaur hieß. Und da, entdeckte Aron, da am Berghang zum See hinunter war ein Anwesen verzeichnet. »Kronhof« stand da, und dann die Markierung für ein Haus. Es gab ja viele Einzelgehöfte draußen im Wald, aber dieses hier lag so abgeschieden, dass es Aron schwer fiel zu glauben, da könnte wirklich jemand wohnen. Auch der Name war noch niemals gefallen, soweit er sich erinnern konnte, obwohl es ziemlich nah an der Stelle lag, wo er sich beim Pferdehüten aufhalten sollte. Nattmyrberg. Vielleicht war es ein verlassener Hof.

Als ich klein war, sprach meine Mutter mit mir ein Nachtgebet, das tat man damals, das war die Gute-Nacht-Geschichte. Gott, du liebst die Kinder dein. Schau auf mich, denn ich bin klein. Wo ich mich auch hin mag wenden. Liegt mein Glück in Gottes Händen. Glück entsteht. Und Glück vergeht. Wen Gott liebt, dem bleibt es stet.

Die Worte, besonders die sechs letzten, prägten sich mir ein. Ich wusste, dass es so war: Wen Gott liebt, dem bleibt es stet. Man sollte sich bei Gott einschmeicheln, man sollte Gottes kleiner Liebling werden. Denn dann würde Gott einem das Glück zurollen wie einen großen, wunderbaren Ball. Die anderen, die von Gott Ungeliebten, die bekamen das Unglück, eine große, schwarze Eisenkugel. Das waren die Hässlichen, die Pechvögel, die mit den aufgesprungenen Händen. Ich sog mit dem Nachtgebet ein, dass das Glück ein Zeichen auf deiner Stirn ist, das Zeichen, dass man ein geliebtes Kind ist. Und ich möchte wissen, wie hoch der Preis ist, den ich tatsächlich dafür bezahlt habe, es zu sein.

Selbstverständlich hatte ich das Gebet missverstanden. Das ging allen so. Das Missverständnis war so stimmig, wir hatten es schon im Blut. Dass das Unglück eine Strafe ist, dass es Gottes Zorn und Hass ist, der sich über uns ergießt. Das Urteil über ein Leben. Oh, ich friere. Ich will mich ausliefern. Hier. Auf Gedeih und Verderb. Mich der Schutzlosigkeit ausliefern, die uns allen eigen ist; das Schiff aus Schutzlosigkeit, das geladen kommt.

Die Berge halten ihre schweren alten Augen auf mich gerichtet. Sie liegen wie große Tiere in der Landschaft. Man kann sich einbilden, sie warteten auf etwas. Aber das tun sie ja nicht. Sie sind. Sind einfach da. Ihr Innerstes verborgen vor Blicken, in ihren Ablagerungen gesammelt, deuten sie auf alles, was nicht Zeit ist. Die Erinnerungsschichten drinnen im Gestein, Vereisungen, Landhebungen. Wie Vergessen und Erinnern in ein und derselben Umarmung, in derselben schweren, tiefen Umarmung, derselben Hebung. Die Berge wohnen nicht in der Zeit, sondern im Gedächtnis und in den Talschluchten der Erinnerung, die man Vergessen nennt.

Eine kleine Zeile des Gebets lebt in mir weiter, begleitet mich, in Schritten und Atemzügen: Schau auf mich, denn ich bin klein. Schau auf mich, denn ich bin klein. Schau auf mich, denn ... Es ist eine Zerbrechlichkeit, die ich erlernen möchte, etwas, dem ich weder Auge noch Ohr, noch Gefühl stehlen darf, etwas, das anders ist. Vielleicht will ich, dass die Berge mich ihre Geduld lehren, ihre starke Willenlosigkeit, ihren sonderbaren Schlaf. Es ist, als wäre ich hier auf die Weide getrieben worden, hinausgetrieben, um die Verlorenheit auf die Weide zu führen. Ich denke an Pilger, Erzählungen von russischen Pilgern, die ich gelesen habe. Und an Kristin Lavranstochter. Heutzutage pilgern die Menschen mit dem Bus. Sie wollen nur ans Ziel kommen. Die alten Pilger brachen aus ihrem Leben auf. Sie wanderten monate- und jahrelang, nicht wenige kehrten nie zurück. Sie begegneten sich auf den endlosen Wegen, sie wussten, dass sie alle unterwegs waren und ihre Seele auf die Weide trieben, die Unrast, die Schuld, die ganze Unerträglichkeit des Daseins.

Hier bin ich die einzige Pilgerin. Hohaj ist leer. Vielleicht ist es der Traum von jemandem. Ein uralter, traumhafter Schlaf. Wenn es so ist, möchte ich in diesen Schlaf aufgenommen werden. Wie ein Wassertropfen aufgehoben wird, in eine Wolke hinein.

Ich trat durch diese Tür ein. Damals. Vor langer Zeit. Ich ließ den Ruf hinter mir, der draußen im Schnee in mir erwacht war, und trat durch die Tür ein, die für einen Augenblick so klein und bedeutungslos erschien. Ich ging hinein zu den Kindern, zu meinem Leben. Und wir verließen bald das kleine Haus, wir zogen in andere Häuser, wir hatten viel zu tun. Geduldig bauten wir uns eine Welt, in der es möglich sein würde zu leben. Der Ruf, den ich an jenem Morgen in mir vernommen hatte, lebte in mir wie ein Abdruck, ein leerer Ort, ein zugiger Hohlraum.

Ich war stark. Ich war wahnsinnig stark. Doch die Stärke hatte nichts mit mir zu tun. Sie war nicht ich, sie war purer Wille: ein Tier, das ich in mir beherbergte. Ein Tier mit blankem, geschmeidigem Fell, mit muskulösen Pfoten, großen, geschärften Zähnen. Der Wille. Ein Muskeltier. Stärker als ich. Mit meinem Leben habe ich ihn großgezogen. Und er verlangt viel Nahrung, viel Material, da es seine Bestimmung ist, Form anzunehmen, Form zu geben. Zu bauen.

Nichts schwächt einen Menschen so sehr wie Stärke. Zum Schluss war ich so stark, dass ich einer ausgesogenen Schale glich. Einer verknöcherten Hülle für den Willen.

Ich ließ das Auto am Straßenrand stehen, in einer Parkbucht. Es war nicht meine Absicht gewesen. Ich war nur ausgestiegen, um die Aussicht zu betrachten, die Beine zu strecken. Eine Besorgung hatte mich wieder nach Racksele geführt. Auf dem Heimweg ergab es sich, dass ich durch Hohaj fuhr. Wir hatten einen Traum zusammen, du und ich. Es war diese Landschaft. Sie hatte etwas in uns berührt. Etwas geweckt, was im Schlaf gelegen hatte. Eine Sehnsucht.

Ich stellte nicht einmal das Autoradio ab. Ich überlegte nicht. Es war nichts dergleichen. Ich fand mich einfach nur weit draußen im Schnee wieder, weitab vom Weg. Ich ging. Und da wusste ich schon, dass Grenzen überschritten waren, scharfe, streng bewachte Grenzen. Dass ein Weg, den es nicht gab, sich plötzlich geöffnet und mich durchgelassen hatte.

Der Ruf stieß jetzt hart in mir, stieß in die Narbe, in den Hohlraum. Er war zum Leben erwacht. Er hatte mich hinausgeführt.

Ich hatte mich in unser Land hinausbegeben, mit deiner Abwesenheit ganz nah bei mir, so stark auf einmal, dass sie jeden Moment Gestalt annehmen konnte. Du könntest hier aufblühen, im Schnee: ein Eisenhut, ein Milchlattich, ein Christophskraut – genauso hoch aufgerichtet, genauso unfassbar.

Ich meine, es ist eine Pilgerfahrt. Und falls sie ein Ziel hat, so kenne ich es nicht. Ob es eine Quelle ist, ein paar Heiligengebeine oder ein Ort für Offenbarungen. Ich heilige mit meiner Wanderung das Ziel, mit der Einsicht, dass die leeren Räume eine Stimme besitzen, dass sie bevölkert sind.

Hohaj gehört niemandem, hat keinen Platz in der Ordnung der gedeuteten Welt. Ich glaube, aus diesem Grund haben die Menschen es verlassen. Als die Straßen hierher gebaut wurden, zu den Dörfern und denen, die hier lebten. Die Bevölkerung strömte auf ihnen davon, Dorf um Dorf wurde drainiert und geleert, es war wie eine Frühlingsflut, die alles Lose und Bewegliche mitriss.

Niemand wird mich hier finden. Alles ist so groß und still, dass es einen auslöscht. Das Bild trägt einen nicht. Es schaut weg, zu etwas anderem hin.

Für Knövel gab es kein Hoffen und kein Zweifeln. Er sollte vernichtet werden, das war es, was das Leben mit ihm vorhatte. Als die Fichte vor zwanzig Jahren so unglücklich auf ihn stürzte, erhielt er den Beweis. Er musste dem Leben nicht mehr schöntun. Es hatte Böses mit ihm im Sinn. Wäre da nicht so viel Schnee gewesen, er wäre jetzt sicher tot. Es hätte ihm das Rückgrat gebrochen. Es hätte ihn zu Mus zerquetscht. Aber die große Katze war in Spiellaune, sie wollte ihn nicht gänzlich zerschmettern, sie wollte ihn noch ein wenig zappeln lassen. So wurde er in den Pulverschnee gedrückt, als der Baum auf ihn stürzte, und ein paar Wirbel gingen zu Bruch.

Nach dem Unfall lag er ein halbes Jahr im Bett. Hilma hatte in dieser Zeit ein Kind geboren, das wunderbarerweise am Leben blieb. Die Kinder, die sie zuvor bekommen hatte, waren alle als Säuglinge gestorben, einige schon im Mutterleib. Das Kind, das jetzt lebte, war Inna. Und sie schrie Tag und Nacht und schien dem Leben zu zürnen. Hilma lief zwischen dem Mann auf dem Sofa und dem Kind in der Wiege hin und her. Knövel, der damals noch Erik hieß, hatte von den Totgeborenen, die sie ihm geschenkt hatte, immer gedacht, sie seien ein Teil des Fluchs, der auf ihm und seinem Leben lastete. Aber dieses lebendige, rasende kleine Geschöpf in der Wiege fand er fast noch schlimmer. Als hätte sie nur überlebt, um ihn zu quälen, bettlägrig, wie er war, mit ihrem Geschrei, mit ihrem Hunger. Um ihm Hilmas Fürsorge zu stehlen.

Damals kamen noch Leute hinauf nach Nattmyrberg, um hereinzuschauen und Hilma zu helfen. Es war Winter, und hauptsächlich ging es darum, Holz und Wasser ins Haus zu bringen, das Vieh zu füttern, zu melken und Schnee zu schippen. Anfangs saßen sie auch eine Weile bei Erik, wollten schwatzen und ihm ein wenig die Zeit vertreiben. Aber nicht lange, und er wurde mit einem Guten Tag und ein paar knappen Worten abgespeist. Die Leute mochten seine Flüche nicht mehr hören. Wie er da tief in den Fellen lag, glühend vor Hass, finster. Als ein halbes Jahr um war, kam kaum mehr jemand nach Nattmyrberg zu Besuch. Es wurde Mai, und Knövel versuchte zugleich mit Inna laufen zu lernen, die Kleine gurgelnd und jubelnd, der Vater eher rasend.

– Weg mit dir!, brüllte er ungeduldig, wenn er zwischen den Möbeln herumstolperte und Inna über den Boden kroch und sich an seinem Bein aufrichten wollte.

Hilma musste das Mädchen vor seinem Tritt in Sicherheit bringen. Der klapprige Vater hätte ja auch auf sie herabstürzen können, so wie die Fichte auf ihn.

– Nimm dich zusammen!, knurrte sie, Inna im Arm. Sie ist doch nur ein Kind!

– Und ich erst, was bin ich mehr als ein Unglücksmensch, sag! Bin ich etwa mehr als ein *Krüppel*!?

Das Wort Krüppel spuckte er förmlich aus. Er geißelte sich mit diesem Wort. Es war, als wollte er sich für irgendetwas an sich selber rächen, indem er es ständig verwendete.

– Ein *Krüppel* kann kein Mitleid mit sich selber haben, sagte er, fast wollüstig in seiner Selbstverachtung.

Anfang Juni begann Knövel wieder ins Freie zu gehen. Das Eis draußen im Hof war geschmolzen, der Schnee blieb nur im Schatten liegen. Er ging etwas schief und eine Spur vorgebeugt, aber die Beine hatten sich gekräftigt, und die Arme konnte er so gut gebrauchen wie zuvor. An seinem Rücken jedoch trat deutlich etwas Knolliges hervor, und nicht lange, da hatte ihn jemand Knövel getauft. Der neue Name machte rasch die Runde. Er war ja so oder so nicht mehr Erik. Freilich hatte auch Erik eine bissige, mürrische Art gehabt, aber wie Knövel war er nicht gewesen, Knövel war neu.

Zuerst nannte Hilma ihn Knövel, wenn sie ärgerlich war, und am liebsten so, dass er es nicht hörte. Aber mit der Zeit wurde es zur Gewohnheit. Erik gab es nicht mehr, er war an diesem Dezembertag da draußen im Wald gestorben. Es war sinnlos, Erik zu rufen, wenn es nur Knövel war, der antwortete.

An der kleinen Inna wuchs alles, wie es sollte. Beine, Finger, Zähne, alles wuchs, bis auf die Haare. Noch als sie zwei war, hatte sie kein einziges Haar auf dem Kopf. Er war glatt und rund und rot und weich, aber ohne jeden Flaum. Hilma bekam Ratschläge von anderen Frauen und rieb die Kopfhaut mit allerlei Salben ein. Dann nähte sie ein paar Häubchen, die Inna in den ersten Jahren tragen musste, Sommer wie Winter, Tag und Nacht. Es musste doch kalt sein, so ungeschützt und haarlos am Kopf. Knövel meinte, die Haarlosigkeit rühre daher, dass sie in der Wiege so viel geschrien hätte.

– Es gibt keine Haare, die auf 'nem Gör wachsen können, das so brüllt, behauptete er. Sie is ja ganz runzlig geworden am Kopf, die Haare hatten wohl nicht genug Zeit, Wurzeln zu schlagen.

– Unsinn, meinte Hilma. Davon verstehst du nichts.

Kurz vor Innas drittem Geburtstag begann ein leichter heller Flaum auf ihrem blanken Kopf zu sprießen. Und bald konnte jeder sehen, dass die Haare, die kamen, grau waren. Innerhalb weniger Monate waren sie glatt und dicht und silbergrau. Und so blieb es. In der Schule, die hin und wieder für ein Halbjahr in der Gegend abgehalten wurde, sagte man Silber-Inna zu ihr, und das klang ja schön. Aber die Art, wie man es aussprach, machte es hässlich. Zu Hause gewöhnte man sich daran. Hilma fand das Mädchen sogar hübsch. Und Knövel dachte, es hätte auch schlimmer kommen können. Er hatte von Kindern gehört, die einäugig auf die Welt kamen, mit einem großen Auge, das unter dem Haaransatz blinzelte. Und andere Missgeburten, die man in den Viehställen angebunden und versteckt hielt. Eigentlich erstaunlich, dass er kein solches bekommen hatte. Aber das Leben wollte ihn ja zum Narren halten und unberechenbar sein. Nicht einmal auf das Unglück konnte man sich verlassen. Innas graue Haare waren ein Hinweis, ein Flüstern aus der großen Dunkelheit: Glaube nur nicht, du wüsstest Bescheid, bilde dir nicht ein, du wärst Herr in deinem eigenen Haus. Es gibt andere, mächtigere Herren. Und silberhaarige kleine Mädchen, daran haben sie vielleicht ihren Spaß.

Knövel riss später große Büschel aus diesem Silber. Und Inna schrie. Immer dergleiche abscheuliche Schrei. Da schlug er sie, bis sie verstummte. Oder bis Hilma eingriff. Das tat sie, wenn er es zu schlimm trieb.

– Geh raus und verdrisch das Vieh, du Mistkerl! Jetzt reicht es!

Sie entriss ihm Inna und hob das Kind hinauf ins Bett, es war ein einziges Bündel aus Schluckauf und Weinen und rasendem Strampeln.

– Raus mit dir!, brüllte sie. Oder ich schlag dich auf der Stelle tot!

Knövel hätte es nie zugegeben, aber er hatte Angst vor Hilma. Sie war stark, bestimmt genauso stark wie er. Es war aber noch etwas anderes. Etwas Schlimmeres. Sie konnte ihn anschauen, dass es auf der Haut brannte. Vor diesem Blick verzog er sich rasch, wie versengt, hinaus in den Stall. Doch er prügelte nicht mehr, beschimpfte nicht einmal die einfältigen Kreaturen da draußen, es stach und brannte überall in ihm, so dass er tief ins Heu kriechen musste, sich bedecken und schlafen.

Es war nämlich eine starke Ordnung erforderlich, um Knövels Welt zusammenzuhalten. Es waren nicht nur die Stöcke, die mit L. anfingen. Die Kinder, die gestorben waren, hätten alle einen Namen auf I. haben sollen. Es hatte Ivar gegeben, Ingeborg und Isak; es hätte Inge, Iris, Ida geben können. Er hatte sie im Kopf gehabt, sozusagen auf Lager, diese Kinder, von denen einige aus Hilma herausgeblutet waren, lange, bevor sie Gestalt angenommen hatten. Genauso bekamen die Färsen draußen im Stall Namen auf

R., sie hießen Ria, Råma, Rosa, Regina. Es war eine Ordnung, die nicht zur Debatte stand, eine Weltordnung. Hilma duckte sich vor ihr, und Inna konnte sich keine Kuh vorstellen, die keinen Namen auf R. trug.

Nach Knövels Ordnung sollte auch der erste Tag der Heuernte stets auf den Namenstag des Esaias fallen, Anfang Juli. Die ersten Jahre in Nattmyrberg, als er noch Erik hieß, war der Esaiastag so etwas wie der Startschuss für die Heumahd. Regnete es an diesem Tag, wartete man bis zum nächsten. Aber es war doch an Esaias, dass man anfing, mit besonderem Eifer zum Himmel zu spähen, um die Zeichen zu deuten, die da heraufzogen. Mit Knövel änderte sich das. An Esaias musste die Heuernte beginnen, ob es regnete oder stürmte oder ob der Donner grollte. An diesem Morgen wachte Knövel besonders früh auf. War das Wetter strahlend, wurde er wortkarg und wachsam. War es regnerisch und grau, war er wie ein gereiztes Tier und weckte fluchend Hilma und Inna auf, noch fast mitten in der Nacht.

– Die Heumahd!, schrie er aufgeregt. Los, aufstehen!

– Aber es schüttet doch! Und es ist noch Nacht …, ne!

Hilma zog die Felldecke enger um sich und drehte ihm den Rücken zu.

– Begreift sie nicht, was ich sage? Sie soll raus, Heu machen, und wenn ich sie aus'm Bett trete!

Er stürzte vor zum Bett, packte das Fell und schüttelte es.

– HÖÖÖRT SIE NICHT!?, brüllte er wie ein Irrer, machte dann kehrt und raste aus dem Haus. Die Tür knallte er hinter sich zu, dass es in den Wänden dröhnte.

Inna setzte sich mit einem Ruck auf. Hilma stand am Fenster und sah hinaus.

– Was ist denn?

– Ach, das war nur dein Vater. Hätte er noch einen Rest Verstand, wäre er ihn jetzt los. Aber dieses Mistvieh hat wahrscheinlich nichts zu verlieren. Tobt nur so rum. Und jetzt weint er da draußen. Dein Vater weint aus Bosheit.

Sie stand am Fenster und murmelte, sah Inna dabei nicht an. Es war, als würde sie mit sich selber reden.

Ein paar Stunden später gingen sie doch mit dem Rechen hinter Knövel her. Regnete es, stemmten sie das Heu gleich auf die Harfen, schien die Sonne, konnte das Gras ein paar Stunden liegen bleiben und welken. Aber gutes Heuwetter machte Knövel rastlos. Jederzeit meinte er, könnten sich die Wettermächte in einer Sintflut offenbaren, war der Himmel auch rein und blau wie ein Kinderblick. Bei solchen Gelegenheiten nahm sich Hilma vor ihm in Acht. Er war zwar gedämpft und still, doch wenn ein Mensch wie er zurückhaltend wirkte, war er am gefährlichsten. Dann war er tückisch wie das über Nacht gefrorene Eis. An solchen Tagen balancierte die Welt auf Messersschneide. Und ratsch! konnte sie abgleiten.

Als Hilma schon eine Weile tot war, formte Inna die Worte: Jetzt ist nichts mehr dazwischen. Diese Worte sollten sich später oft in ihr wiederholen. Es ist nichts dazwischen. Wenn sie das dachte, überkam sie ein Gefühl von Hautlosigkeit oder Haut, sie wusste nicht genau, welches von beiden, vielleicht beides, vielleicht war es ein und dasselbe. Sie merkte es nicht, wenn sie Wut empfand, sie konnte nicht spüren, dass sie Knövel hasste. Dabei hätte sie ja allen Grund dazu gehabt. Aber in Innas Welt war Knövel unvergleichlich, er ließ sich nicht bewerten oder verurteilen; er war. Ja, er war wie der Eberrücken, der große Berg im Süden. Oder wie der Winter. Und wie kann man einen Berg hassen, wie hasst man die Jahreszeiten? Das vermochte vielleicht Knövel, aber Inna konnte es nicht. Sie kannte keinen anderen Vater. Sie kannte keine andere Welt. Knövel aus dem Weg zu gehen war genauso selbstverständlich, wie sich im Winter warm anzuziehen. Und war sie unklug gewesen, galt es nur, die Schläge und Verwünschungen zu ertragen. Wie sie die Kälte ertragen hätte, wäre sie dumm genug gewesen, barfuß ins Freie zu gehen.

Aber Knövel glaubte felsenfest, dass seine Tochter ihn hasste, dass sie schlecht von ihm dachte, ihm Böses wollte. Sie war wie alles andere. Dass sie nicht zur Liebe zu zwingen war, wusste er. Und dass, wer nicht zur Liebe zu zwingen ist, immerhin zur Unterwerfung zu zwingen ist, das wusste er auch. Aber wenn die Liebe stark ist wie der Tod, ist die Unterwerfung zerbrechlich wie ein Tongefäß. Keinen Riss duldet sie. Nicht den kleinsten kleinen Riss im Verborgenen. Deswegen mussten die Bande zwischen ihm und Inna so fest geschmiedet werden, deswegen mussten sie unauflöslich sein. Eine Welt, ein Leben, ein Fleisch. Eingeschlossen in ihre stumme, verblendete Vereinigung blieb ihnen nichts, als sich, jeder auf seine Art, gegen den anderen zu verteidigen.

Knövel hatte Brennholz für mindestens sieben harte Winter auf Lager. Immer. Er würde sich nicht überlisten lassen. Trotzdem beschuldigte er Inna oft, das Holz unnötig zu verschwenden. Und war sie dann aus Angst sparsam mit dem Heizen, regte er sich darüber auf.

– Hab ich etwa nicht genug Holz zurückgelegt? Muss ich mir den Arsch abfrieren, als Dank für all das Schleppen und Hacken! Ist das der Dank?

– Aber du hast doch gestern gesagt, ich würde zu viel verschwenden…

– VERSCHWENDEN? Da hab ich nun Holz bis an mein Lebensende gestapelt, also soll verdammt noch mal das Haus am Abend warm sein. Mach schon! Leg im Ofen nach, Gör, bevor ich dich mit einem Holzscheit gelb und blau prügle!

– Du darfst ihm deine Angst nicht zeigen, hatte Hilma zu ihr gesagt. Das reizt sie nur. Da lecken sie Blut, die Wölfe!

Sie hatten darüber gelacht. Damals. Aber jetzt war nichts mehr dazwischen. Sie zeigte keine Angst, niemals. Unverrückbar stand ihr Körper da; sie selbst rannte unsichtbar durch den Wald davon, über die Berge, über die Moore… Sie hatte die heimlichen Fluchtwege gefunden, jene, auf denen kein Lebender folgen kann.

Die Straßen waren lange unbefahrbar gewesen. Erst die Schneeschmelze, dann die Frosthebung. Salomon brannte darauf, nach Racksele zu fahren und den neuen Pflug zu kaufen, den er über die Genossenschaft bestellt hatte. Aber Balder hatte einen schmerzenden Huf, der nicht zu gebrauchen war. Gegen Ende Mai mochte Salomon nicht länger warten. Er bat Rubert, Helgas älteren Halbbruder, ihn begleiten zu dürfen, wenn er und seine Frau ihr Jüngstes, das im Vorfrühling geboren war, zur Taufe bringen würden. Ja, sagte Rubert, als Salomon ihn fragte, freilich hätten sie auf ihrem Karren Platz sowohl für Salomon wie für seinen Pflug. Sie wollten früh an einem Sonntagmorgen aufbrechen und in einem Haus bei der Kirche übernachten, das Verwandten der Frau gehörte. Am Montag würden sie ihre Besorgungen machen und heimfahren.

Salomon hatte Rubert nie so recht leiden können. Ihn in einer Sache um Hilfe zu bitten, das war, als würde man freiwillig in eine Falle gehen. Denn Rubert schien mit allem eine Absicht zu verbinden, eine Absicht hinter der Absicht. Also sah er der Reise nicht gerade freudig entgegen. Dass Ruberts Frau dabei war, machte die Sache nicht besser. Salomon fühlte sich eher beklommen, wenn er sie sah. Sie hieß Tora und war ein bleiches, schmächtiges Geschöpf mit hellblauen Schweineaugen, die unter dem Kopftuch hervorblinzelten. Viel zu jung und zart schien sie außerdem für den ältlichen, verknöcherten Mann. Nun hatte sie nach zwei Ehejahren bereits ihr zweites Kind geboren, und Salomon war es ein Rätsel, wie es möglich war, dass ihr kleiner Kinderkörper eine voll entwickelte Tochter hervorgebracht hatte. Sie sagte nie etwas, diese Tora. Sie schwieg mit zusammengekniffenen, schmalen Lippen. Bestimmt war es aus verschiedenen Gründen schade um sie, vielleicht vor allem, weil sie einen solchen Murrkopf zum Mann bekommen hatte. Aber Salomon konnte es nicht ändern, dass ihm ihr Blick missfiel, etwas Spitzes, das aus dem Hellblau hervorleuchtete. Doch nun war es, wie es war, und der Pflug musste her, bevor die Zeit für die Aussaat begann. Am Morgen des vereinbarten Sonntags kamen sie gegen halb sechs auf den Hof gefahren, um ihn zu holen. Helga wollte sie unbedingt zum Kaffee einladen, bevor es losging, und Rubert und Tora traten ein, sie mit der Kleinen auf dem Arm.

– Guten Morgen, begrüßten sie einander ohne besondere Herzlichkeit, und dann setzten sie sich an den Tisch. Es kam nicht oft vor, dass sie sich trafen. Rubert hatte immer gefunden, die kleine Schwester sei verwöhnt und verantwortungslos. Wenn kein Erwachsener in der Nähe war, hatte Rubert früher versucht, sie auf verschiedene Arten zu »erziehen«, und Helga fiel es noch immer schwer, ihm das zu verzeihen. Aber über solche Dinge sprach man ja nicht. Die ganze Scham der Kindheit.

– Na, dann wollen wir mal aufbrechen, sagte Rubert.

Sie standen auf. Salomon suchte zusammen, was er für die Reise brauchte, und Helga setzte sich mit ihrer Jüngsten ans Feuer.

– Und der Logiergast, sagte Rubert mit etwas unangenehm Schiefem im Blick. Er ist zu Hause – oder? Er ließ den Blick durch die Stube schweifen.

– Du meinst Aron? Ja, er ist oben bei sich. Salomon deutete mit einem Nicken zur Decke.

– Und du meinst, es geht gut, wenn du ihn mit Helga allein lässt...? Rubert lachte auf, ein kleiner, trockener Laut. Er versuchte, Salomon wie im Einverständnis anzuschauen, als wäre Helga ja alles in allem kein richtig verlässlicher Mensch.

Helga und Salomon erstarrten. Beide blickten von ihrem jeweiligen Platz aus zu Rubert, der direkt neben der Tür stand, bereit, seine Frau hinauszubegleiten. Salomon warf Helga einen raschen Blick zu. Dann sagte er, fast unnötig laut:

– Hier in diesem Haus vertrauen wir einander.

Rubert gab ihm ein Grinsen zur Antwort.

– Aha, sagte er. Na, dann Adieu, Helga. Dank dir für den Kaffee.

Sie nickte nur und sah ihren Mann stumm an. Er war erregt, sie merkte es an seiner Haltung, wie er sich kerzengerade hielt. Sie hätte ihm gern etwas gesagt, aber sie traute sich nicht.

– Ich geh jetzt, sagte Salomon. Sie warten da draußen.

Als er gegangen war, blieb Helga im Stuhl sitzen, lange, bis die älteren Kinder aufwachten und sie aus ihren Gedanken rissen.

Sie war errötet. Hatten sie es bemerkt, Rubert und Salomon? Tief und unwillkürlich war sie errötet. Ja, Rubert hatte es gesehen, das verriet der Blick, den er ihr zuwarf, als er ging. Der wissende Blick. Der Siegerblick. Er war ihr bis zur Raserei vertraut. Aber weshalb war sie errötet? Helga konnte sich nicht erinnern, dass ihr das seit ihrer Mädchenzeit jemals wieder geschehen wäre. Sie hatte sogar vergessen, wie es sich anfühlte, die heiße Scham, die höher und höher ins Gesicht stieg. Aber nicht weil das, was Rubert andeutete, irgendeine Wahrheit enthielt, war sie errötet. Es geschah wegen seiner Schändlichkeit.

Der ganze Tag verging, und Helga drehte und wendete das, was am Morgen geschehen war. Sie war noch einmal errötet. Als Aron herunterkam und guten Morgen wünschte. Da war sie errötet und hatte den Blick abgewandt wie ein schuldbewusstes Kind. Sie verstand es nicht. Nie war ihr der Gedanke gekommen, dass sie und Aron … Und Aron, hätte er einen solchen Gedanken hegen können? Oder Salomon? Als sie nachmittags ein Stündchen für sich hatte, setzte sie sich hin und blätterte rastlos in der Bibel. Sie schlug das erste Buch Moses auf und las: *»Sondern Gott weiß, dass, welches Tages ihr davon esset, so werden eure Augen aufgetan, und ihr werdet sein wie Gott, und wissen, was gut und böse* *ist.«* Und sie las weiter: *»Da wurden ihrer beider Augen aufgetan, und sie wurden gewahr, dass sie nackt waren; und sie flochten Feigenblätter zusammen und machten sich Schürzen.«*

Das, dachte sie aufgebracht, das nennt man den Sündenfall. Es war ihr noch nie so deutlich geworden. Dass schon die Sünde zu kennen eine Sünde war. Nur von ihr zu wissen. Und deshalb war sie errötet. Sie schauderte vor einem Unbehagen, von dem sie nicht wusste, woher es kam. Mit einem Knall, der sie selbst zusammenzucken ließ, klappte sie die große Bibel zu. Sie fühlte sich plötzlich absolut rebellisch. Das einzig Gewisse, dachte sie, war, dass Rubert Böses im Sinn hatte. Er war eine Schlange, aber keine Schlange, die in Versuchung führen wollte, sondern eine Schlange, die entzweien wollte. Was schön war, wollte Rubert hässlich machen. So war er immer gewesen.

Als es Abend wurde, saßen sie wie üblich am Herd, Aron und Helga. Nur dass eben Salomon fehlte. Die Kinder schliefen unten auf der Polsterbank. Aus der Ecke ertönte ab und zu das Schnarchen des Alten. Helga saß mit der Spindel und spann, Aron las, einen Fuß auf der Wiege, in der das Jüngste schlief, gab ihr manchmal einen Stoß, wenn sich etwas unter dem Fell bewegte. Es ist gut, dass es Abende gibt, dachte Aron. Als würde man ein Schleppnetz einholen, das draußen im Meer geschaukelt hatte. Es langsam zu einem Sack zusammenziehen und einsammeln. So dass alles, was zerstreut gewesen war, näher kam; alles, was unsichtbar gewesen war, sichtbar wurde. Der ganze glitzernde Fang, dachte er und trat in die Buchstaben des Buchs ein.

– Mit dir im Haus brauch ich keine Angst zu haben, wenn Salomon fort ist, sagte Helga auf einmal und schaute starr auf Aron.

– Nein…, entgegnete er überrascht und sah von seiner Lektüre auf. Er fand, ihre Stimme hatte ungewöhnlich schrill geklungen. Nein, natürlich brauchst du das nicht, sagte er vage. Schon gar nicht, wenn Lurv in der Diele liegt!

– Aber Salomon, fuhr sie eintönig fort. Salomon hat vielleicht Angst.

Aron tat einen tiefen Atemzug und richtete sich auf. Er wartete ab, bis er ihren Blick eingefangen hatte, der tief hinab auf ihren Schoß gesunken war, in die Wollwolke, die da lag.

– Was bringt dich dazu, so etwas zu sagen? Salomon hat nichts zu fürchten. Und das habe ich ihm gesagt. Aber hast du Angst, Helga? Hast du Angst vor mir?

Helga legte die Spindel auf den Schoß und schaute nur gerade vor sich hin. Es dauerte eine Weile, dann begann der Wollfaden wieder durch ihre Finger zu gleiten.

– Verzeih mir, sagte sie. O barmherziger Gott, was bin ich für eine Närrin!

Aron beugte sich zu ihr vor, bis sein Gesicht ganz nah an das ihre kam und sie seinen Atem in lauen kleinen Stößen zu spüren bekam.

– Du willst doch nicht für irgendwas um Verzeihung bitten?

Sie lächelte ein wenig abwartend.

– Nein, das will ich nicht. Aber jetzt ist es jedenfalls gesagt.

Die letzten Worte murmelte sie nur. Dann schwiegen sie wieder. Wie gern hätte sie mit ihm über Rubert und den Sündenfall geredet und mit seiner Hilfe den Klumpen von Gedanken zu einem geschmeidigen Faden gesponnen. Er war ja klug, dieser Aron. Klüger als jeder andere, den sie kannte. Sie hätte ihn fragen wollen, ob Wissen dasselbe wäre wie Schuld. Sie hätte erzählen wollen, dass ihr Halbbruder Rubert sie heute dazu gebracht hatte, sich nackt zu fühlen. Obwohl sie voll bekleidet war. Sie hätte Aron fragen wollen, wie ein Mensch, der unschuldig war, dennoch Schuld empfinden konnte. Und ob es das war, was Sündenfall und Erbsünde hieß. Doch in ihrer neuen Nacktheit und Scham wagte sie diese Dinge nicht zur Sprache zu bringen. Jetzt war es einfach unmöglich, alles.

– Bald schon sind weder ich noch Lurv hier, um das Haus zu hüten, sagte Aron plötzlich in einem Versuch, die sonderbare Stimmung zwischen ihnen zu durchbrechen. Bald schon verschwinden wir in den Wald!

– Verschwinden?!, rief Helga mit lauter Stimme, aus ihren Überlegungen gerissen.

Sie blickte auf und sah auf einmal, wie Arons Gesicht sich blitzartig veränderte. Er war zusammengezuckt, wie von einem unverhofften Schlag, und hatte dabei die Wiege mit dem Fuß niedergedrückt, so dass sie sich zur Seite neigte und wieder aufrichtete wie von einer Welle. Und sein Gesicht... Das ganze Licht, das sonst darin wohnte, war wie ein Vorhang weggezogen, und jetzt sah sie ein anderes Gesicht darunter. Grau, gehetzt. Die Pupillen stachen wie Nagelköpfe aus den hellen Augen.

– Was ist mit dir?, flüsterte sie.

Das Kind in der Wiege war von dem heftigen Stoß aufgewacht, und Helga nahm es zu sich hoch. Aron rieb unruhig sein Gesicht in den Händen.

– Es war nichts. Es war nichts, Helga. Ich versteh selber nicht... Ich geh jetzt schlafen.

Er stand auf. Als er an Helga vorbeiging, ließ er seine Hand leicht, ganz leicht ihre Schulter streifen und blieb einen Moment stehen.

– Es hatte nichts mit dem zu tun, was du gesagt hast. Du musst keine Angst vor mir haben.

Das Kleine trank ihre Milch in langen Schlucken.

– Jetzt hab ich jedenfalls was zu sehen bekommen, sagte sie, immer noch flüsternd.

– Was denn? Was meinst du, hast du zu sehen bekommen?

– Ich hab zu sehen bekommen, was für eine unglückliche Seele du bist. Dass etwas anderes hinter dieser Ruhe steckt.

Er schüttelte wie zur Abwehr den Kopf.

– Hast du etwas anderes angenommen?

Sie drehte sich so, dass sie ihn ansehen konnte.

– Nun, ich sage es ja. Jetzt hab ich es zu sehen bekommen.

Aron ließ seine Hand noch einmal ihre Schulter streifen, bevor er Lurv mit sich hinaus in die Frühlingsnacht nahm.

Aus irgendeinem Grund fühlte er sich befreit. Und zugleich

traurig. Jetzt sah er im Westen die Venus funkeln. Etwas weiter weg bellte ein Hund. Und hinter dem Gebell, wie eine ununterbrochene Schwingung in der Luft, drang der eintönige Lockruf des Steinkauzes aus dem Wald. Dass er immer noch zu Gange war!

Später, oben in seiner Kammer, zündete er eine Kerze an. Es war, als würde etwas Großes und Schweres in ihm verlangen, dass er ihm eine Feier bereitete. Er streifte das Hemd und das Unterhemd ab, zog die Socken aus – und nach einem kurzen Zögern löste er den Gürtel und zog auch die Hosen aus. Jetzt stand er nackt im Zimmer, stand regungslos, wie in einem Ritual gefangen. Dann machte er das Zeichen des Kreuzes, langsam, als würde er es in seine Haut einbrennen. Anschließend fiel er auf die Knie, die Hände vor dem weißen Bauch gefaltet. Er flüsterte sehr leise, den Blick auf das kleine Kruzifix geheftet:

– Auf Gnade und Ungnade, Herr, überantworte ich mich.

Man konnte den Steinkauz bis ins Zimmer hören. Die Rufe drangen in ihn ein, während er da kniete. Es lag eine zugleich verhaltene und wilde Sehnsucht darin. Jetzt war er es, der rief, er, Aron. Sein ganzes Leben. Sieben Male hintereinander, hell, hell zitternd. Darauf Stille, Grabesstille. Dann wieder Rufe, sieben Rufe, wie eine Brücke, über die Nacht gespannt.

Sie ritten ihre Pferde hinaus auf die Sommerweide, die Männer von Krokmyr. Es war früh an einem Morgen Mitte Juni. Die Birken waren in einen lichtgrünen Schimmer gehüllt, zierlich wie Tänzerinnen flossen sie in der Luft umher. Zwischen ihnen standen die Fichten mit leichten, befreiten Flügeln, scheinbar dunkler als üblich. Der Boden war weich und lehmig, an schattigen Stellen hatte der Frost ihn noch im Griff, aber am Himmel stand an diesem Tag die Sonne wild und stark; ein einziges brennendes, aufgesperrtes Auge.

Die Männer waren das Reiten nicht gewöhnt, und die Pferde waren es ebenso wenig gewöhnt, geritten zu werden. Aber das machte nichts an diesem Morgen. Jetzt sollten die Pferde hinaus auf die Sommerweide, es war der Tag der Versöhnung und Wiedergutmachung. Kälte, Schläge und harte Worte der schwarzen Wintermorgen, die überschweren Bürden und geifernden Mäuler der Winterabende – alles sollte jetzt gesühnt und vergessen sein. Multbeerenblüten quollen bis über die Fahrbahn. Die Landschaft öffnete sich ihnen, als sie in einer Reihe dahinzogen, vorbei an den letzten Katen und Einödhöfen. In weiter Ferne kämpften die Berge mit dem Morgendunst, es lagen Märchenwelten da drüben, Bergkamm an Bergkamm, Wassersprenkel wie Silber von den Seen, darüber dünne Nebelstreifen. Und die Pferde, sie wussten, da sollten sie hin!

Aron ritt Salomons Pferd Balder. Lurv trabte an seiner Seite, wenn er nicht kurze Ausflüge aufs Stormoor unternahm und einen Vogel aufscheuchte.

Es waren acht Männer auf acht Pferden, mit zwei jungen Pferden im Schlepptau. Eine lange und gemächliche Reihe. Nach gut einer halben Meile bogen sie von der Malgostraße ab und folgten schräg aufwärts einem Hang, der in nördlicher Richtung die Moore begrenzte. Höher und höher stiegen sie an der Bergflanke empor und schraubten sich so in das Land hinein, das dahinter verborgen lag. Aron fühlte, wie die Stille um sie herum immer mehr Gestalt annahm. Die lautlosen Wolkenschatten jagten kreuz und quer über die Landschaft, wie eine verspielte Unruhe an der Oberfläche der bergschweren Stille. Er tat einen tiefen Atemzug. Hier sollte er sich also in Gesellschaft von Lurv und einem Dutzend Pferden aufhalten, fast drei volle Monate lang. Er blickte mit Wärme auf seinen Hund, der da unten neben ihm lief, und gab dem Pferd ein paar Klapse auf den Hals.

Heute Nacht habe ich wegen der Kälte nicht zu schlafen gewagt.

Ich hätte mich zu Tode geschlafen, so wie die Spätsommerhummeln, verkrochen in der Pupille der Ringelblume. Ich hätte mich inmitten einer riesigen Frostblüte totgefroren.

Es begann mit einem stechend heißen Juckreiz und Nerven, die zuckten, bald hier, bald da. Dann folgte eine heiße, schläfrige Benommenheit. Mir war, als würde die Nacht sich immer länger und weiter ausdehnen, sie wurde immer größer, sie wollte kein Ende nehmen.

Ich rappelte mich hoch, stolperte ein paar Schritte, legte mich wieder hin. Erhob mich wieder, stolperte... Die Kälte wollte für nichts anderes Raum lassen. Sie fraß mich. Sie fraß mich Millimeter um Millimeter, mit einer unerbittlichen, trockenen Korrektheit, mit einer zwingenden Wissenschaftlichkeit. Sie wollte ausgleichen, so viel verstand ich. Sie wollte mich einfrieren, zu einer Einheit mit allem rings um mich herum, mich teilhaftig machen.

Ich leistete Widerstand. Den Widerstand des Bluts, der Nerven, der Flüssigkeiten. Ich mobilisierte meine gesamte Kraft. Ich konnte die unsichtbaren kleinen Frostkristalle in der Luft rings um mich herum explodieren hören. Unendlich leise, gleichsam klingende Laute.

Und das Firmament – wie eine sprühende und funkelnde Zeichensprache für die Unermesslichkeit der Welten. Der Kopf wollte mir platzen, um zu fassen, was ich sah. Da saß ich, eine schrumpfende Ausbuchtung von Wärme, eine kleine, fauchende und jämmerliche Raserei in der Sternennacht. Und ich sah, ich sah, wie schön die Welt war. Manchmal ist nichts grausamer als die Schönheit der Welt. Sie beherbergt uns nicht. Sie spuckt das meiste von uns aus, wie man Schalenreste und unverdauliche Fasern aus seinem Mund spuckt. Unseren Geruch will sie vertilgen, unseren schweren, dumpfen Körpergeruch; den Menschengeruch, den Neugeborene trinken, wie sie die Muttermilch trinken. Und der Schmutz unter unseren Nägeln: Weg damit! Die Schönheit will uns bis auf die Knochen brennen und uns auf ihr großes, blindes Raumrad flechten. Mit einem Lachen entzündet sie Blumen, die wie Feuer sind und uns aus unserer eigenen Haut kriechen lassen.

Der Gott ist irgendwo anders, dachte ich heute Nacht. Irgendwo anders ist der Gott.

Ich dachte es im Zorn. Und der hat mich bewahrt, glaube ich.

Benommen ahnte ich schließlich das Licht, das sich aus dem Schnee hervortastete. Da war bereits eine Ewigkeit vergangen, seit mir zuletzt bewusst gewesen war, dass es mich gibt. Ich hatte nicht geschlafen, doch die Nacht hatte mich in etwas hineingejagt, das weder Schlaf war noch Wachen. Höher erhob sich jetzt das Licht, ich sah, wie es auf seinem goldenen Tablett eine Welt trug. Es war eine leuchtende Opfergabe, die der kleinere Gott dem größeren darbot. Ich lag in meiner Grube irgendwo im Weißen und sah die Geburt. Eine weiße, schweigende Welt, bevölkert von reglosen Baumwesen und Kristallen. Es war keine Wolke am Himmel. Es gab keine Bewegung. In mir war alles gelähmt von diesem Anblick.

Plötzlich wirbelte Pulverschnee auf mich herab. Töne zersprangen in meinen Ohren, feine, dünne Lichtklöppeleien, wie Spitzenglas. Und da entdeckte ich es – kleine, graue Vögelkörper taumelten ganz in meiner Nähe zwischen den Bäumen hindurch, Wendehälse, kleine, heiße lebendige Wendehälse. Sie rissen mich ins Sitzen hoch, und auf einmal spürte ich, wie sich meiner Kehle ein Laut entrang, gleichsam prüfend und rasselnd, eine Art Ruf, ein Ruf zu den Vögeln hin; den Vogelwundern: Ich wollte sie streifen.

Es ist jetzt. Es ist mein Leben. Ich muss gehen. Ich gehe ja hier mit meinem Leben herum. Ja, ich weiß, dass ich ausgehungert bin, ich weiß, dass ich durchgefroren bin. Aber die schweigenden Schneeweiten rufen nach meinen Schritten. Geh!, ruft es überall, und ich stehe auf und steige aufwärts, stetig aufwärts, wo die Kälte gemildert wird und die Sonne am nächsten ist. Die weiße, wilde Sonnenscheibe.

Es ist Nachmittag, ich merke, dass die Fichten ein Stück hinter mir zurückgeblieben sind und dass sich ein weißes Feld vor mir ausbreitet, noch immer am ansteigenden Hang; noch bin ich nicht oben angekommen. Der Schnee liegt hier tiefer, der Wind hat ihn vor sich her getrieben. Mehrmals muss ich stehen bleiben und dem Keuchen lauschen, das sich so aufdringlich in die Stille mischt. Der Himmel streicht über meinen Kopf, ich begreife, dass ich mich endlich nähere. Die Sonne liegt dicht am Gipfel, wandert an der anderen Seite des Berges hinab. Da oben, in scharfen Silhouetten, sehe ich eine Ansammlung von Häusern.

Ich habe um alle Häuser einen Bogen gemacht. Ich hatte Angst, sie würden mich auf eine andere Bahn führen. Die Häuser, habe ich gedacht, befinden sich auf einer Bahn, die direkt in die Wunden führt. Die Häuser mit ihrem Geruch nach Menschen, mit ihren Spuren, ihren Gegenständen. Und obwohl es ungewöhnlich ist hier in Hohaj: Es könnten Menschen darin wohnen, jedenfalls vorübergehend. Und sie würden mich nicht hier herumlaufen lassen wie ein wildes Tier im Wald. Menschen müssen zahm sein, was immer ihnen zustößt. Und jene, die vielleicht in den Häusern sind, würden mir ansehen, dass ich eine von ihnen sein muss, dass auch ich ein Mensch bin, und sie würden sagen, Menschen dürfen nicht so herumlaufen. Wenn ich dann antworten und sagen würde, ich bin eine Pilgerin, die aus ihrem Leben herausgetreten ist, würden sie mich nicht verstehen. Sie würden mich packen und irgendwohin schicken, in eine Klinik, in eine spezielle Abteilung für Verirrte. Es gibt nur wenige, die verstehen, wie weit hinaus das Leben einen Menschen schicken kann.

Aber diesmal ist etwas Besonderes an den Häusern. Ich weiß nicht, was. Ich bleibe einfach stehen, stehe da und betrachte sie. Es ist ganz still geworden. Mein Keuchen hat aufgehört. Aber ich stehe da und begreife nicht, wieso ich mich nicht davonmache. Wäre es möglich, dass mein Weg hinauf zu diesem Anwesen führt, dass meine Bahn mitten durch diese Höfe schneidet?

Aus den Schornsteinen da oben steigt kein Rauch. Kein Hund bellt. Keine Motorschlittenspur kreuzt die Mulde, in der ich stehe. Es ist eine Gruppe von stillen Gebäuden. Ich plumpse ein paar Schritte näher, mache aber bald wieder halt. Wenn es nun die pure Angst ist, die mich treibt, Angst vor noch so einer Nacht wie der vorigen?

Jetzt fällt die Dämmerung rasch. Die Luft wird grau und stumm. Die Sonne ist von dem Bergkamm abgeglitten, klammert sich nur mit ein paar Glutfingern fest, die fast nur sich selber beleuchten.

Ja. Ich gehe hinauf zu den Häusern. Ich gehe so nahe heran, dass ich erkennen kann, welche Farbe sie haben. Dass sie grau sind, dass sie nie rot gestrichen wurden, dass sie da grau in grau stehen.

Die Schatten kommen aus dem Wald gekrochen, die Nachtschatten, die kauernd zwischen den Bäumen gewartet haben. Zugleich saugt die Dämmerung das Licht da oben ein. Als ich bei dem Gebäude ankomme, das ich für den Viehstall halte, ist es bereits finster geworden. Und die Kälte hat sich verschärft. Bei strenger Kälte bekommen alle Dinge so starke Konturen. Messerscharfe Kanten an Bäumen und Gebäuden. Die Dinge treten aus ihrer Umgebung hervor, als wären sie Ausschnitte, aufgehängte Ausschnitte.

Lange stehe ich an die Stallwand gedrückt und spähe auf den Hof hinaus. Im Winter hat hier jemand Schnee geschippt. Kleine Pfade zwischen den Gebäuden. Aber neuer Schnee ist auf die freigeschaufelten Wege gefallen, neuer, unberührter Schnee. Jemand ist dort gewesen, denke ich. Aber jetzt ist niemand mehr da. Und dennoch. Ein eigentümliches Gefühl ergreift mich.

Ich entdecke den Brunnenschwengel, der mitten im Hof aufragt. Und darunter, auf dem Boden... Ist es ein Hund, der da liegt? Mein Keuchen wird wieder laut. Und die Kälte schneidet mir in die Füße. Ich versuche, die Lippen zu einem Pfeifen zu formen, aber sie wollen nicht. Ich lecke an ihnen, versuche, sie im Mund drinnen zu wärmen, und probiere es noch einmal. Schließlich fährt ein kleines Pfeifen durch die Luft. Aber der Hund liegt unbeweglich da. Kein Ohr, das sich spitzt, nichts. Noch einmal pfeife ich, diesmal ziemlich laut. Es kann kein Hund sein. Vielleicht ein Sack. Ein Holzsack.

Ich merke, dass ich mich bewegen muss, wenn ich nicht festfrieren will. Und ich muss mich in den Hof hineinbewegen, ganz offenbar muss ich das. Es wundert mich, aber mein Weg verläuft hier, ich spüre den Ruf, den Ruf, der mich die ganze Zeit geleitet hat, ich spüre ihn ganz deutlich hier oben auf dem Hof. Und dann soll alles so sein, wie es ist. Es soll sein, wie es ist. Und ich nähere mich dem Bündel am Brunnen und bleibe erst ein paar Schritte davor stehen.

Ihr müsst wissen, dass es ein Mensch ist. Eine alte Frau. Und die Mütze hat sie verloren. Die ist mit dem Eis zusammengewachsen, das sich gebildet hat. Neben der Toten liegt ein umgekippter Eimer. Sie hält den Griff noch umklammert. Ein fester Griff. Den Kopf hält sie ein wenig angehoben, als wäre sie dabei, sich zu erheben. Eine leichte Brise wühlt in ihren Haaren. Sie wirkt so klein in ihren Kleidern. Als hätte jemand sie einfach umgeblasen.

Sie verließen Nattmyrberg nur, wenn es unbedingt nötig war. Zu Hilmas Zeit war das ja anders gewesen. Aber jetzt war es Knövels Zeit, und er hielt sich lieber verborgen. Es kam ihm zupass, wenn er den Blicken der Menschen nicht begegnen musste. Inna könnte ja auch auf die Idee kommen, ihn zu verlassen, wenn sie nach Krokmyr hinunterging und das Leben dort sah und wie es gelebt wurde. Womöglich lernte sie da einen Kerl kennen. Knövel wollte alles so lassen, wie es war. Im Vorfrühling, wenn der Schnee verharscht war, nahm er den Schlitten und fuhr zum Kaufladen. Dann belud er ihn mit möglichst viel Salz, Graupen und Zucker. Und schleppte alles nach Hause. Ein paar Felle, einige Waldvögel und geräucherten Fisch hatte er zum Verkaufen dabei. Das Geld war ja rar da oben in Nattmyrberg. Im Wald war es zu nichts mehr nutze. Wären Kiefern gewachsen in Hohaj, hätte er einen Teermeiler bauen können. Das hatte er oft gedacht. Aber es gab nur Fichten, nichts als Fichten, in ganz Hohaj wuchs keine einzige Kiefer, aus der sich der Teer gewinnen ließ.

Im Sommer war er gezwungen, zwei-, dreimal hinunter zum Kaufmann zu gehen, um Butter und Käse zu verkaufen. Er ließ es verrechnen. Aber in diesem Sommer meinte Inna plötzlich, sie wollte mit hinunter, jetzt wollte sie das Dorf sehen, das sie seit Hilmas Tod nicht mehr besucht hatte. Jetzt wollte sie sogar allein dahin, mit dem Käse und der Butter, die sie zubereitet hatte.

Bestimmt war sie schon zwanzig, Knövel hatte sich nicht die

Mühe gemacht nachzurechnen. Aber es war eingeritzt in die kleine Klapptür der Kommode, Tag, Jahr und Namen aller Kinder, die mehr oder weniger voll entwickelt geboren worden waren. Hilma hatte es geritzt und mit Tinte ausgefüllt. Und Inna hatte es gesehen, Inna wusste Bescheid. Sie hatte herausgefunden, welches Jahr jetzt war, und nachgerechnet. Alle Finger zweimal hintereinander. Zwanzig. Sie war zwanzig Jahre alt. Und sie bat nicht um Erlaubnis, sie sagte, dass sie gehen wollte, dass sie würde, dass sie müsse.

Inna konnte es selber kaum fassen. Es war, als wäre eine neue Stimme gekommen und hätte sich vor die alte Stimme gestellt. Vor Inna, vor Knövel, die Arme wie zum Schutz ausgebreitet. Eine neue Stimme, die sich plötzlich irgendwo von innen heraus ihren Weg bahnte.

Sie stritten sich. Knövel schrie sie an, sie sollte Laga holen, er hätte das Streiten satt. Inna aber weigerte sich.

– Diesmal geh ich selber runter und verkaufe meine Butter und meinen Käse, da kannst du sagen, was du willst.

Knövel war nicht im Stande, Laga selber zu holen. Er konnte es einfach nicht. Er fühlte nur, wie ihn ein unbeschreiblicher Schrecken packte, wenn er sich vorstellte, er müsste hinaus in die Diele und das Knüppelungetüm aus der Ecke holen. Und vielleicht würde er ihrer nicht Herr werden, so wie Innas Stimme jetzt klang.

– Eins sag ich dir, verkündete er für alle Fälle, eins sag ich dir, hier bin ich es und niemand sonst, der mit Waren nach Krokmyr geht.

Meine Butter, dachte er. *Mein Käse.* Gehörten ihr Butter und Käse etwa mehr als einer Magd? Welche Vorstellung hatte sie sich gemacht?

– Das Vieh, das wir hier auf Nattmyrberg haben, das hab ich alles angeschafft, sagte er. Die Milch, die von ihnen kommt, das ist meine Milch. Und wenn der Herrgott höchstpersönlich an den verdammten Zitzen zöge, gehörte sie doch mir! Begreifst du das nicht, Mädel? Geh Laga holen, du Fotze, dann zeig ich dir, wem der Käse hier auf dem Hof gehört!

Du darfst keine Angst zeigen, dachte Inna. Sonst wittern sie Blut, die Wölfe. Sonst wittern sie Blut.

– Ich hab dir gesagt, du musst ihn selber holen, wenn du ihn brauchst, sagte sie leise und verbissen. Hilma stand jetzt dicht hinter ihr. Und sie hatte der Tochter ihre Hände auf die Schultern gelegt.

– Und wenn ich nicht runter ins Dorf darf, dann mach ich keinen Käse mehr und keinen Klumpen Butter!

Knövel lief jetzt in der Stube herum. Hin und her zwischen den drei Fenstern und hinüber zum Ofen, zur Kammertür, auf und ab. Inna saß am Tisch, mit untätigen Händen, die Unterarme auf die Tischplatte gelegt. Die Handflächen nach oben gewandt. Er starrte auf diese nach oben gewandten Hände.

– Wirst du wohl die Hände vom Tisch nehmen!, brüllte er, als er genug hatte von diesem Ärgernis.

Und das tat sie.

– Es gehört sich nicht, dass du zum Kaufladen runtergehst, fuhr er fort, gestärkt davon, dass sie ihm gehorcht hatte. Ich hab schließlich mein… *Geschäftliches*… mit Olofsson. Wir stehen bei ihm in der Kreide und anderes mehr.

Sie schaute ihren Vater an. Ein stiller Jubel stieg in ihr hoch. Sie sah ihn. Es war so einfach, es war eigentlich nur dies, dass sie ihn sah. Dass er exakt er selber war. Nichts weiter. Keinen Deut mehr. Jetzt versuchte er, ein bisschen gerissen zu sein, das sah sie. Sie erkannte, dass er versuchte, sich wichtig zu machen, von *Geschäftlichem* zu reden. Sie dachte: Er hat Angst. Auch er hat Angst. Er ist wie ich. Der Jubel stieg ihr als Röte ins Gesicht. Ich habe ihn ins Wanken gebracht, dachte sie. Ich sehe ihn. Knövel starrte seine Tochter an. Er beugte sich über die Tischplatte, so dass sie unter seinem Gewicht knackte, beugte sich vor und starrte ihr ins Gesicht.

– Und wieso machst du so ein verdammt fröhliches Gesicht?,

zischte er und entblößte die Stümpfe, die ihm noch in der Mundhöhle geblieben waren. Er sog Luft ein und schrie:

– Bildest du dir ein, mir wäre bange vor dir, wie?

Inna kämpfte mit ihrer Angst, mit den Stichen, die sie jetzt an ihren Schenkeln spürte, in den Hinterbacken, bis hinauf in die Lenden. Oh, warum stach es so und brannte, brannte in ihrem Inneren, versengte sie, so dass sie ihn nicht mehr sah, sondern eher wahrnahm als etwas Großes, etwas Unförmiges? So dass er wieder nicht erkennbar war, weil er alles ausfüllte, jeden Winkel in ihrem ureigensten Bereich und darüber hinaus, weiter, bis hinüber zum Kaufladen in Krokmyr. So dass sie keinem anderen Menschen in die Augen sehen konnte ohne dieses Unförmige dazwischen.

– Nein!, schrie sie im selben Moment. Nein, ich habe keine Angst vor dir, du verkrüppeltes, entstelltes, hinkendes altes …

Peng! Da kam die Ohrfeige quer über den Tisch mit solcher Wucht, dass sie rücklings vom Stuhl fiel, auf den Boden. Schon war Knövel über ihr und wollte weiterschlagen, nachdem er endlich in Gang gekommen war. Doch Inna richtete sich blitzschnell auf und stieß ihn weg.

– Du rührst mich nicht an, sagte sie mit starrer und klangloser Stimme.

Dann stand sie auf, ihren Blick fest in den des Vaters gebohrt. Er saß auf dem Boden, das Gesicht leuchtete rot, der Schreck flackerte in seinen Augen. Es war geschehen. Sie sah ihn. Dass er da saß. Dass er war wie sie.

Ohne seinen Blick loszulassen, ging sie rückwärts aus dem Haus, hinaus in die weiße Sommernacht. Mit noch neuer, fremder Entschlossenheit lief sie hinunter zum Stall, sammelte ihre Käselaibe und ihre Butter ein, packte alles in ein Bündel, das sie mit Riemen verschnürte. Dann ging sie, auf einem Umweg, um nicht gesehen zu werden, den Pfad hinunter zum Dorf. Ein paar Kilometer weit trug sie der Zorn – oder war es der Mutwillen –, doch als er verflogen war, blieb keine Kraft mehr übrig. Inna setzte sich hin. Sie starrte hinaus in die Nacht. Die Mücken durften ungehindert über ihr Gesicht kriechen. Alles in ihr war leer und blank. Nur ein Ton, ein langer, anhaltender Ton durchzog sie. Allmählich fing sie an zu zittern. Sie zitterte wie von einem inneren, heimlichen Erdbeben. Es war, als schlüge sie Wellen.

Schließlich musste sie eingeschlafen sein. Als sie erwachte, fiel die Sonne in Streifen zwischen den Bäumen hindurch. Zuerst blieb sie eine Weile sitzen und erinnerte sich. Sie schloss die Augen und wiegte den Körper vor und zurück. Noch immer durchzog sie der anhaltende Ton. Dann schlug sie die Augen auf, streifte das Kopftuch ab und ordnete ihre Haare. Die Silberhaare. Inna verbarg sie sorgsam unter dem Kopftuch, wischte die Hände am Blaubeerkraut ab und stand auf. Die Luft war schon warm. Mücken umtanzten sie, Gnitzen krochen ihr in die Augen und hinter die Ohren. Sie nahm ihr Bündel und hängte es über die Schulter. Jetzt würde sie nach Krokmyr gehen, jetzt würde sie den Kaufladen betreten, jetzt würde sie dahin kommen, wo es Menschen gab. Und die Butter würde nicht schmelzen.

Es war heller Tag, als sie auf die Malgostraße kam. Bald ging sie wie auf einer übers Moor gespannten Saite. Die Multbeeren waren noch unreif und hart, aber manche leuchteten hier und da schon rot am Wegrand, wie kleine Rufe. Inna ging schnell. Bevor sie den ersten Hof erreichte, musste sie Knövel aus ihrem Körper vertrieben haben. Nichts als Inna sein, hinausgelassen in den Sommertag, zum ersten Mal seit Hilmas Tod hinausgelassen in die Welt. Dass so etwas möglich war! Dass sie hier gehen konnte! Sie würde die prächtige Butter und die unglaublich runden kleinen Käselaiber auftischen. Er würde was zu sehen kriegen, dieser Olofsson. Die Sternmuster, welche die Käselaiber schmückten, und die schwere, reine Butter.

Nicht auf allen Höfen verarbeitete man die Milch, außer zu Sauermilch. Freilich, die Kinder tranken natürlich alles weg, was zu kriegen war. In Nattmyrberg wurde die Milch kaum angerührt. Ein Schluck zur Grütze, von der entrahmten, mehr nicht. Sie hatten ja so wenig zu verkaufen. Die Ziegenmilch ging restlos für den

Käse drauf. Inna kochte Molkenkäse, wie Hilma es ihr beigebracht hatte. Den aßen sie zur Butter, Knövel und sie. Ja, zu allem. Zum Fisch und auch zu den Kartoffeln. Mit Wasser verdünnt nahmen sie ihn sogar zur Grütze. Die Leute kauften ohnehin lieber Weißkäse.

Inna war tief in ihre Gedanken über Käse und Butter versunken. Sie musste Knövel vor dem ersten Hof loswerden. Knövel sollte nicht mehr an ihr haften, wenn sie unter Menschen kam. Knövel, dachte sie. Wenn sie nur wollte, war er nicht da, nicht an ihr, nicht in ihr, nirgends auf der Malgostraße. Er saß oben in Nattmyrberg. Mit Laga in der Faust würde er dasitzen, wenn sie zurückkam, und alles zurückfordern, was sie erobert hatte. Aber nicht jetzt, nein, nicht hier. Sie hatte ihn wirklich gesehen. Er war ja nicht mehr als sein Körper; die Linien um ihn herum, die Grenzen um ihn herum. Er war in seinem Körper. Gefangen.

Olofsson machte große Augen, als Inna in den Laden trat. Er besah sie von allen Seiten, drehte den Kopf wie ein Vogel hin und her, probierte schließlich ein kleines Lächeln und sagte:

– Also, das ist doch die Tochter auf Nattmyrberg, die da hereinspaziert kommt!? Aber wie heißt sie noch...? Herrgott, sie ist ja erwachsen geworden, ausgewachsen ist das Mädchen!

Wieder lächelte er und sah freundlich und neugierig aus. Wollte er wissen, wie sie hieß, sollte sie das sagen?

– Ist er krank, dein Vater, ja, Knövel, wie wir'n nennen? Oder wolltest du einfach ins Dorf runterkommen, eeh, wie heißt du doch gleich, Mädel?

– Inna, antwortete sie leise, den Blick in das Bündel verhakt, das sie auf die Theke gelegt hatte.

– Inna, ja, das war es! Inna.

Die Türglocke bimmelte, und Salomon trat ein.

– Guten Tag, grüßte er.

– Guten Tag, Salomon, sagte Olofsson. Ja, hier haben wir hohen Besuch. Die Tochter von Nattmyrberg ist im Dorf, und das war sie nicht gerade gestern.

Er lachte ein bisschen.

Inna war errötet. Das hier wurde ihr zu groß. Wann würde er endlich fragen, was sie in dem Bündel hatte?

– So so, sagte Salomon. Und der Alte, er lebt?

– Doch, sagte Inna.

– Ja, er ist ja manchmal hier unten, man hat ihn ja gesehen.

Unsicher begann Inna, die Riemen an ihrem Bündel aufzuschnüren.

– Ah, sagte Olofsson, sie hat was mitgebracht von da oben.

Sie legte die Waren in einer schönen Reihe aus, die Dosen aus Birkenrinde mit der Butter und dann die kleinen runden Käselaiber mit den Sternen.

Olofsson seufzte.

– Ja. Ich hab es deinem Vater schon oft gesagt. Dass man mit solchen Waren nach Racksele gehen sollte. Die Leute hier in der Gegend machen ihren eigenen Käse. Na ja, einen oder zwei kriegt man vielleicht los...

Inna schaute ihn hilflos an. Völlig verstummt starrte sie ihm direkt ins Gesicht.

– Will er nichts haben...?, brachte sie schließlich heraus.

– Nun ja. Er rieb sich das Kinn und warf einen Blick auf Salomon. Ich muss ja morgen nach Racksele, ich könnte was davon mitnehmen und es weiterverkaufen. Aber dann wird es natürlich ein anderer Preis. Sie will Waren dafür, versteh ich das recht?

– Ja, flüsterte Inna.

– Dann sehen wir mal im Buch nach.

– Sei ein bisschen großzügig zu dem Mädchen, Olofsson!, meinte Salomon und blinzelte ihr freundlich zu.

Olofsson warf ihm einen schmalen Blick über seinem Kassenbuch zu und antwortete nicht.

– Darf ich inzwischen nur ein Stück Kette kaufen?, fuhr Salomon fort.

– Frag das junge Fräulein doch selber.

Inna sah unsicher zu den beiden Männern hin und nickte. Es

lief nicht eben so, wie sie es sich vorgestellt hatte. Sie begriff nicht den Sinn hinter allen Worten, die gewechselt wurden, und wusste nicht, ob sie selbst es richtig oder falsch machte. Und Knövel, was würde er sagen, war das dieses *Geschäftliche*, von dem er so wichtigtuerisch sprach?

– Ich glaube, ich kaufe auch so einen kleinen Käse, sagte Salomon, als er seine Kette bekommen hatte.

– Wie viel nimmst du für den Käse, Olofsson? Ja, den Ziegenkäse da.

Er deutete auf einen in der Reihe und lächelte Inna zu.

– Das ist ein Kaffeekäse, der da, sagte Inna gestärkt.

– Ja, das seh ich doch! Ich will meine Leute mit einem richtigen Kaffeekäse überraschen! Es gibt bei uns nicht viele, die solchen Käse machen, musst du wissen. Die ihn *richtig* machen. Also gib ihn ja nicht gratis her!

Da errötete Inna wieder.

– Ne, ne, sagte Olofsson abwehrend. Freilich sind das feine Käse, immer feine Käse aus Nattmyrberg. Ich hab doch vor allem die Butter gemeint. Die Leute in Krokmyr kaufen keine Butter. Na, dann wollen wir mal sehen. Neun Kaffeekäse, fünf Frischkäse, zehn Kuhkäse. Und die Butter und der Molkenkäse.

Salomon war gegangen. Olofsson schrieb umständlich in das Buch, und Inna sah sich alles an, was es in dem Laden gab.

– Na also, sagte der Kaufmann. Jetzt hab ich zweiundzwanzig Kronen und fünfundachtzig Öre von den geschuldeten vierundvierzig Kronen und drei Öre abgezogen. Und du hast gut bezahlt bekommen für den Käse und die Butter, keine Knauserei, da hast du ein gutes Geschäft gemacht, Inna. Das kannst du Knövel ausrichten.

– Ich wollte noch etwas einkaufen, sagte Inna.

– Bitte sehr!

– Zwei Kilo Erbsen, drei Kilo Zucker.

Olofsson maß die Ware ab und stellte sie vor Inna hin.

– Zwei Kilo Graupen, ein Kilo Speck.

Mehrere Leute betraten den Laden. Neugierig musterten sie Inna.

– Kein Kaffee für Nattmyrberg?, fragte Olofsson, damit alle erfuhren, wer sie war.

– Ein Kilo, sagte Inna. Vom billigsten.

– Gut, sagte Olofsson und steckte ein paar Bonbons in eine Tüte aus Zeitungspapier.

Plötzlich merkte Inna, wie hungrig sie war. Es kullerte in ihrem Magen, so dass es vermutlich im ganzen Laden zu hören war. Sie schaute auf den Kaufmann, um festzustellen, ob er es gehört hatte.

– Und noch ein kleines Stück Wurst, sagte sie.

Er nahm Maß und schnitt ein sparsames Stück ab.

– Das ist geschenkt, sagte er. Weil es so lange her ist. Und ein paar Bonbons für den langen Heimweg.

– Danke vielmals, murmelte Inna. Danke, Herr Kaufmann.

Sie packte ihre Sachen zusammen und verließ mit gesenktem Blick den Laden. Da waren sowieso keine Leute, die sie kannte. Keine Gesichter aus der Schule. Keine aus dem Unterricht. Außerdem war es so lange her. Sie erinnerte sich nicht. Sie trat ins Sonnenlicht hinaus und stand eine Weile da, einfach nur da. Sie fühlte sich irgendwie fremd.

An der Hauswand stand eine Bank, und sie setzte sich. Die Sonne schien ihr ins Gesicht, Leute gingen auf dem Weg an ihr vorbei, man hörte Hammerschläge, Hundegebell, eine kreischende Säge. Inna hielt die Augen geschlossen und war im Roten. Plötzlich, stärker als seit Jahren, schlug die Sehnsucht nach Hilma durch. Und da drinnen im Roten, hinter den geschlossenen Lidern, trat schemenhaft ihr Bild hervor. Es wogte wie fließendes Wasser hin und her zwischen Ausdruck, Abdruck und Vergessen. Inna spürte eher, als dass sie sah, wie ihre Mutter sich hinter ihren Lidern bewegte. Die raschen, leichten Gesten, das Gesicht, der Blick, wenn die Mutter sie ansah. Vielleicht ist das Schlimmste der Verlust des Blicks. Wenn jemand, der einen gesehen hat, verschwunden ist, jemand, der einen in seinem Blick getragen, in seinem Auge erschaffen hat. Als würde man selbst undeutlich, verwischt – auf dem Weg aus dem Bild heraus. Inna sucht den Blick da drinnen, den Blick, der sie tragen, halten, bewahren kann. In ihrem Bauch krampft sich etwas zusammen, nicht nur vom Hunger, es ist auch die Sehnsucht. Ihr ganzes Leben wird von diesem harten Knoten angesogen und da drinnen zusammengepresst. Sie ist gerade noch so groß wie ihre zur Faust geballte Hand.

Da fiel ein Schatten in die rote Welt. Als sie blinzelnd und halb blind aufsah, merkte sie, dass sich jemand direkt vor sie hingestellt hatte. Eine Frau, sie sah den Rock, die mageren Hände. Und jetzt beugte sich die Frau über sie, musterte das Gesicht unter dem Kopftuch, die Haarsträhnen, die herausgeschlüpft waren.

– Das ist doch Hilmas Tochter, die ich hier seh, das ist doch Klein-Silber-Inna? Kennst du mich noch? Man nennt mich Nils' Mari.

Inna nickte stumm. Natürlich kannte sie Nils' Mari. Eine der Frauen aus der Zeit, als Hilma noch lebte, die gelegentlich zu ihnen heraufgekommen waren, um ihnen zu helfen. Das war, als Inna klein war, in einer anderen Welt, einer versunkenen und verschwundenen Welt, die aber gerade eben in dem Roten hinter den Lidern wieder aufgetaucht war. Jetzt stieg sie in ihr hoch wie ein Ruf. Das Geballte, Faustgroße begann zu wachsen, es schwoll an, gärend, es wurde übermächtig groß. Sie lehnte ihren Kopf an die Schulter der Frau. Auf einmal wurde sie von unterdrücktem Weinen geschüttelt.

Die Frau, die Nils' Mari hieß, legte ihren Arm um all das Zitternde.

– Wein doch nicht, sagte sie nach einer Weile.

Sie hob Innas Gesicht und schaute einen Augenblick hinein.

– So, sagte sie. Bleib hier ein Weilchen sitzen, ich will nur etwas Mehl kaufen. Dann gehen wir ein Stück zusammen.

Und Inna blieb auf der Bank sitzen wie eine, die man von irgendwoher herabgelassen hatte. Dass man so viel vergessen kann, obwohl es vorhanden ist! Dass man verlieren kann, was nicht verloren ist! Als Mari mit der Mehltüte unterm Arm wieder herauskam, saß sie wie erstarrt in derselben Haltung da.

– Du bist doch auch auf dem Heimweg, genau wie ich?, fragte die Frau.

Inna stand auf, das unförmige Bündel im Arm.

– Er hat mir etwas Wurst gegeben, der Kaufmann. Ich wollte erst ein bisschen davon essen.

– Iss sie besser bei mir zu Hause. Dann bekommst du Brot und Kaffee dazu.

Sie wohnte eineinhalb Kilometer außerhalb von Krokmyr, in einem der Höfe ziemlich nah an dem Pfad hinauf nach Nattmyrberg. Sie waren ein paar Mal da gewesen, die Mutter und sie, als noch Betstunden abgehalten wurden, oder wie jetzt, auf dem Heimweg vom Kaufladen.

Unterwegs sprachen sie nicht viel.

– Also lebt er noch, der alte Lump?, knurrte sie nur. Denn es ist doch wohl kein Kuhschwanz, der dich an der Backe getroffen hat?!

Inna zuckte zusammen. Trug sie Knövels Schlag an der Wange?

– Der Herr will ihm wohl genügend Zeit zur Besserung lassen, denk ich mir, fuhr Mari fort. Es heißt ja, darum würden die Schlimmsten so unfassbar lange verschont. Damit ihnen genug Zeit bleibt, um Reue zu üben und Buße zu tun.

Sie lachte auf und gab Inna einen kleinen Schubs.

– Aber bei Knövel hätte er diese Hoffnung ruhig aufgeben können. Das hätte er.

Inna folgte wortlos Maris Schritten. Es gab nichts, was sie hätte sagen wollen, in ihrem Kopf herrschten Gedränge und Verwirrung, Gedanken und Erinnerungen prallten aufeinander. Und es tat einfach gut, zu gehen und diese Stimme drauflos schwatzen zu hören.

Als sie dann ihren Kaffee schlürften, nachdem sie die himmlische Wurst mit Nils' Maris Brot dazu verzehrt hatten, sagte Mari:

– Du musst mir nicht erzählen, wie du es da oben hast. Ich kann mir schon vorstellen, wie es ist. Aber eins musst du wissen, du bist jetzt erwachsen. Er hat kein Recht mehr über dich. Du kannst weggehen, Inna. Du kannst dir eine Stelle suchen – oder dir einen Kerl nehmen und heiraten!

Inna schaute auf die Untertasse und hob sie langsam an die Lippen. Sie schlürfte die letzten Tropfen Kaffee und stellte die Untertasse wieder ab. Vor dem Fenster, ja, direkt davor, stand eine Eberesche, und sie sah, wie eine Drossel sich im Laubwerk regte; eine Weile folgte sie ihren Bewegungen. Dann kehrte sie zurück zum Tisch und zu Maris Gesicht ihr gegenüber.

– Ich hab alles Meinige da oben, sagte sie. Das Vieh. Und alles.

Mari seufzte.

– Ja. Freilich. Aber in der Schrift steht geschrieben, die Kinder sollen ihre Eltern verlassen, es ist wie ein Gesetz.

– Wir leben wohl außerhalb von alledem da oben in Nattmyrberg. Wir gehören nicht dazu.

– Hat er das gesagt, der Knövel?

– Ne, das hab ich selber sinneriert. Ich hab es heute gedacht, wie ich aus dem Kaufladen kam. Und ich hab es schon öfter gedacht.

– *Sinneriert!*, lachte Mari. Das hat doch Hilma immer gesagt!

Sie legte die Stirn in Falten und verstellte die Stimme:

– Ich bin hier rumgelaufen und hab über eine Sache sinneriert...

Inna stimmte in das Lachen ein.

– Jetzt hast du ausgesehen wie deine Mama! Als du die Stirn so kraus gemacht hast.

Mari schüttete den letzten Schluck Kaffee auf Innas Untertasse.

– Ich werde weggehen, sagte Inna.

– Du kannst über Nacht bei mir bleiben, wenn du willst.

– Nein, ich muss jetzt los, es ist ja noch hell. Und Knövel hat vielleicht nicht gemolken.

– Sieh zu, dass du öfter zu den Leuten herunterkommst. Ich komm nicht mehr da rauf zu Besuch. Wegen der Beine. Und wegen dem Mistkerl. Ich hätt ihn glatt erschlagen können! Das hab ich auch zu Hilma gesagt. Du solltest den da wegmachen, hab ich gesagt.

– Wenn man nur keine Angst zeigt, dann…, sagte Inna und versuchte, sicher zu klingen.

– Ha! Ne, ne. Man kann's doch immerhin versuchen.

Es war schon später Abend, und Inna machte sich auf den Weg. Aber sie hatte viele Gedanken, mit denen sie allein sein musste, und sie fürchtete sich nicht da draußen in der Nacht. Sie tat so, als ginge Hilma neben ihr. Das Merkwürdige war, dass die Mutter ein kleines Mädchen war. Sie hatte ein zu kurzes, schmutziges Kleid an. Und sie hielt Inna fest an der Hand. Es machte nichts, dass die Mutter so klein geworden war. Es fühlte sich ganz richtig an. Jetzt gingen sie zusammen hinauf nach Nattmyrberg.

Jetzt lebte Aron mit Lurv und seinen Pferden. Die Nächte waren weiß wie Glas. Draußen auf den Mooren bewegten sich die Kraniche. Er hörte sie hin und wieder ihre Rufe ausstoßen.

Sie lebten in dem besonderen, dem steil von oben kommenden Licht. Die Blätter zitterten, das Grün wurde zu Silber. Und da waren Mücken in dichten Schwärmen. Und Gnitzen, von denen die Pferde blutig gestochen wurden. Aron zündete qualmende Feuer mit Birkenlöcherschwämmen an, und da standen sie manchmal stundenlang, mit geschlossenen Augen, eingehüllt in den ockerfarbenen Rauch, Hund, Mensch, Pferde. Und reinigten sich.

Die Pferde aus Spettliden waren jetzt auch eingetroffen, drei Stück. Jetzt hatte er also elf ausgewachsene Pferde zu hüten. Und zwei Jungpferde. Die ersten Tage war es ziemlich wild zugegangen, aber jetzt war die Ordnung unter den Tieren hergestellt. Außerdem gab es ja reichlich Platz, sie mussten sich nicht unnötig drängen. Die Tage waren warm. Langsam trocknete der Boden nach Schneeschmelze und Frosthebung. Bald würde nachts für eine Weile so etwas wie eine hauchdünne Dämmerung eintreten. Eine Vorahnung der Dunkelheit.

Aron empfand keine Sehnsucht nach Menschen. Seine Gedanken bedurften der Einsamkeit. Er ging unter den Pferden umher, die eins ums andere ein eigenes, deutliches Gesicht bekommen hatten, zu dem man sich verhalten musste, er ging unter ihnen umher und erzählte sich selber sein Leben. Einmal vor langer Zeit war er geflüchtet. Und mitunter war es ihm, als würde sich sein ungelebtes Leben trotzdem da draußen auf diesen Inseln abspielen, die er einmal verlassen hatte, in einer unteren Schicht der Schattenwelt. Stunde für Stunde, Tag für Tag, Jahr für Jahr der Ungelebtheit. Dass er sein Leben da zurückgelassen und es verraten hatte. Jetzt irrte er in einer Art von Scheinleben durch die Welt. Die Wirklichkeit war dort, wo er sie zurückgelassen hatte. Er, Aron, war dageblieben, wo er sich verraten hatte. Aron war ja auch nicht sein richtiger Name. Es war der Scheinname, den er angenommen hatte, eine Maske, ein Bühnenkostüm.

Nun ging er also umher und erinnerte sich an die ersten Jahre nach der Flucht. Es war auf Island, wo er genau wie hier Pferde gehütet hatte. Diese Zeit rückte jetzt ganz nahe, obwohl er damals nur ein Jüngling gewesen war und die Vergangenheit ihn noch nicht vollständig eingeholt hatte. Das war, als er noch glaubte, es wäre möglich, ein neues Leben zu führen, es wäre möglich, von vorn anzufangen. Aber das Ungelebte, das Verratene regte sich immer stärker in ihm. Er war gezwungen, wieder zu flüchten, um Ruhe zu finden, gezwungen, auf der Flucht zu bleiben. Wohin er auch kam, er war ein Gast, ein Fremder, vielleicht nicht in den Augen der anderen, aber in seinen eigenen. Er wurde Seemann. Das war eine Möglichkeit des Überlebens für einen Heimatlosen, einen Namenlosen. Zehn Jahre fuhr er zur See. Als er schließlich in Simrishamn abmusterte, hatte er keine Gedanken und keine Pläne. Eigentlich war es der Krieg, der ihn an Land gespült hatte. Er musste sich vom Krieg fern halten.

Natürlich hatte er Zeit zum Nachdenken gehabt in den Jahren, in denen er zur See fuhr. Er hatte gemeint, er sei zum Herumirren verurteilt wie zu einer lebenslänglichen Strafe. Er hatte beschlossen, diese Strafe auf sich zu nehmen und sie mit Würde zu tragen. Die einzige Antwort auf das Leben, wie es sich für ihn gestaltet hatte, war Demut. Denn Dunkelheit lässt sich nicht mit Dunkelheit beantworten. Nur mit Licht.

Aber jetzt, seit er nach Hohaj gekommen war, nach Krokmyr,

fühlte etwas in ihm sich anders an. Es war, als zappelten und drängten in ihm Kräfte, die ans Licht wollten. Alles, was in den vielen Jahren Winterschlaf gehalten und einfach nur überdauert hatte. Der Frühling, den er gerade erlebt hatte, rief etwas in ihm wach, er hatte ihn an etwas erinnert und ihn tief und stark berührt mit all seinem Loslassen, all seinem Licht. Es war wie ein Hunger, der ihn jetzt befallen hatte, ein Hunger, der aus ihm wuchs wie ein Geschöpf und um sich griff. Sein ganzes unterernährtes Dasein schien wie aus einem Dämmerschlaf geweckt, jetzt verlangte es nach Nahrung, es schrie nach Wirklichkeit.

Es kam vor, dass er in der Einsamkeit vor sich hin sang. Zuweilen brachte ihn der Laut seiner eigenen Stimme zum Weinen. Nachts bat er seinen Gott, ihm Ruhe zu schenken. Herr, behüte mich, betete er. Es gibt nichts mehr, was mir genügt. Ich finde nicht mehr Platz in meinem Leben.

Die Einsamkeit verschaffte ihm Raum. Er räucherte Fische, von denen er nicht einmal den Namen wusste. Er machte Feuer mit Erlenholz. Er probierte, langsam zu räuchern und schnell zu räuchern. Es war ein Gewicht in allem, was er tat. Ein einfaches, haltbares Gewicht. Die Pferde, die nicht in erster Linie nur Pferde waren, sondern mehr und mehr sich selber glichen, sie sahen ihn mit ihren Augen an, als wollten sie sagen: Wir sehen dich, du bist du. Und die Gesichter von Salomon und Helga, sie sagten: Du bist Aron, wir sehen nicht, wie du vor dir selber davonläufst.

Da, wo er sein Lager aufgeschlagen hatte, kerbte er die Tage in einen verkohlten Baumstumpf. Alle vierzehn Tage würden sie ihm Proviant bringen. Lurv konnte von Fisch leben. Und von Wühlmäusen und anderem, was der Hund auftrieb. Frösche, junge Hasen. Manchmal war es ein betrüblicher Anblick.

Eines Abends erschien Salomon am Lagerplatz. Er war an der Reihe, den Proviant zu bringen. Sie machten ein Feuer und wärmten den Blutkloß mit Fleisch vom Auerhuhn, den Helga zubereitet hatte. Salomon hatte Branntwein dabei und wollte über Nacht bleiben. Aber Aron wollte keinen Branntwein trinken.

– So etwas trinke ich gewöhnlich nicht, sagte er abwehrend, als Salomon einen Schluck in seinen Kaffee schütten wollte.

– Na, eben drum, Aron! Eben drum sollst du heute Abend ein wenig davon kosten. Wir sitzen ja gewöhnlich auch nicht nachts mitten im Wald an einem Feuer. Und trotzdem tun wir das jetzt! Gib schon deine Tasse her!

Aron lächelte und hielt ihm widerstrebend die Tasse hin.

– Du bist unglaublich, Salomon.

Sie aßen und tranken und legten neue Scheite ins Feuer. Und Aron, der den Schnaps nicht gewöhnt war, wurde schnell betrunken.

– Jetzt will ich dir ein Lied vorsingen, sagte er plötzlich und stand auf. Ich habe mich an alle Strophen zu erinnern versucht, seit ich in diesem Sommer hier draußen bin. Es fehlen bestimmt welche, aber das soll mir gleich sein.

Mit heller, starker Stimme begann er zu singen. Es war ein langes, mäanderndes Lied, das er mit ausgebreiteten Armen sang. Nach ein paar Strophen begannen sich die Beine unter ihm zu bewegen, einen Schritt hin, zwei Schritte her, und obwohl er keineswegs nüchtern war, hielt er den Takt, ohne einen falschen Schritt zu tun. Die Augen leuchteten in seinem Gesicht, etwas Stolzes und Selbstsicheres war plötzlich über seine Gestalt gekommen.

Salomon, ebenfalls ziemlich betrunken, betrachtete seinen Freund verblüfft. Jetzt bekam er einen Aron zu sehen, den er noch nie zuvor gesehen hatte, den er aber vielleicht erahnt hatte und dem er gern begegnet wäre. Nun tanzte er hier vor ihm, fast wie in Trance, gefangen von den Worten, den Schritten, von seiner eigenen Stimme.

Als die Strophen zu Ende gingen, sank Aron zu Boden. Das Feuer war heruntergebrannt, und dafür glühte die Sonne am nördlichen Himmel.

– Verzeih mir, sagte er. Ich bin das Trinken nicht gewöhnt.

– Verzeihen? Wieso bittest du um Verzeihung? Du kannst ja wirklich singen, Aron. Und tanzen! Und bestimmt war das deine eigene Sprache, in der du gesungen hast?

Aron nickte ziemlich verzagt.

– Na, ich hab jedenfalls kein Wort verstanden. Aber so ist es wohl, wenn man besoffen ist, dann singt man in seiner eigenen Sprache, dann taugt keine andere. Nicht wahr, Aron?! Und lass jetzt den Kopf nicht so hängen!

Er schloss die Finger fest um Arons Nacken und schüttelte ihn leicht.

– Hörst du, was ich sage? Ich bin froh, dass du für mich gesungen hast.

– Ist schon gut. Ist schon gut. Ich hab mich wohl nur über mich selber gewundert. So was tu ich gewöhnlich nicht.

– Und wer hat gesagt, dass ein Mensch immer das tun muss, was er gewöhnlich tut? Wie? Ist das ein Gesetz, oder was?

Aron warf ihm einen Blick zu. Er versuchte zu überlegen, aber die Gedanken waren so verschwommen.

– Jetzt sind wir wieder am Anfang angekommen, sagte er stattdessen. Wollen wir nicht eine Weile schlafen?

Es war schon ein gutes Stück im Juli, am Beginn der Multbeerenzeit, als Aron in die Nähe des Einödhofs geriet, den er auf der Karte entdeckt hatte. Er hatte sich einen neuen Lagerplatz eingerichtet, und von da aus sah er den Rauch aus den Schornsteinen von Nattmyrberg ringeln. Zuweilen hörte er auch die Schellen von dem Vieh, das sie hielten. Gelegentlich spielte er mit dem Gedanken, vorbeizuschauen und sich vorzustellen. Aber warum sollte er das eigentlich tun? Vielleicht wohnten sie so abseits, weil sie ihre Ruhe haben wollten. Außerdem hatten Helga und Salomon gemeint, es gäbe keinen Grund, warum man mit diesen Leuten zu tun haben sollte. Offenbar war es ein buckliger Alter mit seiner Tochter. Und sie lebten zurückgezogen und waren in jeder Hinsicht eigen.

Dann aber, früh an einem Vormittag, als Aron unterwegs zu den Pferden war, bemerkte er eine Frau, die im Weidendickicht am Übergang zwischen Wald und Moor hockte und Multbeeren pflückte. Er hielt sofort inne, als er sie entdeckte, und blieb stehen. Sie hatte ihn nicht bemerkt, und Lurv war glücklicherweise voraus zu den Pferden gesprungen.

Er sah nur den Rücken von ihr, sie saß in der Hocke und bewegte sich einen Fußbreit hin oder her, ohne aufzustehen. Die Multbeeren lockten goldgelb von allen Seiten, und die Mücken tanzten und stachen. Sie bemerkte ihn offenbar nicht. Sie hörte nur die Beeren.

Es war eine junge Frau, das konnte Aron sehen, obwohl sie sich von hinten zeigte. Die Hände waren jung, die Schultern und die Schulterblätter waren jung. Doch die Haare, die unter dem Kopftuch hervorschauten, waren silbergrau. Vorsichtig bewegte er den Kopf, um festzustellen, ob es am Licht lag, aber die Haare leuchteten wie Silber, wie er auch schaute. Sonderbar, er zitterte innerlich leicht von einer Erregung, die er selber nicht verstand. Aufgeregt überlegte er, wer sie war, die Tochter auf Nattmyrberg hatte er sich eigentlich als ein Kind vorgestellt, er hatte keinen Gedanken daran gehabt, die Tochter könnte eine Frau sein. Aber wer sonst sollte zum Beerenpflücken bis hierher kommen? Sie musste ja von dort sein.

Jetzt hätte er hingehen und sie begrüßen sollen, aber das tat er nicht. Er blieb stehen und hörte sein Herz im Brustkorb pochen. Plötzlich stand sie auf und streckte den Rücken. Dann entfernte sie sich ein paar Meter, immer noch ohne den Kopf zu drehen, und hockte sich wieder hin. Aron stand da wie angewurzelt. Jetzt musste er ausbrechen, jetzt musste er zu ihr gehen, sie begrüßen und vielleicht erzählen, dass er hier die Pferde von Krokmyr hütete.

Er tat ein paar Schritte vorwärts, zu ihr hin. Im selben Moment stand sie auf und drehte das Gesicht in seine Richtung. Sie hatte ihn natürlich gehört. Aron stand wie erstarrt und sah, wie ein Stoß der Überraschung, oder war es Schreck, sie durchfuhr. Ein paar Sekunden standen sie beide reglos voreinander und sahen sich an.

– Guten Tag, sagte Aron mit belegter Stimme. Ich hüte die Pferde von Krokmyr...

Da schrie sie auf, kurz, hart. Dann rannte sie davon, den Beerenkorb in der Hand.

– Nein!, rief er ihr nach. Hab keine Angst! Hab keine Angst vor mir!

Aber sie war verschwunden. Er hatte sie erschreckt. Er hatte ihr Angst eingejagt. Sie war vor ihm davongerannt wie vor einem Bären, einem Wolf, einem Untier.

Ich bin draußen bei der Toten sitzen geblieben.

Ihre Augen stehen offen. Die Dunkelheit um uns herum wird tiefer, aber ihr Gesicht leuchtet mir immer noch daraus entgegen, und so bin ich nicht sicher, ob ich wirklich zu spät gekommen bin.

Noch nie habe ich einen toten Menschen mit geöffneten Augen gesehen. Und diesen Blick wollte ich sehen. Den letzten. Das Schlussbild, das Schlussbild in den Augen der Toten. Ich habe wohl gedacht, es würde mir etwas erzählen. Es würde mich näher bringen.

Nun habe ich ihn gesehen. Nun habe ich flüchtig den Wendepunkt gesehen. Wie wenn Pferde mitten im Galopp ausbrechen. Rückwärts aus der Zeit herausgesogen werden. Man kann den Toten nicht folgen. Man kann es nicht. Als Schlussbild bleibt das Gesicht, das Antlitz des Todes, verlassen, verknöchert. Die Augen der Toten erzählen nichts. Weiter als bis zu diesem Punkt kann man ihnen nicht folgen.

Plötzlich erkenne ich, dass ich jahrelang bei dem Unerreichbaren gewacht habe. Auf irgendeinen Spalt gewartet habe, eine Ritze, eine kleine Pore. Aber es ist ein geschlossenes System geblieben, von dem meinen getrennt. Zwei getrennte, verschlossene Gefäße.

Ich habe bei vielen Toten gesessen. Und die Kälte war jedes Mal wieder genauso schlimm. Die getrennten Gefäße. Trotzdem muss es ja eine Passage geben, einen Hohlweg zwischen ihnen, der geöffnet und dann wieder geschlossen wird, schnell. Eine Übergangsstelle, wo wir hinübergeführt werden, zuerst in die Zeit hinein, dann aus ihr heraus. Also können die Gefäße nicht verschlossen sein, nicht ganz, nicht immer. Dieser Gedanke hat mir keine Ruhe gelassen.

Ihr Blick, der wie ein Glanz aus der Dunkelheit ist, sagt dieselben Worte wie ihr ganzes Gesicht. Dass die Tore geschlossen sind. Den Toten kann man nicht in den Tod folgen, man muss ihnen rückwärts nachspüren, rückwärts ins Leben. Vielleicht ist es sogar so, dass wir den Tod bei den Lebenden suchen müssen, dass er in den Lebenden vergraben liegt wie ein zweites Herz.

Bin ich hierher gekommen, um ihrem Leben nachzuspüren, das hier liegt, abgebrochen, mit dem Eimer in der Hand, festgefroren? Ich sehe den kleinen freigeschaufelten Pfad zum Wohnhaus. Und ich schaue lange in das Gesicht der Alten, als wünschte ich, sie würde mir erzählen.

– Ich friere so. Ich werde jetzt zu dir hineingehen, sage ich in Gedanken zu ihr. Darf ich das?

Irgendwie weiß ich, dass ich das darf. Sie ist tot, aber wir sind uns auch begegnet. Wir sind uns hier in der Kälte begegnet, ich bin nicht zu spät gekommen, unsere Spuren haben sich gekreuzt. Jetzt werde ich in ihr Haus gehen und Feuer im Ofen machen. Das ist seltsam. Die Begegnungen der Menschen sind seltsam. Und die toten Menschen haben starke Stimmen.

Also erhebe ich mich und gehe in ihren leicht überschneiten Fußspuren. In mir wohnt eine Sehnsucht nach großer Behutsamkeit. Alles ist zerbrechlich. Alles ist Wand an Wand, und die Wände sind sehr dünn. Ich bewege mich vorsichtig darin. Jetzt betrete ich ihr Haus und schließe die Tür hinter mir. Ein kaltes, aber nicht geruchloses Wohnungsdunkel umfängt mich, und ich muss mich hindurchtasten, zur Küche hin und zum Holzofen in der Ecke.

Es braucht seine Zeit, bis ich Streichhölzer und Kienspäne gefunden habe und ein Feuer hinter der Ofenklappe zu Stande bringe. Sie hat ja auch seit einer Weile nicht mehr geheizt, und zuerst qualmt es und ich muss Birkenrinde im Rauchfang verbrennen, damit es wieder zieht. Doch nun holt der Feuerschein ruckweise das Zimmer hervor, in dem ich sitze. Ich sehe, dass eine Lampe über dem Tisch hängt, eine Petroleumlampe, und zünde sie an. Eine hellgrüne Küche zeichnet sich vor meinen Augen ab, alles in derselben blassgrünen Farbe: Sofa, Holzkasten, Tisch, Fußboden, Wandtäfelung, Türen. Drei Fenster weisen in die Nacht hinaus. Eine halb offene Tür führt in das Schlafzimmer. Eine kleinere Tür daneben vermutlich in die Speisekammer. Selbstverständlich werde ich heute Nacht hier ein Mahl zubereiten. Ein Mahl für mich und für die Frau da draußen. Ein Festmahl.

Ich öffne die Speisekammertür. Es ist merkwürdig mit dem Hunger; er erzeugt nicht nur Gier, sondern auch eine Art Gleichgültigkeit, eine Gleichgültigkeit gegen Nahrung, gegen das In-den-Mund-Stecken, Kauen, Schlucken. In den letzten Tagen habe ich kein einziges Mal von Essen geträumt. Es war mir gleichsam verloren gegangen. Das Gehen schien notwendiger als das Essen. Wenn ich nur gehe.

Aber jetzt bin ich vielleicht am Ziel. Und jetzt schaue ich in eine Speisekammer. Da steht ein Schaff mit rohen Kartoffeln. Mehrere Stücke Butter sind in einer Ecke aufgestapelt. Mehltüten, Konservendosen, Brot, das in einer Blechschachtel verschimmelt ist. Ich wähle ein paar Kartoffeln aus. Halte sie eine Weile in der Hand, fühle ihr Gewicht, ihre Form. Dann wasche ich sie in einer Schüssel und lege sie in einen Topf mit Wasser, den ich auf den heißen Ofen stelle.

Ich lege auch ein Gedeck für die Alte auf. Wir werden gekochte Kartoffeln mit Butter und Salz essen. Nichts sonst, ich möchte, dass es eine einfache Mahlzeit wird.

Mein alter Drang, das Kreuz zu schlagen, lähmt mich für eine Weile, und so bleibe ich stehen, unfähig, mich an den Tisch zu setzen. Das geschieht mir in starken Momenten wie diesem. Dass meine Hand das Kreuz schlagen will, dass meine Haut das Zeichen kennt, es gleichsam auf Gesicht, Schultern und Brust markiert. Und ich stehe ganz still, versengt von dem unterlassenen Kreuzzeichen. Und wie jedes Mal beschäftigen mich zwei Fragen: Warum will ich mich bekreuzigen, und warum darf ich es nicht?

Während das Zeichen sich einbrennt, mache ich die Augen zu, fest. Dann setze ich mich auf den Stuhl. Nehme eine glühend heiße Kartoffel aus dem Topf, schäle sie und schneide eine Kerbe hinein, lege einen Butterklecks in den Spalt, streue ein wenig Salz darüber und mache wieder die Augen zu, während die heißen Dämpfe über mein Gesicht streichen. Tränen steigen mir in die Augen. Sie drängen in mir hoch, und mich ergreift ein ungeahntes Mitleid mit mir selbst und meinem Leben und der Frau da draußen. All die Kälte, all die Schritte, all die Ratlosigkeit.

Langsam esse ich die Kartoffel, den Mund vom Weinen verzerrt. Zwischen Wänden zu sitzen. Eine Lampe über dem Tisch angezündet zu haben. Und die Wärme, die mich langsam erobert. Es ist eine solch abgrundtiefe Heimkehr. Und sie, die da draußen liegt, sie, mit der ich dies hier teile, wie sie meine Gegenwart mit Sinn erfüllt.

Sie steht abgewandt in einer Ecke, in der Dunkelheit des Stalls. Es ist ein früher Sommermorgen, und ein paar Sonnenstrahlen sind durch das von Fliegendreck gesprenkelte kleine Fenster gekrochen und haben sich ein Stück weit über den Boden gebreitet. Aber dahin, wo sie steht, reichen sie nicht.

Die Tiere hat sie soeben auf die Weide gelassen, sie hat gemolken und ausgemistet. Es riecht nach Milch und ganz leicht und fein nach Mist. Die Sonnenstreifen sind durchwirkt von wirbelnden Staubteilchen. Es ist eigentümlich kühl hier drinnen, als hätte sich zwischen den Holzwänden ein wenig Winter erhalten.

Sie steht abgewandt in der Ecke am offenen Herd. Ihre Hände bewegen sich unter der Bluse. Sie berührt ihren Körper. Berührt die Rippen, wölbt die Hände um die Brüste, streicht hinauf zur Halsgrube, schlängelt sich zum Nacken hoch. Behutsam probiert sie das Streicheln der Haut. Und die Haut ruft, antwortet.

Jetzt löst sie den Rock in der Taille, damit die Hände weitersuchen können. Neugierig lässt sie die Fingerkuppen die Form des Körpers lesen, alle Hügel, Falten, Kuhlen, alle Linien. Den Flaum der Hinterbacken, die glatte Innenseite der Schenkel, das krause Haar des Venushügels und der Saft, der plötzlich warm und dick zwischen den Schamlippen trieft.

Sie ist ganz gefangen in ihrem Tun. Zum ersten Mal erfährt sie etwas anderes an den Stellen, wo Knövel gewesen ist, kneifend und stochernd. Als gäbe es da ein anderes Leben, ein anderes

Licht, unter der Scham und dem Ekel. Sie erfährt mit den Händen ihren Körper, es ist ein tiefes und klares Spiegelbild.

In gewisser Weise sind ihre Hände nicht ganz die ihren. Und auch nicht die von Knövel. Es sind die Hände des Fremden, und sie machen ihren Körper neu und unbekannt. Unter seinen Händen ist sie unberührt. Jetzt spürt sie den unbetretenen Boden unter ihren Fingerkuppen und wie es ruft, wie es antwortet.

Tief in ihrem Inneren lebt bereits der Blick des Fremden. Und jetzt hat er sich ihre Hände geliehen. Obwohl sie geschrien hat, wusste sie, dass es ein guter Blick war, der sie gefangen hielt. Beinah war es sogar der Grund, dass sie geschrien hat. Es war ein Blick, den sie am liebsten aufgesogen hätte. In ihm würde sie dann überleben.

Ein Finger verschwand in dem Nassen, und sie zwang den Kopf nach hinten, den ganzen Körper in einen Bogen. Sie dachte nichts. War nur verwundert. Diese Schandplätze. Und wie es auch sein konnte. Eine solche Offenheit. Bereitwilligkeit. Starker, eigener Hunger. Es lebte ein Glück in den Dingen, von dem sie nichts gewusst hatte. Ein großer Raum, in ihn hinauszutreten.

Sie bleibt stehen und schnuppert an ihrem Finger, bevor sie ihn am Rockstoff abwischt. Dann knöpft sie sich wieder zu, schließt den Körper unter den Kleidern ein. Bevor sie an die Arbeit in der Milchkammer geht, spült sie Gesicht und Hände mit Wasser ab. Denkt, während die Milch durch das Sieb strömt, wenn sie doch nur noch einmal sein Gesicht sehen könnte. Sehen, ob es stimmt, dass er alles, was in ihr berührt wurde, zum Leben erweckt.

II | Die Liebe

Die Luft war heiß von ihr. Sein Körper kompakt, schwer. Er spürte die Glätte seiner Muskeln unter der Haut.

Jeder Schritt, den er tat, war in ihrem Blick. Eingefangen, eingerahmt. Jede Bewegung, die er machte, erhielt durch sie ihre Form. Er hatte sie einmal flüchtig gesehen, oder zweimal? Er hatte Äste unter ihren Füßen knacken hören, schwankende Zweige gesehen – zur Seite geschoben, wie man Haare aus den Augen streicht. Aber er verriet nicht im Geringsten, dass er es bemerkte. Er verbarg es vielmehr und ließ sie ihn ungestört weiter beobachten. Er ließ sich von ihrem Blick gefangen nehmen. Und die Luft war heiß, erhitzend. Es war wie ein Pochen in der Erde, ein von innen kommendes, unhörbares Pochen. Die Berge, das Licht, die Landschaft, die sich Meile für Meile um sie herum erstreckte – alles verband und verdichtete sich. Wenn er sich bewegte, bewegte auch sie sich, nur geduckt, schleichend. Wenn er Halt machte, blieb auch sie stehen, nur verborgen, unsichtbar.

Es war ein Spiel, und Aron gefiel dieses Spiel. Mit der Nähe zu spielen, mit dem Verlangen zu spielen, mit dem Feuer.

Aber mit der Zeit wurde es beinah zu stark. Und an manchen Tagen kam sie überhaupt nicht. Die ständige Aufmerksamkeit machte ihn matt und gereizt zugleich. Überall suchte er ihre Nähe, suchte er ihre Witterung, wie ein Hund mit der Schnauze am Boden. Mitunter kam es ihm so vor, als würde die Einöde ihn krank machen. Als würde er hier draußen allmählich den Verstand verlieren. Oder ob sie es war, die verrückt war und ihn jetzt mit sich in ihren Irrsinn lockte? Er dachte an ihren Schrei. Mitunter spürte er ihre Angst, wenn er in ihrem Blick gefangen war, spürte sie so stark, dass er vor sich selber Angst bekam. Auch weil sich hinter ihrem Schrei andere Schreie verbargen, und die Bilder von dem Brand und den Geschwistern mit ihren schreckensstarren, irren Gesichtern: der Schrei der Mutter, der die Bilder in seinem Gedächtnis in Fetzen riss.

Wieso pirschte sie sich auf diese Weise an ihn heran? Wieso hörte sie nicht auf? Was zuerst ein Spiel gewesen war, glich mehr und mehr einer Krankheit. Aron dachte, er müsste sie dazu bringen, damit aufzuhören, sie dazu bringen, dass sie sich ihm zeigte, von Angesicht zu Angesicht. Was wollte sie eigentlich sehen? Wirklich ihn? Ihn, den Gebrochenen. Ihn, der sein Leben im Wasser versenkt hatte, wie man einen Wurf unerwünschter Kätzchen ersäuft, eingebunden in einen Sack mit schweren Steinen. Ihn, der sich veräußert hatte und jetzt in einer fremden Gegend Pferde hütete. Ihn, der sich Aron nannte, der die Kinder sein Seepferdchen bestaunen ließ und sich die Ohren zuhielt, um nicht mehr hören zu müssen, wie es vom Boden heraufschrie, auf den alles hinabgesunken war... Warum spionierte sie ihn aus? Warum lief er hier herum, wie getrieben? Nein, noch nie hatte er solch einen Durst verspürt. Sie musste aus ihrem Schleichen herausgelockt werden, bevor alles zu spät war. Und sie durfte keine Angst bekommen, nicht schreien, nie mehr diesen Schrei ausstoßen, der ihn im Innersten entzweite und alle Wunden aufriss.

Lurv hatte sich hauptsächlich bei den Pferden aufgehalten. Und das war gut so. Sonst hätte er sie vielleicht verscheucht. Und Aron wollte ihr Gesicht noch einmal sehen, er musste sie wiedersehen.

Mehrere Tage überlegte er, wie er es anstellen sollte. Schließlich schlug ein Gedanke in ihm Wurzeln. Er würde so tun, als ob er zu Schaden käme. Stürzen, sich am Bein verletzen, am Fuß... jammernd im Gestrüpp liegen... dann müsste sie sich doch zeigen? Wenn er wimmerte, nicht zu laut, nicht gellend, sondern leise, kläglich. Einen ganzen Abend lang malte er sich das aus. Wie sie dann zu ihm herkommen würde. Sich über ihn beugen. Mit ihm sprechen. Ihm helfen.

Er hing seinen Träumereien nach, bis er einschlief und die Nacht kam und es mittendrin für ein paar Stunden beinah dunkel wurde.

Am nächsten Tag, als er die Pferde gezählt und jedes einzelne begrüßt hatte, wie es seine Gewohnheit war, und nachdem er sich vergewissert hatte, dass sie keine Wunden oder Geschwüre hatten, traf er seine Vorbereitungen. Er entfernte sich ein gutes Stück von den Tieren und wartete. Vor seinem Sturz musste er genau wissen, wo sie sich versteckt hielt. Und dass sie wirklich da war. Es reichte nicht, nur ihren Blick zu spüren, er brauchte ein sichereres Zeichen. Noch würde sie nicht kommen, es dauerte gewöhnlich bis mittags oder länger, er hatte verstanden, dass sie Pflichten hatte, ziemlich viele Pflichten.

Dann war sie schließlich da. Er konnte ihre Schritte ahnen und den Blick, der ihn umfasste und ihn erhitzte. Jetzt durfte er nicht zaudern, er musste seinen Plan durchführen. Erst müssten sie eine Weile gehen und dann rasten. Dann wieder gehen. Das würde ihm Zeit geben festzustellen, wo sie sich verbarg.

Er ging los. Es war nicht leicht. Wie mit einer an Fäden gezogenen Puppe zu gehen. Jedes Beinheben musste ausgedacht werden, jedes Armschwenken, jede Kopfdrehung. Und das Ganze musste so gesteuert werden, dass es in der richtigen Abfolge kam und natürlich wirkte. In Wirklichkeit war es gar nicht so schwer zu stürzen, er musste eher aufpassen, dass er das Gleichgewicht hielt.

Nach einer Weile erreichte er einen günstigen kleinen Platz zum Rasten. Eine verdorrte Fichte, die quer über eine Schneise gestürzt war. Viele Verstecke boten sich ihr in der nächsten Umgebung. Er setzte sich auf den Fichtenstamm und streckte sich aus, halb zurückgelehnt. Er sah den Himmel in einer kreisrunden Öffnung da oben. Wie ein Auge, dachte er. Ein Blick. Es dauerte ein paar Minuten, dann hörte er ganz in der Nähe ein leises Knirschen. Als wäre sie auf einen trockenen Zapfen getreten.

Er blieb noch eine Zeit liegen. Das Herz pumpte heftig in seiner Brust, das Atmen fiel ihm schwer. Schwindlig und von leichter Übelkeit befallen stand er dann auf und ging entschlossen in den Wald hinein, wo er am dichtesten war. Schon nach wenigen Schritten musste er stehen bleiben, da war ein Ameisenhaufen, auf den er seinen Blick heften konnte, während er sich sammelte. Steif vor Spannung ging er dann weiter. Er hatte das sichere Gefühl, dass sie sich irgendwo hinter ihm befand, und als er eine Baumwurzel bemerkte, die sich an einer Wegbiegung emporkrümmte, ließ er seinen Fuß daran hängen bleiben und stürzte der Länge nach hin.

– Au!, schrie er unwillkürlich. Es hatte richtig wehgetan, gefährlich weh. Und der Boden roch nach Blut. Er zwang sich, eine Weile liegen zu bleiben und zu horchen. War sie da? Nichts war zu hören, keine Schritte, keine knackenden Zweige. Da hob er den Kopf ein wenig und tastete über Nase und Mund. Er hatte Nasenbluten. Eine Welle der Scham durchlief ihn. War sie überhaupt in der Nähe? Und wollte er so wirklich gesehen werden, das Gesicht voller Blut und Erde und Nadeln, in brennender Scham und Unsicherheit?

Grimassierend stemmte er sich mit dem Ellenbogen hoch, schaute nach unten auf seine Füße und versuchte, sie ein wenig hin und her zu drehen. Ein stechender Schmerz machte es nahezu unmöglich, den rechten zu bewegen, den Fuß, den er unter die Wurzel geschoben hatte. Idiot!, sagte er zu sich selber. Und was würde jetzt aus dem Pferdehüten?

Das Blut floss ihm aus der Nase. Mühsam drehte er sich auf den Rücken, der Schmerz im Fuß ließ ihn aufstöhnen. Dann presste er den Unterarm gegen die Nasenlöcher und drückte den Kopf nach hinten. Es sang im Blut wie eine Sommernacht mit Grillen, eine Sommernacht im Süden, wo die Dunkelheit wirklich dunkel war. Es war, als wäre er kopfüber aus ihrem Blick herausgefallen, aus der Welt, die er zusammengehalten hatte. Jetzt gab es nur noch ihn. Die Scham stellte ihn bloß, nagelte ihn fest, bohrte sich in ihn hinein. Aron von nirgendwo, Aron der Pferdehirte, verhext von der großen schweigenden Einöde. Er hätte auf sich selber spucken mögen, wie er da lag. Und über sich selber lachen. Und weinen.

Er verfluchte seine Dummheit, seine Verträumtheit. Dass er mehrere Tage lang gemeint hatte... Wozu hatte er sich hinreißen lassen? Er, der sein Leben fast wie ein Büßer geführt hatte, still, einfach, bisweilen von allem abgewandt außer dem Gebet, dass ihm vergeben werden möge, obwohl er sein Leben zerstört hatte, die ihm verliehene Gabe des Lebens zertreten, Gott ins Gesicht gespuckt hatte... Es begann in ihm zu wüten wie ein Sturm, der alles aufwirbelte und mit sich riss. Er wollte zu seinem Gott beten, um zur Besinnung zu kommen, aber er fühlte, dass ihm der Mut fehlte. Und die Hände konnte er nicht falten wegen des Nasenblutens, für das er seinen Arm brauchte. Hinter seinen geschlossenen Lidern rasten jetzt die Bilder wild durcheinander, und sie waren alle dunkelrot wie Blut und ungezügelt und von Scham versengt.

Ohne sich dessen bewusst zu sein, warf er den Kopf hin und her, als wollte er etwas entkommen, den Bildern entkommen, den Gedanken da drin. Und es brannte und drängte hinter den zusammengekniffenen Lidern. Würde er jetzt etwa zu weinen anfangen, genügte es nicht, dass er mit seinem verletzten Fuß dalag wie ein Narr? Genügte es nicht, dass ihn eine Vorspiegelung, ein eitler Tagtraum, zum Sturz verleitet hatte, dass er sich vom Gesang der Sirenen hatte einlullen lassen?

Jetzt sprengten die Tränen den Wall. Er legte sich zurück und ließ sie strömen. Und es waren nur Tränen, die kamen, kein stoßweises Weinen, kein Laut.

Als er nach einer Weile hörte, wie jemand sich näherte, wusste er, dass nicht sie es war, sondern Lurv, sein alter Hund, der den Unfall gewittert hatte. Mit geschlossenen Augen nahm er die besorgte Begrüßung des Hundes entgegen, die dünne, weiche Zunge fuhr über sein tränenfeuchtes, blutverschmiertes Gesicht.

– Grüß dich, Hund, flüsterte er fast unhörbar. Ich werde es

schon schaffen. Aber du musst dich jetzt wohl allein um die Pferde kümmern. Dein Herr ist ein Narr, verstehst du?

Er tätschelte den Hund, stützte sich auf den Ellenbogen und wischte sich das Gesicht mit dem Hemdsärmel ab. Lurv hatte sich dicht neben ihn gesetzt und hielt mit grimmigem Ausdruck die Umgebung im Blick. Aron setzte sich mühsam auf und versuchte so behutsam wie nur irgend möglich den rechten Stiefel abzustreifen. Er musste laut schreien, bevor es gelang. Die Stiefel lagen eng an, der Fuß war dick geworden, und genau da, wo es am meisten wehtat, musste er ihn im Gelenk drehen. Jetzt lag der Stiefel im Gestrüpp, und Aron war nass vor Schweiß.

Der Fuß war böse geschwollen, keine Frage. Er versuchte die Zehen zu krümmen, der Reihe nach. Weh tat es, aber sie ließen sich immerhin alle bewegen, es war offenbar keiner gebrochen.

– Lurv, sagte Aron dumpf. Was sollen wir jetzt tun ...? Wärst du ein kluger Hund, hättest du mir meine Ausrüstung geholt. Oder einen festen Stock für mich abgerissen. Der Hund schenkte ihm einen mitfühlenden Blick und hielt weiter Wache.

Aron richtete sich mit Hilfe des Baums auf, es war derselbe Baum, unter dessen Wurzel er so verblendet seinen Fuß gesteckt hatte. Er blieb eine Weile aufrecht stehen und ließ die Welt schwanken. Dann stieß er Lurv an und deutete auf den Stiefel am Boden.

– Den nimmst du, sagte er und zielte mit einem Speichelstrahl auf den Schaft.

Mit großer Mühe hüpfte er dann zwischen den Bäumen davon. Es wurde eine Reise in vielen Etappen. Er brach sich einen kräftigen Stecken ab, so dass er vor jedem Hüpfer vorausstasten konnte. Und eine Stütze bekam. Aber wo Moor war, gab der Boden nach, und wo es bergauf ging, war es schwer, Halt zu finden. Erst spätabends erreichte er seinen Lagerplatz.

– Braver Hund, keuchte er Lurv zu, der auf dem ganzen Weg seinen Stiefel getragen hatte. Jetzt lauf los und schau nach den Pferden. Die Pferde, Lurv!

Und der Hund lief davon. Aron legte sich hin und wickelte sich in eine Decke. Die ganze Aufregung des Tages hatte ihn erschöpft. Er wurde in einen unruhigen Schlummer gezogen und schrak immer wieder aus etwas auf, das kaum Schlaf zu nennen war. Rastlos war er, gefangen in einer inneren Unrast. Gedanken, die er nicht denken, Bilder, die er nicht sehen wollte. Aber mitunter konnte es ihn für einen Moment tiefer hineinziehen, in eine Flut von Bildern, die sich schneller bewegten als seine Gedanken. Nun konnte er das Wirbeln spüren, das schwerelose Wirbeln. Nun befand er sich in einem Fall, der kein Ende nahm. Und dann schrak er auf. Und die endlosen Unruhefelder mussten aufs Neue durchquert werden. Und er musste aufs Neue spüren, wie schlimm es im Fuß rumorte, wenn er sich wälzen und von den Bildern wegdrehen wollte. Der böse Schlummer schleifte ihn ständig vor zur Schießscharte. Die Scham feuerte ständig ihre Schüsse ab. Dass er so schutzlos war! Dass der Schlaf ihn nicht davontragen konnte!

Gegen Morgen, als die Sonne schon warm auf das Dach aus Fichtenzweigen schien, befreite ihn ein richtiger Schlaf. Da löste er sich aus der Umklammerung und durfte für ein paar Stunden durch einen erweiterten Raum reisen.

Es war Vormittag, als er die Augen wieder aufschlug. Der Himmel war von einer hellgrauen Decke verhüllt, und es roch nach Regen. Eine Zeit lang lag er da und starrte an die Decke, während der gestrige Tag seinen tristen Einzug ins Gemüt hielt. Mit einem tiefen Seufzer stemmte er sich in eine halb sitzende Haltung hoch, da gewahrte er ein Bündel aus hellbraunem Gewebe, das dicht neben ihm lag. Eine ganze Weile betrachtete er es, während seine Gedanken sich überschlugen. Dann setzte er sich kerzengerade auf, nahm das Bündel zwischen die Hände und hielt es fest.

Hatte ihm jemand am Morgen Proviant gebracht? Nein, das war es nicht, sie waren erst vor einer knappen Woche da gewesen. Und dieses Bündel war von anderer Beschaffenheit, es war weich und klein. Er saß einfach nur da und hielt es. Die Finger drückten sich in den Stoff wie Krallen, die sich um eine Beute schließen.

In dem Bündel lagen Leinenbinden und eine kleine Birkenrindendose mit einer Art Balsam, ja, Salbe, eine kleine Dose mit Salbe.

Aron legte sich wieder hin. Er drückte das Bündel auf sein Gesicht und umfasste es mit den Händen. Die Freude brannte in ihm. Hart und stark bewegte sie sich über den geschundenen Boden, so dass er sich vor ihr schützen musste.

Es hat dich gekränkt, dass ich Angst hatte. Du wolltest, dass ich dir vertraute. Wir waren zusammen zum Wandern draußen in Hohaj. Es war kurz vor der Elchjagd, irgendwann im Übergang zwischen August und September. Wir waren müde, und du schlugst vor, wir sollten eine Abkürzung über ein Moor nehmen. Es war ein weitläufiges Moor, flach, baumlos. Wir saßen am Waldsaum und blickten darauf, du hattest die Karte auf den Knien ausgebreitet, schautest bald auf sie hinunter, bald hinaus aufs Moor.

– Hier am östlichen Rand gibt es einen Weg, der nicht so sumpfig aussieht, sagtest du. Dann wären es nur zwei Kilometer bis zur Straße.

Ich sagte nichts. Mir wäre lieber gewesen, ich wäre nicht mit auf diese Wanderung gegangen. Ich hatte Angst. Und mit der Angst wuchs die Wut. Dass du ein solcher Idiot warst. Dass du mich immer auf Wahnsinnstouren schleppen musstest, fernab aller Wanderwege und Pfade.

– Es gibt einen Weg, sagtest du.

– Ich weiß, wie deine Wege gewöhnlich aussehen.

– Ja, aber dieser ist gut. Schau es dir auf der Karte an!

Aber ich hatte keine Lust, mir die Karte anzusehen.

– Schau dir lieber das Moor an, sagte ich. Ich will den normalen Weg gehen. Und das da ist übrigens gar kein Moor. Es ist ein Sumpf. Ich will auf festem Boden gehen, auch wenn es doppelt so weit ist.

Du hast die Karte zusammengefaltet und sie in die Tasche gesteckt. Du hast gesagt, du würdest nicht denselben Weg zurückgehen. Du wolltest einen neuen Weg finden.

Wir standen auf und löschten schweigend das Feuer. Tief in mir zitterte der Flügel der Angst. Im Handumdrehen konnte er sich in einen großen, flatternden Vogel verwandeln.

– Lass uns doch durch den Wald gehen!, bat ich.

Du sahst mich von der Seite an, ein rascher Blick.

– Ich möchte, dass du mir vertraust, sagtest du.

Dein Gesicht zeigte, dass es jetzt um mehr ging als um das Hier und Jetzt, um mehr als dieses Moor und diese Wanderung. Wir waren auf eine breitere Spur geraten, in eine größere Erzählung, von der diese Episode nur ein kleiner, unbedeutender Teil war.

– Wie sollen wir zusammenleben können, wenn du es nicht wagst, mir zu vertrauen?, fuhrst du fort.

Wir fingen an zu streiten. Du wolltest nichts von Rücksichtnahme auf meine Angst hören, ebenso wenig wie von meinem Ärger über deine Waghalsigkeit.

– Es geht nicht um Rücksichtnahme, sagtest du verächtlich. Es geht um Liebe. Wie soll ich glauben können, dass du mich liebst, wenn du mir nicht einmal vertraust? Wenn du glaubst, ich würde uns in einen Sumpf führen? Ich kann eine Karte lesen, und das weißt du. Wir werden nicht in diesem Moor versinken.

Ich war gleichsam starr und schwer von Widerstand.

– Lass die Liebe aus dem Spiel, sagte ich leise und deutlich.

– Ja, ja, sagtest du gereizt. Eigentlich gibt es wohl nichts, wo du nicht die Liebe aus dem Spiel lassen willst. Jedenfalls deine. *Denn die ist nicht vorhanden!*

Die letzten Worte schriest du heraus, während du zugleich aus Leibeskräften einen alten Baumstumpf in Splitter tratst.

Nun mündete der Streit in gegenseitige Beschimpfungen und Verunglimpfungen. Nach einer Weile erlosch er von selbst, und wir standen schweigend da.

– Du vertraust mir ja genauso wenig. Du traust meiner Liebe nicht, sagte ich nach einer Weile.

– Nein, wie zum Teufel sollte ich, wenn du sie mir nie zeigst!?

– Danke. Danke für diese Worte! Ich trat ein paar Schritte beiseite und drehte dir den Rücken zu.

– Oh, bitte sehr. Wenn du nur wüsstest, wie oft du mich in all den Jahren verletzt hast. Verletzt! Kapierst du? Und irgendwann wird es zu viel, irgendwann verkraftet man keine Zurückweisung mehr.

– Es ist also eine Zurückweisung, wenn ich dir nicht übers Moor folgen will? Meinst du das wirklich?

– *Noch* eine Zurückweisung.

Wieder entstand eine Pause.

– Aber wenn ich dich doch bitte. Kannst du nicht den normalen Weg mit mir gehen?

– Und ich bitte dich. Bitte, vertrau mir ausnahmsweise und folge mir übers Moor.

– Ich wage es nicht! Ich will es nicht! Ich glaube, du hast die Karte falsch gelesen. Es muss doch seinen Grund haben, dass gerade über dieses Moor keine Pfade führen!

Das alles brachte ich halb schreiend hervor. Dann rannte ich los in die Richtung, wo der Weg durch den Wald führen musste. Ich hörte, wie du mir nachriefst, aber ich rannte nur, ohne mich umzudrehen, du konntest rufen, so viel du wolltest, nie würde ich mehr mit dir irgendwohin gehen, ich hasste dein Gesicht, deine wütenden stechenden kleinen Augen, deine Nähe, deinen Dickschädel.

Nachdem ich ein Stück weit gerannt war, merkte ich, dass du nicht versucht hattest, mir nachzulaufen. Ich blieb stehen und spürte das Schweigen wie eine Wand rings um mich her. Jetzt gab es nichts als mich selbst. Du hattest mich schnurstracks in den Wald rennen lassen, ohne den Versuch, mich zurückzuhalten, obwohl du wusstest, was für Angst ich hatte. Auch dafür hasste ich dich jetzt. Dass du mich im Stich gelassen hattest. Wo ich doch nicht einmal eine Karte besaß. Ich fing an, im Rucksack und in den Taschen zu kramen, um zu sehen, was ich wirklich dabei hatte. Ha! Die Autoschlüssel, die Autoschlüssel hatte ich. Und Streichhölzer, ein Fahrtenmesser, leere Butterbrotpapiere und einen Apfel.

Es war schwer einzuschätzen, wie weit ich in der ersten Wut gelaufen war. Und ob ich die richtige Richtung eingeschlagen hatte. Jetzt versuchte ich mich mit Hilfe der Sonne zu orientieren, während das Herz zu Tode erschrocken in der Brust raste. Die Stille war fugenlos, und wenn sie zuweilen in einem knackenden, knisternden oder raschelnden Laut in der Nähe aufbrach, wurde sie noch bedrohlicher. Dem allen war ich jetzt ausgeliefert. Rasch nahm ich eine grobe Bestimmung der Himmelsrichtungen vor und fing wieder an zu rennen. Zu gehen hatte ich nicht die Ruhe, nicht den Mut. Außerdem war der Nachmittag weit fortgeschritten, und es war fast noch eine halbe Meile bis zur Straße.

Es gibt wenig, was so tückisch ist wie Pfade im Wald. Da wimmelt es von Pfaden – und anderen Pfaden. Die meisten sind von Tieren gemacht, und sie führen nicht zu den Wegen der Menschen, sondern zu Tränken, zu saftigen Weiden, zu Schlupflöchern, Erdhöhlen und Winterlagern. Ich schärfte den Blick, um zu unterscheiden: Ist das ein Wildwechsel, ein Menschenweg, ein blinder Pfad? Man unterliegt leicht Sinnestäuschungen, wenn man im Wald herumirrt, man sieht Pfade, die es nicht gibt, sich zwischen den Bäumen schlängeln. Und eifrig folgt man dem neu entdeckten Weg, bis man merkt, dass man nur durchs Blaubeerkraut trabt, dass es nicht einmal mehr möglich ist, zum Ausgangspunkt zurückzufinden.

Ich irrte von einem Pfad zum andern, zu aufgeregt, um klar denken zu können. Einmal flatterte ein Birkhuhn direkt vor mir auf, ein andermal war es ein Schneehuhn. Es schien, als liefe ich immer nur tiefer in meine eigene Angst hinein, gejagt von etwas, ich wusste nicht, was. Irgendwo weit unten im Zwerchfell lagst du wie ein Stein, drückend, schabend. Alles, was du bei dem Streit rausgelassen hattest, wies ich in meinem Zorn zurück. Manchmal ist er wie eine Hand, die mit einer großen Geste alles Unerwünschte wegfegt und nur das Eigene gelten lässt. Trotzdem blieben Fetzen deiner Worte an meinen Händen hängen, klebten zwischen den Fingern, machten sich bemerkbar.

Liebte ich dich nicht? Stimmte es, was du gesagt hattest? Nein, du hast überhaupt nichts verstanden, du hast *mich* nicht verstanden! Aber liebte ich dich? Konnte ich darauf antworten, gab es eine Antwort auf diese Frage? Warum war es, als täte sich ein Abgrund unter mir auf, sobald ich nach der Antwort suchte? Es gab keine Antwort! Es gab kein sicheres Wissen! Ich hatte dich gewählt, war das nicht Antwort genug? Unter allen anderen hatte ich dich gewählt, eine Stimme in mir hatte einmal gesagt: Dieser Mann soll der Vater meiner Kinder werden. Genügte das nicht? Und Liebe, bedeutete das, mit dir über Sümpfe zu gehen, dir ständig bei deinen Touren über Sümpfe zu folgen, bei deinem Spiel mit dem Tod, deiner Besessenheit, deinem Ungestüm? Du hast mir oft Feigheit vorgeworfen, Fadheit. Aber ich hatte kein Bedürfnis, das Leben zum Duell zu fordern, mit dem Schicksal meinen Scherz zu treiben. Es reichte schon so. Liebte ich dich? Oder war es ein furchtbarer Irrtum, alles, alles zwischen uns ein blinder Pfad bloß, der nirgendwo hinführte?

Plötzlich befand ich mich nicht mehr im Wald. Ich stand auf einer Straße. Aber es war keine Straße, die ich kannte, Sie wirkte wie neu gebaut, die Gräben waren tief und der Boden ringsherum aufgerissen. Da lagen abgebrochene Wurzeln, Steinblöcke und Baumreste kreuz und quer zwischen den Weidenröschen, die ihre Samen im Wind verstreuten. Man sah es den Bäumen am Waldrand an, dass sie es nicht gewohnt waren, so offen dazustehen, sie waren dicht an dicht gewachsen, geprägt von anderen, jetzt verschwundenen Bäumen. Und der Wind, er strömte heftig durch diesen Tunnel in der Landschaft.

Längst hatte ich die Himmelsrichtungen verloren. Kühn tippte ich darauf, dass der Wind von Westen blies, ja, die Sonne stand schließlich auch in dieser Richtung; es war ein Wind aus Norwegen, ein Atlantikwind, der die Fjällkette überwunden hatte und übermütig geworden war. Jetzt riss er die Wollsamen aus den Weidenröschen, dass es nur so wirbelte, und ich ging rasch mit diesem Wind im Rücken los, zum Rennen fehlte mir die Kraft.

Mit allen Mitteln versuchte ich mich dazu zu bringen, nicht mehr so erbärmlich ängstlich zu sein. In diesen Wäldern hatten doch seit Jahrhunderten und Jahrtausenden Menschen gelebt. Noch vor wenigen Jahrzehnten hatten kleine Kinder hier das Vieh gehütet. Wovor hatte ich solche Angst? Wie eine Brut lauerte die Panik in mir, mit blinzelnden Augen, aber das Wimmern hatte aufgehört. Vielleicht war die Offenheit des Waldes das Erschreckende, eine Offenheit, so groß, dass sie nicht zu überschauen war, überall in den Winkeln zugegen, im Verborgenen und Überraschenden. Dass es hier alles gab und geben konnte. Mir kam der Gedanke, dass das, was mich im Wald am meisten erschreckte, ich selber sei, die Begegnung mit mir selbst in den sonderbaren Räumen, die sich hier öffneten. Mir selber begegnen – und mich nicht erkennen. Verirrt und mit behaarten Pfoten, mit Reißzähnen. Oder brünstig, liederlich. Oder beschmiert mit Blut und Fellbüscheln. Das Offene, all das, was ich auch bin. Dass es mich hier bedrängte.

Nach und nach hatten sich meine Augen an das abnehmende Licht gewöhnt. Die Dämmerung hatte bereits eingesetzt, als ich mit einem Ruck erkannte, jetzt war der Tag zu Ende. Und ich hatte keine Ahnung, wo ich mich befand, wohin ich ging. Ich hatte mich verirrt. Die Straße könnte mich ohne weiteres zu einem Holzlager mitten im Wald führen, sie könnte sich meilenweit bis dahin erstrecken. Die Panikbrut kreischte los, und ich rannte wieder, wie um ihr zu entkommen. Ich dachte an dich. Ob du dieses Moor jetzt überquert hättest. Ob dir beim Anblick des Wagens gleich einfallen würde, dass die Autoschlüssel in meiner Tasche lagen. Ob du nach mir suchtest. Ob du ... ob es dir jetzt nicht doch Leid täte. Ich rannte die Straße entlang, jammernd und keuchend, in jeder

Biegung und auf jeder Kuppe in derselben Angst, sie könnte einfach zu Ende sein. Und ich schämte mich. Schämte mich für uns, weil wir uns benahmen wie bockige Kinder. Vor allem du, vor allem du, hallte es in meinen Schritten. Endlich, tief unten an einem langen Abhang, sah ich eine geschlossene Schranke quer über der Straße und eine andere, ältere Straße, die sie kreuzte.

Und da kannte ich mich wieder aus, da wusste ich, wohin ich geraten war. Es war eine Stichstraße hinauf zu einem verlassenen Dorf, kein Weg, den Menschen benutzten, jedenfalls nicht jetzt am Abend. An der Schranke blieb ich eine Weile stehen und versuchte meine Gedanken zu ordnen. Es war bestimmt noch eine halbe Meile bis zur Landstraße, und zwei, drei Kilometer hinauf zu dem verlassenen Dorf. Und da hinauf wollte ich nicht. Es war ein erschreckender Ort voller Dunkelheit und Trauer, die aus den Fenstern der verlassenen Höfe strömten. Wir waren ein paar Mal zusammen da gewesen, du und ich. Hatten die Gebäude schlafend stehen gesehen wie alte Pferde. Und graue Schaukelbalken, graue Wäschegestelle, graue Heuharfen. Neben einer Scheune hockte ein gestrandeter Traktor im Himbeerdickicht. Die Abwesenheit der Menschen war da oben so stark, dass man sie zu hören meinte wie eine Stimme, einen dumpfen, bitteren Ton, einen Chor aus Schweigen entlang der Dorfstraße.

Aber noch eine halbe Meile im Dunkeln bis hinaus zur Landstraße. Das konnte ich genauso wenig. Ich wollte nicht den Nachttieren begegnen, es war nicht mein Ort, kein Ort für einen Menschen. Wir Menschen sind Lichttiere. Wir haben nicht einmal einen Namen für die Blind- und Taubstummheit unserer eigenen Nase. Aber wo war mein Ort? Wo war mein Volk, mein Rudel? Die Schranke, an die ich mich lehnte, war ja eine Art Verbindungsglied, obschon kläglich. Ich wusste, dass ein paar hundert Meter weiter oben an der Straße zum Dorf ein verlassenes Gehöft lag. Und mir blieb nichts anderes übrig, als über Nacht da Unterschlupf zu suchen, wie sehr der Gedanke mich auch schreckte.

Ich verließ die Schranke und warf mich wieder ins Nichts. Wieder rannte ich. Ziemlich bald erreichte ich den schmalen Lehmweg durch den Wald hinauf zu dem Gehöft. Bevor ich in ihn einbog, streifte ich den Rucksack ab, entnahm ihm den Apfel und die Streichhölzer und hängte ihn an eine Fichte, so dass er von der Straße aus zu sehen war. Das war mein einziger Halt, der Gedanke, du seist unterwegs und suchtest nach mir. Obwohl ich offenbar genau in die falsche Richtung gegangen war, direkt nach Norden statt nach Südosten, wollte ich doch die Hoffnung nicht aufgeben, dass du mich auf allen Wegen suchtest.

Das Wohnhaus mochte ich nicht einmal ansehen. Es stand da im Halbdunkel mit düster vernagelten Fenstern, wie versiegelt. Unterhalb, am Hang, lagen die verfallenen Stallungen. Eine Tür in der Mitte war herausgebrochen. Alles in mir sträubte sich dagegen, in dieses Dunkel zu gehen. Ich zauderte lange, faltete fest die Hände und schlug mehrmals mit der Stirn dagegen. Dann holte ich tief Atem und trat ein.

Es zeigte sich, dass hinter dem eigentlichen Stall so etwas wie eine kleine Kammer lag. Eine kleine Kammer, in der vor langer Zeit jemand gewohnt hatte und die dann Hals über Kopf verlassen worden war. Es gab ein Bett, in der Mitte einen kleinen Tisch und eine Anzahl von Gegenständen, die in der Dunkelheit nicht zu erkennen waren.

Wärst du in jener Nacht bei mir gewesen, hätte ich keine Angst gehabt. Das dachte ich, als ich da lag, zusammengerollt auf ein paar steifen Säcken in dem schmalen Bett. Jetzt aber fürchtete ich mich. Ich fürchtete mich vor der Dunkelheit, als hätte sie Hände, die nach mir griffen, fürchtete mich vor der Dunkelheit wie vor einem großen, unförmigen Körper, der mich durchbohren wollte.

Natürlich wurde es eine lange Nacht. Ab und zu schlummerte ich wohl, aber so leicht, dass ich mich wach glaubte. Nie kam mir die Vorstellung, jemand könnte in die kleine Kammer einbrechen. Wer hätte das schon tun sollen? Nein, ich fürchtete weder Bären noch Menschen. Es waren vielmehr die Dunkelheit, der Ort und mein Gefühl vollständiger Einsamkeit. Ich blieb absolut still in dem wackeligen Bett, lag da und hielt mich fest.

Die Dämmerung kam mit ihrem gräulichen Licht, ihrem angsteinflößenden gräulichen Licht. Sie kam auf weichen Wolfspfoten und zeichnete vage das Zimmer nach, zu dem ich meine Zuflucht genommen hatte. Der Tisch mitten im Raum war überzogen von Spinnweben und Staub, Brocken von Schutt waren im Lauf der Jahre darauf gefallen. Unter dieser Decke von Jahren, Tagen, Minuten – zeichneten sich ein Kamm ab, eine Tasse mit Untertasse, kleine Dosen. Unbegreifliche Dinge, wie Überlebende in einer verwüsteten Stadt.

Alles in der Kammer erschien in Graubraun, und alles glitt langsam ineinander über und wurde sich ähnlich, wurde dasselbe. Als würden die Dinge unter dem halb durchsichtigen Gewebe von Zeit und Vergessen allmählich ausgelöscht. Ein alter Mantel mit großen Löchern hing an einem Nagel an der Wand. In einer Ecke standen mehrere Paar Stiefel, steif vor Alter, das Leder versteinert in den Falten und Wellen, in denen es von dem längst verschwundenen Besitzer geformt worden war. In kleinen Haufen lagen hier und da Sachen herum, Sachen, die kaum mehr zu erkennen waren: ein Hut in Auflösung, ein emaillierter Nachttopf, der so verrostet war, dass er zerfiel, als ich ihn berührte. Alles war eigentümlich spröde und abgewandt.

Im Morgenlicht bewegte ich mich behutsam durch die Kammer. Ich wartete auf den Morgen, den richtigen, unzweifelhaften Morgen, da wollte ich mich unter den Himmel werfen, weg von diesen sonderbar summenden Spuren und Zeichen, die mich umgaben. Der Hunger ließ meinen Magen sich rasend auf den armen Apfel stürzen, den ich verschlungen hatte, und ihn in aufgewühlte Gase verwandeln. Ich konnte hören, wie sich die Därme jammernd in meinem Bauch wanden. Ich sehnte mich so sehr nach dir, dass es wehtat. In der Nacht hatte ich mehrfach zu Gott gebetet, du mögest mich finden. Mitunter war ich in Katastrophenbildern gefangen, die mich beinah erstickten. In harten, unerbittlichen Bildern sah ich, wie du da draußen in das tückische Moor gerietst, wie deine Hände nach Halt suchten, wie der Sumpf dich ansog, tiefer hinab mit jeder zappelnden Beinbewegung. Da hörte ich meine eigene Stimme, als gehörte sie jemand anderem, eine fremde Stimme, die wimmernd flüsterte: nein, nein.

Langsam wuchs das Licht in dem von Fliegendreck gesprenkelten kleinen Fenster. Ich sah dich schon, bevor du bei dem verrammelten Wohnhaus angekommen warst. Deinen Gang, deine Schritte, wie du dich zwischen den Bäumen bewegtest. Dann dein Gesicht, als du näher kamst, dein Gesicht, jetzt sah ich es ohne Vorzeichen, ohne Hindernisse, und es traf mich mit voller Wucht, wie ein Wind, wie ein Orgelstück. Ich konnte mich nicht bewegen, dir nicht entgegenlaufen. Tränen strömten in einer raschen, heißen Flutwelle über mein Gesicht, ich saß da und erwartete dich, stumm von einer fast unerträglichen Freude.

Einen Moment später standst du in der Türöffnung der Kammer. Du fülltest sie ganz aus, du warst so groß, so überwältigend. Bevor du bei mir warst, hatte mich eine plötzliche Scheu ergriffen. Dann wurde ich von dir umschlossen. Deine Tränen liefen über meinen Nacken, es war wie ein Beben in dir, du befandest dich in einem Erdbeben, der Boden war unter uns beiden eingebrochen.

– Ich habe die ganze Nacht nach dir gesucht, flüstertest du. Ich bin gefahren und habe geweint und bin hinausgegangen und habe gerufen und bin gefahren und gefahren, auf jedem Weg in dem ganzen verdammten Hohaj. Schließlich saß ich am Lenkrad und schrie. Ich habe nur noch geschrien.

Deine Hände umschlossen meine Arme, ich spürte, wie du mich schütteltest, während deine Lippen zugleich unablässig meinen Hals und meine Schultern küssten.

– Wie, zum Teufel, bist du hierher geraten?, fuhrst du fort. Oh, ich war außer mir vor Angst, vor Sorge. Ich habe einen alten Mann drüben in Krokmyr gezwungen, mir seinen Wagen zu leihen. Er wollte zuerst nicht, aber ich habe ihn angeschrien, ihn eingeschüchtert. Er hat Angst vor mir bekommen und ist nach den Schlüsseln gerannt.

Ich bekam keinen Laut heraus. Das Beben war auch in mir, wie Schüttelfrost. Wir rissen uns aus der Umarmung los, standen da und sahen uns an. Du wischtest mir die Tränen vom Gesicht, wir waren ausdruckslos, leer. Ich lehnte meine Stirn an deine Brust.

Sie wagt sich bis ganz hin. Es ist das erste Mal, dass sie ihm so nahe kommt. Jetzt hört sie ihn atmen.

Er schläft tief. Sie kann seinen Schlaf in ihrem eigenen Körper spüren. Dicht an dicht. Direkt neben sich.

Der Hund ist nicht da. Und außerdem spielt das keine Rolle. Sie sind jetzt Freunde. Inna freundet sich leicht mit Tieren an. Sie sind deutlich, sie fordern nie mehr als ihr Recht, sie weiß, wie sie ihnen antworten soll.

Der Fremde liegt ausgestreckt unter dem Schutz der Fichtenzweige. Schlafend. Er liegt auf dem Rücken, ein wenig schief, das schlimme Bein leicht über das gesunde gebeugt und einen Arm über dem Kopf angewinkelt. Die Decke hat er abgeworfen. Der verletzte Fuß ist blaurot und geschwollen. Sie hockt sich vorsichtig ans Fußende und legt das kleine Bündel neben ihn. Atemlos bleibt sie dann sitzen. Und sieht ihn an.

Zwischen der Hose und der grauen Jacke ist ein Spalt. Dort sieht sie seinen Nabel und ein feines Band von Haaren, das gleich unter dem Nabel beginnt und über den Bauch läuft, bis unter den Hosenbund. Ein dünner, hellbrauner Streifen von Haaren.

Sie blickt auf ihn wie auf eine Landschaft. Sein Atem kommt und geht, schwer und langsam. Er erscheint groß, wie er daliegt, ungeheuer groß. Arme und Beine wirken sehr lang.

Zugleich ist es wie eine tiefe Ruhe, die von ihm ausgeht. Er ist ein anderer als sie. So denkt sie. Und es ist eine Kraft darin. Eine

Mächtigkeit. Inna spürt, wie es in ihr zieht, wie er an ihr zieht, sie zu sich zieht. Sie bleibt vollständig regungslos. Denkt, dass sie nie etwas Schöneres gesehen hat. Nie. Gebannt sitzt sie da und blickt auf ihn, trinkt ihn. Der Spalt zwischen Jacke und Hose. Der dunkle Blick des Nabels. Und der dünne Streifen Haare. Dort hätte sie ihr Gesicht bergen mögen, es einfach in die weiche Haut sinken lassen, hinein in seinen Geruch.

Und sein Gesicht. Das stille Schlafgesicht mit seinen präzisen Falten und Furchen, in Ruhe. Die hellen Haare auf dem Kopf sind zerzaust, sie hätte sie gern ausgekämmt, behutsam, mit ihren Fingern. Sein Mund ist leicht geöffnet, gelegentlich schnarcht er kurz. Sie sieht, wie Träume seinen Körper in kleinen leichten Krämpfen und Zuckungen schütteln, als streiche ein unruhiger Wind über ein Gewässer. Dann wird er still, so vertrauensvoll, so hingegeben, als hätte er tief in seinem Traum zu der weichen Brust zurückgefunden, sich an der Milch gesättigt und wäre zur Ruhe gekommen.

Noch einmal umfängt Inna seinen Körper mit ihrem Blick. Er ist lang, glatt, weit offen... So verschieden von dem ihren, so selbstverständlich ohne alle Winkel und Heimlichkeiten. Plötzlich möchte sie fast weinen, wie vor Entbehrung, einer unbändigen, harten Entbehrung. Er ist ein Land, und sie will in diesem Land wohnen. Aber wie kommt sie hinein, wie findet sie den Eingang? Er ist ihr jetzt so nah. Sie muss nichts tun, nur ihre Hand ausstrecken. Sie könnte ihre Hand auf seinen Nabel legen, mitten in den Spalt zwischen den Stoffen, direkt auf die nackte Haut seines Bauchs. Sie könnte sein ruhiges Gesicht mit den geschlossenen Augen in ihren Händen halten und es ganz leicht anpusten. Sie könnten einander unbegreiflich nah sein. Umschlungen, umschlossen von ein und demselben Geruch. Aber jetzt wälzt er sich etwas auf dem Lager, wirft den Kopf hin und her, wimmert und ändert seine Stellung. Inna hält den Atem an, zur Flucht bereit. Doch der Schlaf holt ihn wieder ein.

Er hat sich ein wenig auf die Seite gedreht. Die Jacke ist noch höher gerutscht. Sie sieht seine Lende, seine Taille. Ihr steigt die Röte ins Gesicht wie ein Fieber, mit jeder Faser ihres Körpers begehrt sie ihn, mit jedem Nerv. Zugleich ist sie von der Gewissheit erfüllt, dass das, was sie jetzt tut, zutiefst verboten ist. Er ist so schutzlos mitten in seinem Schlaf. Und sie benutzt seine Schutzlosigkeit und spürt, dass er ein Tier ist, ein seltsames, schlafendes Tier und nichts sonst. Sie weiß, in seinem Schlaf kann er sich nicht gegen sie wehren. Er gehört ihr. Sie hat ihn ohne Erlaubnis genommen. Und darin liegt eine unerlaubte Verlockung, der sie nicht widerstehen kann. Eine wilde Süße.

Behutsam umfasst sie mit der Hand das Bündel, das sie neben ihn gelegt hat. Sie will es mit ihrer Sehnsucht, ihrem Verlangen erfüllen, mit allem, was sie an diesem Morgen bewegt hat. Die Berührung versengt sie beinah. Der Rhythmus seines Atems geht durch das Bündel, bis hinein in ihre Hand.

Sie zieht sie überrascht zurück. Es pocht darin. Einen Moment betrachtet sie ihre Hand, streichelt sie, hält sie. Dann steht sie auf und schleicht vorsichtig weg. Die Sonne steht höher am Himmel, als sie gedacht hat. Als sie außer Hörweite ist, fängt sie an zu rennen, hüpft, macht Bocksprünge. Wie ein Wirbel landet sie, rot und keuchend vor Anstrengung, auf dem Hof von Nattmyrberg.

Als Erstes sieht sie Knövel, der auf seine geduckte, schiefe Art auf dem Hof herumirrt. Rasch, bevor er sie entdeckt hat, schleicht sie sich im Schutz des Waldes zum Kuhstall und schlüpft ungesehen von der Rückseite hinein. Bestimmt war er schon da und hat sie gesucht, aber das kümmert sie nicht. In den Morgenpflichten findet sie Schutz für ihre Gedanken. An den prallen Bauch der einzigen Kuh gelehnt, ist sie wieder bei dem Fremden. Sie hat ihren Kopf auf seinen weißen, weichen Bauch gelegt, die Wange reibt sich an seiner Haut.

– Wo zur Hölle hast du dich rumgetrieben?, zischt Knövel, als sie heraufkommt.

Sie fängt seinen Blick unter den gesenkten, struppigen Augenbrauen ein, prüft ihn.

– Ich habe nach den Netzen geschaut, antwortet sie glatt. In der Nacht hat es aufgefrischt, hat er das nicht gehört?

Knövel würde ihr am liebsten eine herunterhauen. Was für eine klägliche Lüge maßt sie sich an.

– Aufgefrischt!, spuckt er hervor. Du fängst dir gleich was für »aufgefrischt!«.

Aber da ist die Angst. Vor dem, was geschehen ist seit damals, als Inna mit dem Käse zum Kaufmann gegangen ist.

Auch an diesem Morgen verliert die Wut ihre Richtung, weicht aus, verzettelt sich.

– Pass bloß auf, knurrt er. Und dann steht er heftig vom Stuhl auf und geht hinaus.

Inna bleibt sitzen, starr vor Angst, und horcht. Sie hat keine Angst davor, geschlagen zu werden. Nicht vor den Schlägen selbst, nicht vor dem Schmerz. Es ist der Zorn, der Zorn des Machtlosen, der sie erschreckt.

Eines Morgens hört er sie kommen. Es ist früh. Er war aus einem Traum aufgewacht und hatte kristallklar, ganz so, wie wenn man wach zu schlafen meint, einen Ast unter einem unvorsichtigen Schritt knacken hören.

Sonst war von ihr nichts zu merken gewesen, seit sie das kleine Bündel bei ihm abgelegt hatte, und das war schon mehrere Tage her. Aron beschließt rasch, den Schlafenden zu spielen, sie mit geschlossenen Augen auszuspähen.

Eintönig singt ein einsamer kleiner Vogel. Schon lange ist es vorbei mit der großen Vogelsymphonie, wenn die Laute wie ein feinfädiges, dichtes Gewebe die frühen Morgenstunden durchwirken. Jetzt hört man die Stille und jeden Vogel für sich.

Er schärft das Gehör. Bestimmt ist sie da? Ihm kommt Lurv in den Sinn, der gewöhnlich an seinem Fußende liegt, in der Öffnung des Windfangs. Und jetzt hört er den Hund, die typischen, zufriedenen Plapperlaute, die er von sich gibt, wenn man ihn streichelt. Aron spannt sein Gehör aufs Äußerste an. Wäre nicht dieses Rauschen und Dröhnen in seinem Kopf, er könnte mehr auffangen. Ist es ihr Atem, den er hört? Sie sitzt wohl da und streichelt Lurv, jetzt nimmt er das vage Rascheln ihrer Anwesenheit wahr. Ja, jetzt ist sie da. Und vermutlich sieht sie ihn an, Aron glaubt es zu spüren. Er muss seufzen, um seinen Atem irgendwie loszuwerden. Es kribbelt in ihm vor Lust, sich zu bewegen, den unbegreiflichen Akt zu unterbrechen, zu stören. Wenn er die Augen öffnet, flüchtet sie dann? Das weiß er ja. Sie sitzt da, in dem Glauben, dass er schläft. Und vielleicht hat sie das an vielen Morgen getan. Ihn angesehen, während er schlief. Sich mit seinem Gesicht, seinem schlafenden Körper bekannt gemacht – und mit Lurv. Er überlegt, ob er ihr nicht böse sein müsste. Dass sie sich an ihn herangepirscht hat, wenn er wach war, ist eine Sache. Er hat es schließlich gespürt, ihren Blick gespürt, wie man die Sonne an einem Januartag spürt, leicht und stark zugleich. Aber beim Schlafen. Dass sie ihn auskundschaftet, während er daliegt und schläft ... Darf man das, fragt er sich. Ist das recht?

Ja, sie ist noch da. In seiner Dunkelheit kann er immer noch die kleinen Zeichen ihrer Gegenwart spüren. Hat sie nicht schon fast eine Ewigkeit dagesessen? Aron fühlt, dass er es bald nicht mehr aushält. Sein Körper ist in Aufruhr: der Atem, die Nerven – ja, allein schon die Lider geschlossen zu halten, verlangt seine ganze Willenskraft.

Jetzt schlägt er die Augen auf. Was für eine Lappalie, wie läppisch, einfach die Augendeckel aufklappen, nichts weiter, und doch ein so großer Unterschied, so entscheidend. Sie hockt da und sieht ihn direkt an, ihre Hand ruht auf Lurvs Nacken. Doch das Bild zerspringt sogleich. Sie ist aufgestanden, sie ist auf dem Weg hinaus.

Im selben Moment springt Aron aus dem Bett, und bevor sie noch flüchten kann, ist er bei ihr, seine Hände halten ihre Handgelenke in einem festen Griff, er begreift selber nicht, wie das zugegangen ist. Sie sehen einander jetzt an, ihr Gesicht in Angst.

– Du musst keine Angst vor mir haben, sagt er mit der ruhigsten Stimme, die er aufbringen kann. Und er fährt fort, Silbe für Silbe: Sag mir nur, wie du heißt, ich brauche einen Namen für dich ...

Sie reißt sich los, um seinem Griff zu entkommen, noch immer ist nichts als Angst und Flucht in ihrem Gesicht.

– Ich heiße Aron, sagte er leise. Aron. Wenn du willst, kannst du zuschauen, wie ich die Binden abnehme, die du mir gebracht hast. Und wie ich meinen Fuß einreibe.

Jetzt erscheint ein Funken Neugier in ihrem Blick. Jetzt sieht sie zu ihm hin statt von ihm weg.

– Wie heißt du?, beharrt er. Dass er sie auf diese Weise ertappt hat, macht ihm Mut.

– Lass mich los, flüstert sie.

Er entlässt ihre Handgelenke aus seinem Griff. Einen kurzen Moment sehen sie sich an, dann taumelt sie ein paar Schritte zur Seite.

Aron hinkt zurück zu seinem Windfang, setzt sich und wickelt den Stoffstreifen vom Fuß.

Er versucht, sie jetzt nicht anzusehen, sich auf den Fuß zu konzentrieren. Aber er spürt, dass sie noch dasteht, dass sie ihn bestimmt beobachtet.

– Dem Fuß geht es jetzt besser, sagt er mitten ins Nichts hinein. Ich glaube, deine Salbe hat geholfen.

Noch immer sieht er nicht zu ihr hin. Als der Fuß unter dem Verband zum Vorschein kommt, massiert er ihn leicht. Die Schwellung ist noch vorhanden, aber im Übrigen sieht es gut aus. Sorgfältig wickelt er die Binden zu einer Rolle auf. Dann kramt er die kleine Dose mit Salbe hervor, reibt den Fuß ein und verbindet ihn neu.

– So…, sagt er kurz und lässt zum ersten Mal während der ganzen Prozedur den Blick ein Stück weit schweifen, auf der Jagd nach ihr.

Und da steht sie, an eine Birke gelehnt, näher, als er vermutet hatte. Und beobachtet ihn. Ein Hitzestoß durchfährt seinen Körper, bis hinauf in die Augen.

Ihr Gesicht, nun, da er es endlich zu sehen bekommt, rührt ihn so eigentümlich an. Es wirkt so vertraut, ihm selber so innig nah, und zugleich ist es fremd, gleichsam unlesbar. Irgendwie erscheint es groß und deutlich umrissen. Und es berührt ihn, fast bis hin zur Scham.

Wie kann es sein, dass jedes tiefe Erkennen offenbar einen Kern der Scham in sich birgt?

– Du kannst mich ansehen, bringt er mühsam hervor, auch wenn ich nicht schlafe. Das ist besser. Viel besser, finde ich.

Sie antwortet nicht. Aber es scheint, als schicke sie ihm versuchsweise so etwas wie ein kleines Lächeln, bevor sie rasch und ohne ein Wort den Lagerplatz verlässt.

Sie heißt Inna. Ich habe sie heute begraben. Im Schnee begraben.

Alles sind Spuren. Sonst gibt es nichts. Spuren von Pfoten. Von Erzählungen. Während ich hier in ihrer Hinterlassenschaft hause, grabe ich mich in mein eigenes Leben ein. Es ist wie Schnee. Schicht um Schicht. Auf den freigeschaufelten Wegen kann man den Schnee im Querschnitt betrachten, wenn man direkt an der Kante entlangschneidet. Dann sieht man, dass es keine zusammenhängende Schneedecke ist, sondern Lager auf Lager geschichtet, einige dünner, andere dicker. Und jedes davon trägt an der Oberfläche eine kleine Geschichte. Dass Tauwetter war oder starker Wind. Rudimente einer Erzählung.

Tiefer zum Boden hin ist der Schnee verhärtet, die Kristalle sind komplexer. Wenn ihn später im Frühjahr die Sonne nach und nach abträgt, wird zuerst die oberste, unkomplizierteste Lage abschmelzen, später der Schnee zwischen den einzelnen Oberflächenlagen. Zuletzt werden nur die verhärteten, erzählenden Außenschichten übrig sein, in dünnen Scheiben gestapelt, wie Schieferplatten.

Das Innere eines Menschen ist ein geschlossenes System, ein Kreislauf. Nichts geht verloren. Aller Schnee meines Lebens liegt da Schicht auf Schicht, lebt in langsamen Verwandlungen in mir wie Gestein. Erdbeben tief im Unteren, Magma, das herausgepresst wird und erstarrt, Druck, Hitze. Innen sind wir alle Berge. Wir spüren den Schlaf des Berges, wie wir die Erinnerung in uns spüren. Es gibt Erinnerungen, die auftauen dürfen, mit dem Schmelzwasser abfließen, sich tief in den Adernetzen ins Grundwasser mengen. Andere Erinnerungen verhärten sich, setzen Schorf an, bilden einen Panzer.

Ich habe eine eigentümliche Erinnerung an die Erinnerung. Ich war ein kleines Kind. Ich lag in einem Bett und hielt ein Bündel Erinnerungsbilder in der Hand.

– Jetzt lass ich all diese Erinnerungen fallen, dachte ich und ließ alle los bis auf eine. Jetzt lass ich sie fallen, aber dieses behalte ich.

Eine Erinnerung hielt ich noch in der Hand, ein Erinnerungsbild. Und ich dachte, das werde ich nie vergessen, und wenn ich mich daran erinnere, werde ich mich auch daran erinnern, was gerade geschieht. Dass es andere Erinnerungsbilder gab, die ich aber dem Vergessen überließ.

Und so geschah es auch. Ich erinnere mich noch an jede Einzelheit auf dem zurückbehaltenen Erinnerungsbild. Von den anderen, die ich losließ, weiß ich nur, dass ich sie vergessen habe. Dass sie vorhanden waren und vergessen wurden. Dass sie bestehen bleiben als Erinnerungen an Erinnerungen, bestehen bleiben als Erinnerungen an vergessene Erinnerungen.

Aber Inna. Sie ließ sich nicht bewegen, wie sie da lag. Sie war am Boden festgefroren. Und den Eimer hielt sie fest. Ich holte die Flickendecke aus der Kammer und bedeckte sie damit. Auf ihre Brust hatte ich eine Silberspange gelegt, die ich gefunden hatte, eine lappländische Spange, schön graviert. Dann schaufelte ich sie mit Schnee zu, bis ein Hügel entstand. Es gab kein Gesangbuch im Haus. Das fand ich sonderbar. Aber ich kann das Vaterunser auswendig, ich betete das Vaterunser für sie. Und ein paar Zeilen aus dem Hohen Lied, die ich aus dem Gedächtnis zusammenklaubte. *Setze mich wie ein Siegel auf dein Herz und wie ein Siegel auf deinen Arm. Denn Liebe ist stark wie der Tod.* Diese Worte sind mir von deiner Beerdigung in Erinnerung geblieben.

In diesen Jahren waren die Erinnerungen in mir verhärtet. Sie hatten scharfe Kanten. Ich verletzte mich daran. Deshalb habe ich es vermieden, sie mit den Händen zu berühren. Aber das tue ich jetzt. Ich berühre sie, ich lasse es wehtun. Es ist, als würde ich wieder zum Leben erweckt. Ich bin eine Geige, eine Flöte, eine Klaviatur. Musik durchzieht mich, stark, schön, unerbittlich. Ich lasse sie spielen, ich lasse sie zu.

Der Ort hier heißt Nattmyrberg. Bei meiner Suche nach einer Bibel oder einem Gesangbuch bin ich auf eine alte, handgezeichnete Karte gestoßen, auf die jemand neben den Namen Nattmyrberg ein von einem Pfeil durchbohrtes Herz gemalt hat. In dem Herzen steht in fast mikroskopischen Buchstaben: INNA.

Auch andere Papiere habe ich gefunden. Pachtverträge, mit brauner Tinte in verschnörkelten Buchstaben geschrieben. Und einen Stapel stockfleckiger Briefe, mit gehäkelten Bändern verschnürt. Ich habe alles genauso wieder in die Schublade gelegt, ich will nicht schnüffeln, nicht ihre Briefe lesen. Dennoch habe ich genug erfahren. Ihren Namen, den Namen des Ortes, ein durchbohrtes Herz.

Du hattest Stockholm besucht und eine Platte von Wladimir Wyssotzkij gefunden. Es war im November des letzten Jahres. Der Schnee hatte unseren Weg blockiert, ich war mit dem Auto in einer Schneewehe stecken geblieben und hatte es stehen lassen. Du kamst frühmorgens durch den Schnee gestapft. Wir saßen zusammen auf dem Sofa und lauschten der rauen Stimme von der Platte. Wie schnell und empfindsam sie zwischen Zorn und äußerstem Zartgefühl wechselte, zwischen Barmherzigkeit und Raserei. Die Verzweiflung, die innerhalb eines einzigen fallenden Tons in Gebet oder Flehen überging, die Trauer, die im selben Augenblick Freude oder Hohn war. Wir saßen dicht beisammen und folgten dieser Stimme, jeder Nuance, jedem blitzschnellen Übergang. Mitunter tauschten wir ein Lächeln, du drücktest meine Hand, ich die deine, alles, was du hörtest, hörte auch ich. Wir schufen zusammen eine Spur. Eine Spur im Schnee. Für eine Weile erkannten wir uns vollkommen ineinander.

Mehrere Wochen lang spielten wir diese Platte wieder und wieder. Die Lieder erfüllten uns, erfüllten das Haus. Sie ritzten sich in die Wände, prägten sich uns und allem, was unser war, ein. Dann starbst du. Wyssotzkij schrie deine Abwesenheit heraus, hämmerte sie mit einer solchen Wut auf seiner sich aufbäumenden Gitarre, dass ich ihn schließlich nicht mehr hören konnte.

Aber jetzt höre ich in mir seine Stimme, hier oben in Nattmyrberg singt er für mich, erfüllt die Stille mit einer behutsamen Liebe, mit einer grenzenlosen Zärtlichkeit. Und jetzt weiß ich, wie verirrt ich in der Einsamkeit war, welchen schrecklichen Wegen ich gefolgt bin. Ich habe solche Angst gehabt.

Trotzdem habe ich nicht vergessen, wie oft wir uns ineinander verirrt haben. Es gab eine Phase, da hast du mich beschuldigt und zur Rechenschaft gezogen für Dinge, die ich in deinen Träumen gesagt oder getan habe. Du hast behauptet, was ich da täte, sei realer als mein Verhalten im Wachzustand. Du hast allen Ernstes geglaubt, in deinen Träumen fände sich das wahrere Bild von mir, da würde ich entlarvt. Du hast mich ins Verhör genommen wegen eines Verrats, den ich nachts in deiner Bilderwelt begangen habe.

– Du bist schließlich der Ursprung meiner Bilder, du bist es doch, die sie erschafft. Hast du gemeint.

Bei diesen Gelegenheiten ergriff mich ein Schwindel, eine Übelkeit, es war, als sei etwas an mir hängen geblieben, wie Spinnweben am ganzen Körper, etwas Klebriges, Unentwirrbares. Ich wollte auf dich einschlagen, dich zum Aufhören, zum Verschwinden bringen.

Ich glaube, du und ich, wir haben uns zeitweilig in Insekten verwandelt, in Schmarotzerwespen. Wir haben uns mit dünnen, harten Insektenbeinen bekämpft, mit Stacheln, mit Fühlern, mit Giftdrüsen; alle beide wie verknöchert, unter den Panzern in rohen Instinkt verwandelt. Und es war ein Wunder, wenn wir dann wieder unsere Haut fanden, unsere Lippen.

Immer war ich diejenige, die schreiend in die Nacht hinausrannte, die in andere Zimmer und andere Betten umzog, die mit dem Kopf gegen die Wand schlug, gegen die Türrahmen, aufs

Treppengeländer. Ich weiß nicht, wie du es angestellt hast, dass dich die Raserei nicht von innen zersprengte, aber ich glaube, du fandest Befriedigung darin, Dämonen zu bändigen. Jedenfalls am Anfang. Später, als die Dämonen die Oberhand gewannen, hast du dich verirrt. Vielleicht war es zu diesem Zeitpunkt, dass du mich mit deinen Träumen besiegen wolltest?

Bei Wyssotzkij lagen alle Gefühle eng beieinander, sie waren alle Geschwister, aus derselben Materie. Nicht, dass er die Grenzen zwischen ihnen verwischt hätte. Er erzählte nur, dass es dasselbe Wasser ist, das sich rasend im Wildbach bäumt, wie jenes, das ölig blank in der Rinne fließt.

Dank der Karte, die ich gefunden habe, weiß ich jetzt, dass ich mich irgendwo oberhalb von Krokmyr und Spettliden befinde. Spettliden ist ein verlassenes Dorf, aber in Krokmyr wohnen Menschen. Ich weiß nicht genau, wie weit Nattmyrberg davon entfernt liegt, aber falls es in Krokmyr Hunde gibt, habe ich sie jedenfalls noch nicht bellen hören.

Endlich erfuhr Aron doch ihren Namen.

Auch diesmal war Morgen. Er war früh davon aufgewacht, dass er fror. Und als er die Augen aufschlug, sah er, dass Raureif gefallen war.

Vor seinem provisorischen Windfang bogen sich weiß die Grashalme, eingesponnen in Frostkristalle. Aron stand auf und ging hinaus, in die Decke gewickelt. Er hockte sich neben Lurv, und so saßen sie eine Weile beisammen und nahmen Abschied vom Sommer. Im Wald war es ganz still. Kein Wind, der in die Äste griff. Kein Vogel, der den Morgen begrüßte. Das Laubwerk der Birken war schütter, wie er jetzt bemerkte, und stellenweise waren die Blätter braun und gelb. Die sonst schwarzen Fichten standen da wie glasiert, und wo die Sonne sich in vereinzelten Streifen durch die Bäume tastete, waren sie golden. Aron fröstelte unter der Decke und drückte sich dichter an seinen Hund. Eine Spinne hatte offenbar die ganze Nacht emsig ihre Netze gewoben und sie überall am Boden an Halmen und Reisig befestigt. Jetzt glitzerte die Sonne darin, und alles im Wald flüsterte gleichsam: du weißt nicht, zu welchem Märchen du gehörst, du weißt nicht, welches Märchen du bewohnst.

Aron, der im vergangenen Sommer ein Gespür dafür entwickelt hatte, Innas Anwesenheit wahrzunehmen, wurde diesmal überrumpelt. Plötzlich stand sie ein paar Meter von ihm entfernt, als hätte die Stille an diesem Morgen jedes Geräusch aus ihren Bewegungen gesogen. Und jetzt sah er, dass ihre Haare tatsächlich grau waren, grau wie Asche.

Sie sagten nichts zueinander. Sie sah ihn an, er sah sie an. Jeder war im Bild des anderen gefangen, und keiner von beiden wusste, wie er ausbrechen sollte. Es war Lurv, der die Gefangenschaft beendete. Mit leicht pendelndem Schwanz schaukelte er zu Inna. Und sie ließ sich in die Hocke nieder und begrüßte ihn.

– Es ist Frost, sagte Aron nach einer Weile.

Sie sah zu ihm auf und zog zustimmend ein wenig Luft zwischen den Schneidezähnen ein, wie es in dieser Gegend Brauch war.

– Die Kartoffeln sind erfroren, sagte sie.

– Und bald ist Schluss mit dem Pferdehüten, gab er zurück.

Aber darauf antwortete sie nicht. Stattdessen sagte sie:

– Ich hab vergessen zu sagen, wie ich heiße. Du wolltest wissen, wie ich heiße, hast du gesagt. Du heißt Aron, das weiß ich noch.

– Und du?

– Ich heiße Inna.

– Inna. Aron prüfte den Namen. Inna. Das klingt wie Wind. Man denkt an Wind, wenn man es hört.

Sie lächelte flüchtig. Sie sah überrascht aus.

– Magst du den Wind?, fragte sie.

– Ja, sehr. Ich war Seemann. Ich habe viel mit dem Wind gelebt.

Sie ging wieder dazu über, Lurv übers Fell zu streichen.

– Davon weiß ich nichts, sagte sie dann. Aber Knövel ist mal am Meer gewesen. Er sagte, da wär nichts Besonderes dran.

Aron verstand sie nicht ganz.

– Ich kann dir gern mal davon erzählen, sagte er.

Sie schwiegen eine Zeit lang. Sie warf ihm einen Blick zu und stand auf.

– Ich muss heim. Es ist schon Tag.

– Ja, dann Adieu, Inna. Ich bin froh, dass ich einen Namen für dich bekommen hab, zum Schluss!

– Ich hab Angst gekriegt beim letzten Mal, als du aufgewacht bist, flüsterte sie fast. Da vergaß ich ihn zu sagen.

– Ich verstehe... Aber ich bin nicht gefährlich, nicht einmal, wenn ich wach bin.

In ihrem Blick tauchte ein Lachen auf.

– Ja, dann Adieu, sagte sie und verschwand rasch von der Lichtung.

Am Nachmittag desselben Tages kam Salomon mit dem Proviant für Aron. Es war ihr erstes Wiedersehen seit jenem Mal am Anfang des Sommers, als sie zusammen getrunken hatten und Aron gesungen hatte. Jetzt gab es viel zu erzählen. Salomons alter Vater war in einer der heißen Julinächte gestorben. Und als sie nach Racksele fahren wollten, um ihn zu beerdigen, hatten sie ein Pferd leihen müssen, da Balder draußen auf der Sommerweide war. Auf dem Heimweg hatte es ein Gewitter gegeben, und das geliehene Pferd hatte bei den Donnerschlägen so heftig gescheut, dass alle bis auf Salomon aus dem Karren geschleudert wurden. Am schlimmsten hatte es die mittlere Tochter Sara erwischt, die sich den Arm gebrochen hatte, aber alle waren auf verschiedene Weise verletzt und hatten sich Schrammen und Verstauchungen und blaue Flecke zugezogen. Nachdem sie das Pferd beruhigt hatten, wurde die Heimfahrt doch fortgesetzt, aber schon am nächsten Morgen musste Salomon mit Sara zum Amtsarzt nach Racksele.

Es mutete Aron merkwürdig an, als er Salomon erzählen hörte. Auf einmal rückte eine Welt näher, zuvor so selbstverständlich und vertraut, aber jetzt während des Sommers versunken und immer mehr in Vergessenheit geraten. Helga, der Alte, die Kinder – jetzt traten sie aus den Schatten hervor, jetzt pochten sie darauf, wieder ein Teil seines Lebens zu werden. Plötzlich konnte er sich an den süßlichen und zugleich frischen Duft der Kinder erinnern. Und er merkte, dass er sich nach ihnen sehnte.

– Das ist die letzte Verpflegung für diesen Sommer, haben wir beschlossen, sagte Salomon. Die Leute von Spettliden werden ungefähr in einer Woche ihre Pferde holen. Dann kannst du noch ein paar Tage bleiben, bis wir von Krokmyr kommen.

– Ja, es war heute früh zu merken, dass es mit dem Sommer vorbei ist.

Salomon sah ihn an.

– Dir ist es hier gut gegangen, nicht wahr? Es hat dir gepasst, das alles?

Aron lächelte flüchtig. Inna. Er dachte immerzu an Inna. Aber von ihr konnte er nicht erzählen. Also nickte er nur schweigend, während er sich darauf konzentrierte, dass der Kaffee gleich aufkochte.

– Nur zwischen den Kaffeestündchen war es ein bisschen lang hier draußen. Manchmal hat es mich richtig nach Kaffee gelüstet. Du hast doch nicht den Zucker vergessen?

– Ne, ne, ich hab Zucker für dich dabei, dafür hat Helga gesorgt.

Helga, dachte Aron. Eines Nachts hatte er von ihr geträumt. Dass sie mit ihm hier draußen bei den Pferden war, aber zugleich war es auf einem Schiff. Ihm kam es so vor, als wäre er im Traum immer an Bord eines Schiffes. Zwar erinnerte er sich nicht genau an den Traum. Aber es war Helga gewesen. Helga und er. Mit einem Stöckchen rührte er im Kaffeekessel und ließ ihn noch einmal aufkochen. Sie hatte nicht vergessen, dass er Zucker zum Kaffee nahm, sonst verzichtete er lieber. Das hatte sie nicht vergessen.

Salomon packte runde Laibe von ganz weichem, frisch gebackenem Brot aus, etwas Frischkäse, eine Dose mit Butter und ein Stück Speck mit breitem Fettrand und nur einem Streifen Rot ganz oben.

– Echter Amerikaspeck, sagte er stolz.

Dann aßen sie gemeinsam, lange. Sie brieten den Speck nicht einmal, sondern aßen ihn so, wie er war, in dicken Scheiben auf dem Brot.

– Wir fanden, es sollte wie ein kleines Fest sein, die letzte Verpflegung, Helga und ich. Denn es ist ja rundherum gut gegangen mit dem Pferdehüten. Und die Schwarte, hat Helga extra gesagt, die soll der Hund bekommen.

Lurv hatte bereits die ganze Schwarte verschlungen, sie rutschte in einem Stück hinunter. Jetzt lag er da, den großen Kopf auf die Vorderpfoten gelegt, und schaute erwartungsvoll den beiden essenden Männern zu.

Vor der Abenddämmerung machte sich Salomon auf den Heimweg, diesmal konnte er nicht über Nacht bleiben. Und das war Aron ganz recht so. Er fürchtete, Inna würde nachts oder morgens auftauchen... Was sich zwischen ihm und ihr abspielte, das ging niemanden etwas an, davon durfte keiner etwas erfahren. In dieser Geschichte waren sie beide verletzlich. In Wirklichkeit war es ein durch und durch ernstes Spiel, das sie spielten, das spürte Aron, wie unschuldig es auch wirken mochte. Ihm war, als hätte er eigentlich nicht viel verstanden von dem, was bisher geschehen war, doch er empfand den Nachklang, den Widerhall ganz stark.

Die Dämmerung fiel rasch. Die Luft war scharf und klar, bestimmt würde die Nacht wieder kalt werden. Er nahm Lurv mit zu den Pferden, die sich mittlerweile auf ihrer Suche nach etwas Essbarem über ein größeres Gebiet zerstreuten. Der Himmel war von intensivem Grünblau, als wäre das entfliehende Sommergrün emporgeflossen und hätte sich mit dem Blau vereinigt. Dicht über dem Horizont war er von dunklem Löwengelb, ein großer Brand. Es erinnerte an einen Sonnenuntergang auf dem Meer. Hob er den Blick so hoch, dass keine Berge oder Fichtenwipfel im Weg waren, war es, als ob das Grünblaue das Meer sei, ein ganz blankes und stilles Abendmeer, begrenzt von dem goldgelben Sonnenuntergang drüben im Westen. Und er selber saß in einem mikroskopischen Boot draußen auf diesem endlosen Meer.

Lurv spürte rasch die Herde der Pferde auf. Sie verharrten reglos im Zwielicht an einem Hang, wo die Bäume licht genug standen, um den Wind durchzulassen. Jetzt wurden sie weniger von Mücken und Gnitzen geplagt, dafür von unberechenbaren Schwärmen winziger Stecher. Diese waren so klein, dass sie fast unsichtbar waren, und machten sich nur durch den raschen, giftig brennenden Schmerz bemerkbar, wenn sie stachen. Mitunter brachte diese unsichtbare Geißel die ganze Herde dazu, in verschiedene Richtungen davonzustieben. Das erste Mal, als Aron das sah, begriff er nicht, was in die Pferde gefahren war. Aber nachdem er eine Weile dagestanden und sich gewundert hatte, wurde er selbst angefallen. Plötzlich stach und brannte es überall an seinem Körper, und im selben Moment bemerkte er die winzigen Insekten, die ihn umschwirrten. Und bald raste auch er wie ein Irrer durch den Wald.

Aber jetzt standen die Pferde ruhig da, eine Ansammlung stiller Silhouetten im grellen Abendlicht. Lurv lief von einem zum andern und beschnüffelte jedes Einzelne, während Aron sie mehrmals durchzählte. Ja, sie waren alle da. Er konnte an seinen Lagerplatz zurückkehren und sich auf die Nacht vorbereiten.

Die Kälte trieb Nebel aus den Mooren und Sumpfwiesen, der ganze Wald war wie von Milch durchflossen, als er nach Hause ging. Mitunter war es schwer, den richtigen Pfad zu finden, Aron blieb näher an Lurv und erinnerte sich im selben Moment an den Schneesturm, der ihn nach Krokmyr geführt hatte, in das Haus von Salomon und Helga.

Nachdem er vor dem Windfang ein Feuer gemacht und ein paar Bissen verschlungen hatte, zog er alle Sachen an, die er besaß. Tagsüber hatte er Fichtenzweige abgehauen, und jetzt bereitete er ein dickeres Lager unter seinem Schlafplatz. Mit den Zweigen, die übrig waren, besserte er die Hütte aus. Diese Nacht wollte er nicht frieren. Bevor er sich hinlegte, nahm er alle Felle und Decken und schüttelte sie aus und wärmte sie am Feuer. Dann kroch er ins Bett, lockte Lurv herbei, damit er sich neben ihn legte, und blieb eine Weile wach, das kleine Kruzifix zwischen den gefalteten Händen.

Als Kind hatte er mit Gott gesprochen, einfach, ohne sich zu quälen, über das, was wesentlich ist im Leben. Das konnte er nicht mehr, damit hatte er schon in seiner Jugend aufgehört, als der Stiefvater ins Haus kam und er merkte, dass er versuchte, Gott für die verblendeten Mordpläne zu gewinnen, die er hegte. Denn wie sehr er den Mann auch hasste, der sich nach dem Tod des Vaters in die Familie gedrängt hatte, und wie berechtigt er es auch fand, ihn aus dem Weg zu räumen, so erschreckte es ihn dennoch, als er begriff, dass er dabei war, Gott in die Sache hineinzuziehen. Danach war es, als wären seine Worte, seine Gespräche mit Gott, verbrannt. Er war gezwungen, mit seinem Gott zu schweigen. Aron dachte, dies sei sein Sündenfall, und mit dem Schweigen bedecke er sich. Die Aufrichtigkeit und Reinheit, die er sich gern erhalten hätte, durften wie ein kleiner stiller und friedlicher Raum in ihm sein, ein Raum, um jeden Abend für eine Weile hineinzugehen, ein Andachtsraum, der keine Worte vertrug, bis auf die des liturgischen Gebets. Bevor er da hineinging, musste er Waffen und Kleider ablegen, seine Gedanken. Mit den Jahren hatte er diese Prozedur zunehmend als eine Reinigung empfunden: dass das Schweigen auch ein Wasser war, um darin einzutauchen. Und eine Buße, weil er die Worte einmal hoffnungslos befleckt hatte.

Das Feuer war längst niedergebrannt, als ihn die Kälte weckte – und noch etwas anderes. Als er mit der Hand neben sich tastete, merkte er, dass Lurv nicht mehr da lag. Und jetzt spürte er, jetzt wusste er. Es musste Inna sein, die mitten in der Nacht zu ihm gekommen war.

Zuerst war alles schwarz. Aber bald begannen die Konturen hervorzutreten. Die Bäume vor dem Himmel. Schatten, die sich vorn in der Öffnung seines Windfangs bewegten. Jetzt sah er seinen Hund. Er stand, den Kopf auf eine Seitenwand der Hütte gerichtet. Es war etwas in seiner Haltung, das darauf hinwies, dass er etwas anschaute. Aber Aron konnte nicht sehen, was seine Aufmerksamkeit fesselte. Er konnte Inna nicht sehen. Sie befand sich neben seinem Windfang und hatte alle Kleider ausgezogen und sie in einem Haufen auf den Boden gelegt. Jetzt stand sie nackt da, und die Kälte formte sich um ihren Körper, so dass sie genau spürte, wo die Grenzen um sie herum verliefen. Trotzdem war ihr heiß, aus ihr kam pulsierende Hitze. Noch nie zuvor hatte sie sich so wirklich gefühlt. Und so – gezwungen. Dass sie dieses tun musste. Sie musste es für den Fremden tun. Weil er wissen musste.

Der Hund kam nicht zu ihr wie sonst. Er stand nur da und hielt sie mit dem Blick fest, ganz still, als würde er sie nicht richtig erkennen. Und plötzlich stieß er ein kurzes, ungeduldiges kleines Gebell aus. Direkt in die Stille hinein schickte er sein Gebell. Im selben Moment sträubten sich die Haare an ihrem Körper. Jetzt fror sie, jetzt brach die Kälte mit aller Kraft über sie herein. Sie musste vortreten und sich dem Mann zeigen, sie musste es zu Ende bringen, worauf sie sich eingelassen hatte. Bald würde man die Pferde zu den Höfen zurücktreiben, bald wäre der Fremde verschwunden. Wie eine Tür, die zugemacht wird. Eine Luke, die zugeschoben wird. Sie würde es nicht schaffen, danach durch den Winter zu kommen. Gekrümmt und geduckt vor Kälte trat sie vor und stellte sich mitten in die Öffnung seiner Hütte. Sie schloss die Augen. Sie hielt es nicht aus.

Aron sah, dass sie es war. Dann sah er, dass sie so weiß, so unbegreiflich war. Er stieß einen harten Seufzer aus, unwillkürlich, ein schweres, knappes Ausatmen. Langsam setzte er sich im Bett auf. Sie stand da, ja, sie war nackt. Zugleich spürte er die Kälte an seinem Oberkörper, kurz, scharf. Er dachte und wusste doch nicht, was er dachte, eine Fülle von Gedanken raste in ihm hin und her, pfeilschnell. Dass es so sein musste, dass es so war. Dann sprang er mit einer Decke in den Händen aus dem Bett, schnell hinaus zu ihr, und hüllte sie ein.

– Aber . . ., sagte er und hielt ihren Körper drinnen in der Decke.

Inna öffnete die Augen. Sie stand mitten in seinem Geruch, so nah, dass sie ihn nicht sehen konnte. Und die ganze Stärke, die ganze furchtbare Entschlossenheit, floss aus ihr heraus. Es war so traurig. Alles. So hoffnungslos. Sie fühlte, wie sie mit ihm aufs Bett sank, wie er sie beide in Decken und Felle wickelte. Und er hielt seinen Kopf neben ihrem, er wiegte sie.

– Was machst du nur?, flüsterte er in ihr Haar. Was fängst du nur an? Es ist kalt heut Nacht, Inna. Spürst du das nicht? Es ist kalt draußen.

Lurv bellte wieder auf. Unsicher wedelte er mit dem Schwanz und versuchte ein Gähnen.

– Sei still, du, sagte Aron. Leg dich hin.

– Wuff!, sagte Lurv wieder, fast im Falsett. Dann seufzte er und ließ sich nieder.

Aron hob ihren Kopf und strich ihr die Haare aus dem Gesicht, schob alle Haarsträhnen weg, die sie verbargen.

– Inna, sagte er.

Sie schloss die Augen und ließ sich wiegen.

– Inna, wiederholte er.

Sie schaute wieder. Von tief innen schaute sie.

– Warum hast du das gemacht?, fragte er.

Da neigte sie ihr Gesicht unter seinen Arm und ließ ihn ihre Haare streicheln, ihren Hinterkopf, ließ sich von ihm schaukeln und wiegen. Und sie trank seinen Geruch da drinnen in der Dunkelheit, sie wollte nie wieder hinaus in die Welt.

– Komm, sagte er, wir kriechen richtig hinein. Er zog sie im Bett hoch und häufte alles, was er zu fassen bekam, auf sie, schob ihr seinen Arm unter den Nacken und drückte sie an sich.

– Wollen wir so liegen? Wollen wir jetzt versuchen zu schlafen? Du musst etwas sagen, begreif das doch. Ich weiß nicht, was ich tun soll.

Da machte sie ihren Kopf los und sah ihn an. Sie wollte etwas sagen. Aber was? Sie wollte sagen, es sei gut, alles sei gut. Wenn sie nur so liegen dürfte.

– Ich hab gefroren, sagte sie.

Aron lachte auf.

– Freilich hast du gefroren!

– Aber hier ist es warm.

Er hielt sie umarmt. Aber seine Hände fürchteten sich. Ihr Körper dehnte sich in alle Richtungen aus, so nackt, so grenzenlos nackt. Er wusste nicht, wo er in all dieser Nacktheit seine Hände lassen sollte.

– Soll ich deine Sachen holen?, fragte er.

– Ja, sagte sie.

– Liegen sie da draußen?

– Gleich an der Seite.

Er tauchte in die kalte Luft hinaus und bekam den ganzen Kleiderhaufen zu fassen. Inna setzte sich im Bett auf, und er half ihr in das Hemd, dann in die Bluse, und knöpfte alle Knöpfe zu. Nur in den Rock musste sie allein kommen.

Sie legten sich wieder hin. Jetzt wagte er es, sie festzuhalten und an sich zu drücken. All das Unbegreifliche zu umarmen, das sie war.

– Ich darf nicht einschlafen, sagte Inna nach einer Weile. Ich muss heim, bevor es hell wird.

– Keine Angst, wir schlafen nicht ein, wir liegen hier und halten uns eine Weile warm.

Trotzdem musste Aron eingeschlummert sein. Er wurde von der Kälte geweckt, als Inna aus der Umarmung schlüpfte. Instinktiv versuchte er sie festzuhalten, im Halbschlaf, noch wie betäubt, hielten seine Hände sie fest.

– Es ist gleich Morgen, flüsterte Inna ihm zu und versuchte, sich freizumachen.

– Wir bleiben für immer so liegen, murmelte Aron. Er hatte noch nicht einmal die Augen geöffnet.

– Aber ich muss gehen.

Er schlug die Augen auf und schaute sie an, während sie ihre Haare richtete. Es war nicht mehr dunkel, aber noch nicht hell. Behutsam legte er seinen Kopf in ihren Schoß. Mit dem Handrücken berührte er vorsichtig ihre Wange.

– Geh jetzt, sagte er weich und setzte sich neben ihr auf. Er nahm ihre Hand und drehte sie zu sich hin.

– Aber versprich, dass du noch einmal kommst, ehe ich fortgehe. Versprich es!

Sie war schon fast aus der Hütte, als sie sich zu ihm umdrehte.

– Ich verspreche es, sagte sie.

Ich erwachte vor der Morgendämmerung in ihrer Kammer, und plötzlich war ich sicher, sie muss Tiere gehabt haben. Ich lag in der Dunkelheit in ihrem Bett. Es war, als wäre ich in einer Kristallwelt aufgewacht, wo die Strukturen starr sind, fest. Und ich darin eingefroren, gefangen. Und nun wurden alle Bilder zu Schreckensbildern, eingefügt in den unerbittlichen Kristall. Sie muss Tiere gehabt haben. Der Schreck darüber, hier zu sein, mich auf diesem verlassenen Hof zu befinden, mit der toten, zugeschaufelten Frau vor dem Fenster. Es rückte dicht an mich heran, nah wie Scham. Es bedrängte mich und ließ meine Augen in der morgendlichen Dunkelheit weit offen stehen, trocken. Sie muss Tiere gehabt haben. Ich kam nicht aus dem Bett. Blieb vielmehr liegen und wälzte mich von einer Seite auf die andere, als wollte ich den Entscheidungen entrinnen. Andere Bilder krochen aus meinem Bewusstsein hervor, banale, alltägliche Bilder, aber steinhart, wie eingefroren. Ich sah mein Auto am Straßenrand stehen. Ich sah meine Topfpflanzen daheim in der Wohnung welken und verdorren. Ich sah die Stapel von Zeitungen, Post, Papieren hinter der Tür immer höher wachsen. Und das alles durchzogen schneidend die Klingelzeichen des Telefons, der Chor der Klingelzeichen in den leeren Räumen. Und dann die Stimme, meine eigene Stimme auf dem Anrufbeantworter, nach vier Klingelzeichen meinen Wahnsinn hinauskreischend: *Ich bin im Moment nicht zu Hause, aber Sie können gern eine Nachricht hinterlassen.* Die minutiöse Erinnerung an meine Anrufbeantworterstimme war grauenhaft. Ich zappelte wie ein an Land geworfener Lachs, klatschte gegen den Felsen, zerriss meine Schuppen am Stein. Was tat ich hier? Worauf hatte ich mich eingelassen? Wieder hielt mich der Kristall, hielt mich in dem Gedanken, der mich geweckt hatte: Sie muss Tiere gehabt haben, es muss hier einen Stall geben, sie kann nicht ohne Tiere gelebt haben.

Mit einem Satz stand ich in der offenen Haustür und sog Luft und Winterdunkel ein, mein ganzes Ich eine Passage für nichts als Luft und Winterdunkel. Ich werde nicht nach dem Stall suchen, stolperten meine Gedanken, ich werde nicht sehen, was es da zu sehen gibt, ich werde nicht die halb toten Tiere hervorzerren, die unter den toten Tieren liegen, werde sie nicht hinaus in den Schnee schleppen, werde nicht, werde nicht … Plötzlich merkte ich, dass ich am ganzen Körper heftig zitterte, wie in Krämpfen, und rannte wieder hinein, verkroch mich tief in einen Winkel der Küche und blieb zusammengekauert sitzen, die Hände gefaltet, unauflösbar.

Irgendwann wankte ich in die Kammer, kroch unter die Decken und schlief ein. Als ich aufwachte, war es draußen hell, ich hatte lang geschlafen, es war im Körper zu spüren, er war schwer und stumm. Ich blieb liegen und schaute leer an die Wand. Ich will geliebt werden, sagte eine Stimme. Ich will geliebt werden, wiederholte die Stimme in mir. Eine starke Sehnsucht verband sich mit den Worten. Eine Sehnsucht mit weit geöffneten, emporgestreckten Armen. Ungeschützt, nackt.

Weckt die Liebe nicht auf, heißt es im Hohen Lied. *Stört sie nicht.* Aber das ist schwer, ist das Schwerste. Man wehrt sich. Verwischt sie. Kann das klare, unerbittliche Licht nicht direkt ins Auge lassen.

Wenn wir uns lieben wollten, hast du mich zuerst immer am ganzen Körper geküsst. Jedes Mal. Mit sanften Händen hast du mich auf den Bauch gedreht. Ich war schon ausgezogen. Du hast dich am Fußende zusammengekauert und angefangen, meine Füße zu küssen, leicht, bedächtig; jeden einzelnen Fuß und dann die Waden, die Kniekehlen, die Schenkel bis hinauf zu den Hinterbacken. Du hast meine Hinterbacken mit deinen Küssen bedeckt, die Lende, den Rücken, die Schulterblätter, bis hinauf zum Nacken. Dann hast du mich auf den Rücken gedreht. In deinen Händen war eine besondere, sanfte Entschlossenheit. Wieder fingst du unten bei meinen Füßen an, hast die Beine geküsst, den Schoß, mit deinen Lippen meine Brustwarzen umschlossen, den Hals geküsst, die Halsgrube, den Mund, die Augen, die Stirn. Du warst so still, so bedächtig, so unendlich zärtlich. Du warst gründlich. Du hast meine Haut mit deiner Liebe bedeckt. Meine Hände ebenso. Du hast dein Gesicht in meine Hände gelegt und sie mit deinem Atem gefüllt.

Währenddessen lag ich still da. Ich ließ deine Hände, deine Lippen über mich bestimmen, ich überließ mich, ließ mich von deiner Sanftheit durchbohren.

– Du sollst lernen, geliebt zu werden, hast du gesagt.

Die Liebe ist streng. Und man versteckt sich, duckt sich, weicht zurück.

Du, sagt die Liebe. Du.

Es war Zeit zum Aufbruch. Die Pferde zogen immer weitere Kreise, um Weideland zu finden. Aron und Lurv hatten ihre liebe Not, sie zusammenzuhalten. An einem Sonntagnachmittag kamen die Männer aus Spettliden und fingen ihre Tiere ein. Die Luft war kalt und rein, der Himmel metallisch blau. Die prallen Wolken waren verschwunden. Die Grenze zum Sommer war deutlich gezogen, alles im Wald schien zu wissen, jetzt kommt eine andere Zeit. Die Laubbäume loderten, Kraniche schrien und spreizten sich, fast als wollten sie verkünden, jetzt geht es los, jetzt brechen wir auf.

Mitunter gab es Regentage mit durchdringend kalten Morgen. Die Blaubeeren fielen ab, die Farne falteten sich zusammen und schrumpften. Aron begann sich nach Haus und Herdwärme zu sehnen. Er dachte immer öfter an seine Kammer und an den Ofen, den er gesetzt hatte. Er dachte an Helga und Salomon, an die Kinder, an den Alten, der nicht mehr da war. Und an Inna. Inna, die sich nicht mehr gezeigt hatte. Sollten sie einander jetzt vergessen und sich im Winter vergraben? War das, was ihnen im Sommer geschehen war, wirklich, oder nur etwas, wovon er fantasiert hatte, um sich die Zeit zu vertreiben? Er fühlte, dass etwas Verzweifeltes in ihm Fuß fasste. Dass er vor dem Aufbruch zur Klarheit kommen musste, Gewissheit haben musste, wie es zwischen ihnen stand.

Dass sie sich nicht zeigte und sich womöglich auch künftig nicht zeigen würde, machte ihn rasend in den langen, kalten Wachnächten. Nein, er schlief nicht. Er lag da und horchte, das Gehör so angespannt, dass er förmlich die Ohren aus dem Kopf herauswachsen fühlte. Als kröchen sie um seine Hütte herum durchs Gelände wie sonderbare, platte Knorpeltiere.

In Nattmyrberg herrschte ein Krieg, der sich im Stillen zutrug. Knövel beschattete Inna, er blieb in ihrer Nähe und schnupperte gleichsam an ihr. Inna hatte den Geruch des Fremden an sich, sie nahm es selbst ständig wahr. Sie war von ihm eingehüllt und hatte Teil an seiner Fremdheit. Es war Knövels Instinkt, der sie beschnüffelte, der den Weg durch seine Nase nahm. Er sagte nichts. War nur dauernd um sie, folgte ihr auf den Fersen, mit selbstgerechter Miene. Nachts schlief er nur halb. An seinem Atem hörte sie, dass er sie bewachte. Stand sie auf, würde er ebenfalls aufstehen. Seine Nähe war wie Hände, wie Schlingen.

Sie dachte an den Fremden, in jedem Augenblick. Sie versuchte an ihn auch als »Aron« zu denken, aber sie wollte eigentlich keinen Namen für ihn, noch nicht. Und »der Fremde« war gut, es war wahr, es enthielt das Wesentliche: dass an ihm etwas Unnahbares und Artfremdes war, dass er von Knövel unberührt war, von allen Knövels. Inna wollte nicht, dass die beiden voneinander wussten. Sie durften in keinerlei Berührung kommen. Deshalb barg Knövels hartnäckige Nähe eine große Gefahr. Als versuchte er, durch sie mit dem Fremden in Verbindung zu treten, ihn in ihr selbst zu bekämpfen.

Eines Morgens war sie etwas tiefer in den Wald zur Quelle gegangen, um sich zu waschen. Sie wollte den Fremden schützen, indem sie ihn abwusch. Doch der Vater war mitgegangen. Er war ihr auf dem kleinen Pfad zur Quelle gefolgt, und da waren beide stehen geblieben.

– Ich wollte mich waschen.

– Wasch dich nur, sagte er, nicht unfreundlich.

– Kann er mich einen Moment in Ruhe lassen, damit ich mich ausziehen kann, sagte Inna, von ihren eigenen Worten erschreckt.

Knövel murrte.

– Meinst du, ich hätte noch nie ein Frauenzimmer gesehen?

Inna erwiderte nichts. Fühlte nur, zugleich mit der Hoffnungslosigkeit, wie es unter den Kleidern in der Haut zu stechen begann.

– Wie?, beharrte er. Meinst du, ich hätte noch nie gesehen, wie ihr ausseht?!

– Doch, murmelte Inna schließlich, und sie wusste, wie sehr er sie doch besaß, jeden Teil ihres Körpers, jedes kleine Stück ihrer Haut. Ein Schauer durchfuhr sie, fast wie ein Schüttelfrost. Und als es sie ein paar Mal geschüttelt hatte, wollte sie speien. Sie spürte, wie sich die Haare einzeln auf ihrem Kopf sträubten, und jetzt zitterte die Luft um sie herum.

– Aber du sollst mich nicht sehen!, stieß sie mit einem Zischen aus und raste im selben Moment an Knövel vorbei, den Pfad hinunter, zurück zum Hof.

– Wer soll dich sonst sehen, du verfluchtes kleines Luder?, schrie er ihr nach. Wer soll dich sehen, wenn nicht ich?

Sein untersetzter Körper zitterte in unterdrücktem Aufruhr, als er ihr nachstarrte. Ich bin kein Tattergreis, dachte er rasend. Ich bin kein alter Mann. Noch ist es mit mir nicht zu Ende.

Sie hatte sich ganz hinten auf dem engen Heuboden über dem Stall versteckt. Jetzt weinte sie. Das kam bei ihr nicht oft vor. Sie weinte, weil alles in ihr ein einziges Chaos war, alles war zugleich da und vermischt, es war nicht möglich, irgendetwas auseinander zu halten. Es durchtoste sie und krallte sich fest und zerriss sie.

– Geh weg von dem da.

Das hatte sie gesagt, die Mari. Verlass ihn, hatte sie gesagt. Aber sie verstand nicht. Sie wusste nicht, was es hieß, jemandes Eigentum zu sein, bis ins Blut das Eigentum eines anderen Menschen zu sein. Gezeichnet zu sein. Ich bin gezeichnet, dachte Inna und prüfte das Wort. Er hat meinem Körper sein Kennzeichen aufgedrückt, kein anderer kann es sehen, aber er weiß es, und ich weiß es. Wenn ich weggehe, wird das Zeichen an mir zu glühen anfangen, glühen und mich versengen.

Sie weinte nicht mehr. Sie war hart und heiß. Denn während sie dies alles dachte, dachte sie auch an den Fremden. Er bildete jetzt den Hintergrund ihrer Gedanken. Jetzt sah sie sein Gesicht vor sich, seine Hände, seine guten, lieben Hände, die sie berührten und Knövel von ihr abstreiften.

Es war der letzte Morgen des Pferdehütens in diesem Sommer. Aron erwachte nach einigen Stunden unruhigen Schlummers. Später am Tag würden die Leute von Krokmyr kommen und ihm helfen, die Pferde nach Hause zu treiben.

Inna hatte sich nicht gezeigt. Nicht in dieser Nacht, auch nicht an diesem Morgen.

Es nieselte. Die Kälte hatte ihren Biss verloren, und jetzt schien die Luft fast lau. Der Wald roch würzig, er sog die Luft ein und streckte sich. Lurv war kurz vor Aron aufgewacht und war durch den Windfang nach draußen getrottet. Jetzt lief er herum und schnüffelte an den Abdrücken der Nacht, hob mal hier, mal da sein Bein.

– Du Lumpenhund, dachte Aron gereizt. Lauf lieber und such Inna! Treib sie her zu mir!

Nein, sie war nicht gekommen. Daran rieben sich alle Gedanken in Aron. Drehten und wendeten es. Erklärten, entschuldigten, gerieten in Aufruhr. Doch der große Stein Sie-ist-nicht-Gekommen wurde nicht von der Stelle bewegt. Er blieb in der Mitte der Welt liegen, unverrückbar.

Er wollte sich einreden, es sei ein Traum gewesen, dass sie damals mitten in der Nacht nackt vor seiner Hütte stand. Wenn er es jemand erzählte, würde er sofort merken, dass es ein Traum war, ganz eindeutig ein Traum, ein richtiger Pferdehirtentraum. Das Schreckliche war ja, dass nur Aron allein es wusste. Er wusste, dass es geschehen war, wie traumhaft es auch anmutete. Doch es hätte alles einfacher gemacht, wenn es ein Traum wäre. Träume kann man abschütteln, jedenfalls die meisten. Aber die Wirklichkeit schüttelt man nicht ab, die hat kleine Zähne, mit denen sie

Male hinterlässt. Und nun hatte es sich so ergeben, dass er und Inna nach vielem Hin und Her in komplizierten Mustern einander umkreist und sich gestreift hatten. Das war nicht abzuschütteln. Er würde es den ganzen Winter mit sich herumschleppen müssen, die ganze Ungewissheit und das Unausgesprochene ihrer Begegnung.

Lustlos stopfte er ein paar Bissen in sich hinein. Die Reste warf er Lurv hin. Bei dem Dauerregen ließ sich sowieso kein Feuer machen. Und jetzt war es Zeit zum Aufbruch. Er zog seine Sachen an und verschnürte sein Gepäck mit Riemen. In der Bibel wurde vor der Frau gewarnt. Sie, die den Sündenfall über die Menschen gebracht hatte. Man sollte sich von ihr fern halten, stand an mehreren Stellen. Sie sei ein Netz, ihr Herz sei eine Schlinge.

Und Aron hatte sich von den Frauen fern gehalten. Als er zur See fuhr, begleitete er die Kameraden nicht auf ihren Touren durch die Hafenstädte. Er wusste nicht genau, warum. Aber es machte ihm manchmal Angst, dass es Frauen gab, die ihren Körper an Fremde verkauften. Ja, es erschreckte ihn, er wagte es nicht, diesen Frauen zu begegnen, er wollte nicht sehen, wie sie es machten. Aber auf Island hatte er ein Mädchen gehabt. Und er hatte sich nicht eigentlich von den Frauen fern gehalten. Sie hatten nur nicht zu seinem Leben gehört, ebenso wenig wie der Gedanke an Ehe oder Kinder. Er sollte das nicht haben, so war es ganz einfach. So war es ihm bestimmt. Und jetzt war da Inna. Trotz allem. Es war ihm unbegreiflich, wieso, aber er hatte sich immerzu nach ihr gesehnt, es war, als hätte er in ihr etwas Verlorenes wiedergefunden.

Sie hatte ihm versprochen, dass sie kommen würde, bevor er über den Winter fortging. In seinem Inneren konnte er das Bild in einer exakten Kopie hervorrufen, wie sie sich im Weggehen noch einmal umgedreht und gesagt hatte, rasch, gleichsam gehetzt: Ich verspreche es.

Und den ganzen Sommer lang war sie ja um ihn gewesen. Sie hatte da gesessen und ihn angeschaut, wenn sie dachte, er schliefe. Aber jetzt kam sie nicht. Jetzt blieb sie weg. Jetzt, da ein ganzer, gewaltiger Winter sich zwischen ihnen ausbreiten würde. Und in dieser Gegend war der Winter keine Jahreszeit. Das hatte Aron bereits gelernt.

Nachdem er fertig gepackt und alles in einem ordentlichen Stapel unter den Windfang gelegt hatte, ging Aron los, während Lurv vor ihm hertrabte, um nach den Pferden zu sehen. Ihm war wehmütig zumute. Alles, was er jetzt tat, geschah zum letzten Mal. Zum letzten Mal würden Lurv und er jetzt die Pferde aufsuchen, sie durchzählen und sicherstellen, dass auch keines sich nachts verletzt hatte. Es war ein Pfad entstanden, der Weg durch den Wald, den er gemacht hatte. Wenn er nächsten Sommer als Pferdehirte zurückkäme, würde der Pfad noch vorhanden sein. Er hatte es geschafft, sich hier draußen eine Welt zu erlaufen. Mit seinen Wanderungen, seinen Rast- und Lagerplätzen, seinen Angelstellen und seinem Rauch hatte er eine neue Karte eingezeichnet, innerhalb der Karte, die er in der Tasche trug, die er beim Kaufmann abgezeichnet hatte. Und es war eine Karte von einer Heimat, einer Heimkehr. Das wurde ihm plötzlich bewusst. Wie groß Innas Anteil an dieser Heimkehr war, dessen war er sich nicht gewiss. Aber sie war auch auf der Karte gegenwärtig, sie war ein wichtiger Ort – oder besser – sie durchströmte alle Orte wie ein Wind, ja, wie ein Wind, dachte er.

In der Begleitung von Lurv suchte er jetzt der Reihe nach all seine Plätze auf und machte sie winterfest. Er deckte seine Feuerstelle ab, stapelte Pfosten aufeinander, schützte seinen Holzvorrat, sammelte Angelgeräte und anderen verstreuten Kleinkram ein. Als alles erledigt war, setzte er sich in seinen aufgeräumten Windfang und wartete. Wartete auf den Aufbruch, auf die Männer, auf Inna. Er wusste kaum, worauf. Es war nicht leicht zu sehen, wo die Sonne hinter der grauen Wolkendecke stand, und die Zeit war noch schwerer zu bestimmen, da dieser Tag den anderen nicht geglichen hatte. Aber ihm schien, der Tag sei doch ziemlich weit fortgeschritten, bald müssten sie kommen. Er bekam im Nieselregen doch noch ein anständiges Feuer zu Stande. Bestimmt wollten sie nach der Wanderung Kaffee kochen.

Lurv saß neben ihm, und lange bevor Aron etwas Besonderes draußen im Wald gehört oder bemerkt hatte, fingen die Ohren des Hundes an sich zu bewegen und zu drehen.

– Also kommen sie jetzt?, fragte Aron, als er es sah, halb zu sich selber. Sind sie es, die jetzt kommen?

Er wusste nicht, wohin mit der Enttäuschung, die er empfand. Dass es sich jetzt bewahrheitete: Sie kam nicht, sie würde nicht kommen. Er schob es in den Hintergrund, ließ die Erwartung der Heimreise im Vordergrund stehen. Wenn er erst einmal zu Hause war, das wusste er, würde ihre Abwesenheit alles andere überwuchern. Sie würde seinen Winter färben, als Unruhe in seinem Gemüt leben.

Aber jetzt ging es um die Heimreise. Lurv hatte sich aufgestellt, die Schnauze witternd in der Luft, die Ohren spielend und suchend. Und schließlich konnte auch Aron die Stimmen hören, die aus dem Walddunkel aufstiegen. Es waren ungewohnte, ja, fast unwirkliche Laute, Menschenstimmen. Er packte Lurv am Nackenfell und flüsterte ihm zu, er solle auf der Lichtung bleiben. Nein, nicht hinrasen und die Männer zu Tode erschrecken.

Aber am Bellen konnte er den Hund nicht hindern, und nun bellte Lurv, mit all seinem Gefühl für das, was recht und billig war, tief und anhaltend.

Die Männer tauchten zwischen den Bäumen auf, einer nach dem andern. Erst als Aron Salomon entdeckt hatte, wagte er seine Bestie loszulassen und ging den Männern entgegen. Und so wurde die Stille, die den ganzen Sommer geherrscht hatte, abrupt unterbrochen, der Lagerplatz füllte sich mit Stimmen, Gelächter, Fragen und kindlichem Schabernack von dem Dutzend Männer, die für einen Tag in einer Horde frei durch den Wald streiften.

Nach dem Imbiss brachen sie gleich zu den Pferden auf. Salomon hatte Arons Kaffee mit Branntwein aufgefüllt.

– Der Abschiedstrunk, hatte er entschieden gesagt. Den darf man sich nicht versagen.

Denn Aron hatte die geöffnete Flasche wegschieben wollen. Er meinte, allzu viel Dunkles in sich zu haben, um einen Rausch riskieren zu können. Doch jetzt erlebte er, wie die Trunkenheit alle Knoten und Kanten löste, wie sie zugleich einbettete und schärfte, milderte und verdeutlichte.

Alles gab sich auf eine neue, ausdrucksvollere Art: der Wald mit seinen Farben und seinem Geruch, die Stimmen der Männer, die in einer ungeordneten Reihe auf dem Pfad gingen, den Aron gemacht hatte. Der Branntwein ließ dies alles mit ihm selber zusammenfließen, so dass die Gefühle in ihm stark und außerordentlich deutlich wurden. Und Inna. Für sie wurden seine Gefühle im Rausch überdeutlich.

Die Pferde standen dicht gedrängt im feinen Sprühregen, die Köpfe zu der Schar der sich nähernden Männer gedreht. Vermutlich wussten auch sie, dass der Sommer vorbei war, unabänderlich. Fügsam ließen sie zu, dass ihre jeweiligen Herren ihnen Halfter über die Mäuler streiften und sich auf ihren Rücken schwangen.

– Ich gehe, sagte Aron zu Salomon, als sie neben Balder standen. Du bist ja schon einen Weg gegangen.

Er half Salomon auf den Pferderücken, wo schon sein eigenes Gepäck verstaut war, und gab Balder einen Klaps auf den Hals.

– Die Pferde werden es diesmal nicht so eilig haben, sagte Salomon. Du kannst bestimmt mithalten.

Langsam setzte sich die Karawane in Bewegung, und auf einmal erinnerten sich alle an den Morgen im Juni, als sie ihre Pferde hinaus auf die Weide geritten hatten. Und der Sommer, der dazwischen lag, schien plötzlich so dünn und durchscheinend wie ein kleiner Schleier, der kurz aufgeflattert war.

Aron ging am Ende der langen Reihe. Alles war gelb und braun. Die Fichten waren einförmig dunkel. Die Welt war so rasch ihres Grüns beraubt worden, vereinzelt standen die Ebereschen und Espen, die ihr Rot hinausriefen.

Die Herbsttraurigkeit stieg in ihm hoch, wie sie es an einem Nieselregentag mit diffusem, schwindendem Licht gern tut. Er bemühte sich nicht, mit den anderen Schritt zu halten, er wollte allein mit seinen Gedanken sein.

Inna stand halb hinter einer Fichte verborgen, das Gesicht rot und verschwitzt, als wäre sie gerannt. Regungslos stand sie, die Hände auf den Mund gepresst und die Augen groß, weit offen. Aron entdeckte sie erst, als er schon fast vorüber war, fing sie im Augenwinkel ein und machte abrupt Halt. Da stand sie. Sie sah eigenartig aus. Er wusste nicht recht, wie, aber irgendetwas machte ihm Angst. Sein Herz fing so stark an zu pochen, dass er kaum Luft bekam, rasch sah er sich um, ja, Salomon war weit vorn, und Lurv trabte zwischen den Pferden, keiner würde es merken, wenn er ein Stück zurückblieb. Er schlüpfte in den Wald hinein, wo er einen Schimmer von ihr sah, angstvoll und jubelnd, plötzlich unsicher in allem.

Als er hinkam, stand sie in derselben Haltung da, mit demselben Ausdruck im Gesicht, noch halb hinter den Händen verborgen. Er nahm sie nicht in die Arme, wie er es im Geiste so oft vor sich gesehen hatte, nahm ihr nur beide Hände vom Gesicht und barg sie in den seinen.

Um ihren Mund war die Haut zerschrammt, ihre Unterlippe blutete. Jetzt sah er auch, dass das Kopftuch auf die Schultern geglitten war und dass die Haare feucht und zerzaust waren. Er zog sie näher an sich heran, ganz eng, mit ihren fest geballten Händen in den seinen. Das Zittern ihres Körpers pflanzte sich in dem seinen fort, in seiner Brust bewegten sich Kummer und Freude wie im Tanz.

– Was ist denn passiert?, murmelte er in ihr Ohr.

– Ich bin hingefallen. Ich hatte solche Angst, du würdest verschwinden. Ich sah die Männer. Dass sie kamen.

Inna hob seine Hände an den Mund und strich mit Wange und Lippen darüber.

– Du hast gute, kluge Hände, sagte sie leise.

Jetzt mussten sie sich loslassen. Sie hatten es die ganze Zeit gewußt.

Sie legte das Gesicht in seine Handfläche und ließ es zu, dass sie davon umschlossen wurde, wie von einem Nest, mit ihrem Geruch und ihrer Rauheit.

– Was sollen wir tun?

– Nächsten Sommer. Nächsten Sommer komme ich zurück.

– Geh jetzt. Beeil dich.

Innas Buckel war unsichtbar. Sie trug ihn herum, krümmte sich darunter. Er war wie ein Feldstein, in sie hineingewälzt, bald unter dem rechten, bald unter dem linken Schulterblatt. Da schabte und drückte er. Morgens mochte sie manchmal kaum aus dem Bett wegen des unausstehlichen Buckels. Panisch tasteten ihre Finger über den Rücken. War er jetzt höckrig? Sie betete zu dem gütigen, milden Jesus, er möge sie vor dem Buckel bewahren. Aber warum sollte er sie verschonen, er, der selber nicht von seinem Kreuz verschont blieb? – Seid sanftmütig, vernahm sie seine Stimme. Traget eure Lasten. Und sie sah, dass seine Augen auf dem kleinen Bild an der Wand zugleich sanft und unerbittlich waren. Doch ihre Hände hatten keinen Höcker gefunden. Auch an diesem Morgen war die Schande nicht zum Vorschein gekommen.

Jetzt war Herbst. Immer deutlicher. Zeichen über Zeichen, die auf die weißen, stummen Räume hindeuteten. Zuerst sträubte sich Inna. Sie wollte den Sommer mit seiner freundlichen, lauen Luft festhalten, mit seinem Duft, mit den guten Händen des Fremden, die den schlimmen Buckel aus ihrem Inneren weggestreichelt hatten. Aber schließlich fiel doch der Schnee, der bleiben würde. Der Schnee, der erst im Sommer schmelzen würde und mit den Gewässern davonfließen. Und vielleicht lag eine Verheißung darin. Dass sie jetzt über denselben Schnee ging, der noch im kommenden Sommer in Flecken daliegen würde, wenn Aron und seine Pferde sich wieder unten im Moorwald bewegten. Vielleicht war dieser Winterschnee auch eine Brücke, welche die Zeiten verknüpfte und sie erträglich machte?

Inna versuchte mit allen Mitteln, den Fremden in ihrer Welt zu bewahren, ihn lebendig zu halten. Als Schutz, als Wachtposten. Oder wie eine kleine Flamme im Wind. Sie richtete sich im Warten ein. Seit jeher ein von Frauen bevorzugter Raum.

Knövel hatte sein zudringliches Nachlaufen und Beschatten aufgegeben. Es war nicht mehr nötig. Der Schnee lag tief um Nattmyrberg herum, ohne Skier kam man nirgendwo hin, und noch waren keine Spuren eingefahren, es war schwer vorwärts zu kommen. Und dann das Tageslicht, kaum ausreichend für die Haushaltspflichten. Man musste durch das karge Graulicht hetzen, rasch, bevor die Dunkelheit kam und ihre Hände um einen legte. Nirgends konnte man hin im Vorweihnachtswinter. Da hockten alle Leute in ihren Höfen beieinander. Und schliefen die endlos langen Nächte durch. Nein, Knövel musste nicht aufpassen und lauern. Er saß im Stubendunkel und schwieg. In seinem Inneren regten sich viele Gedanken, eine ganze Schattenwelt von Gedanken, zum Leben erweckt von all der Unrast und Ungleichheit, die den Sommer über geherrscht hatten. Er stellte Inna keine Fragen, aber er beobachtete sie, wenn sie mit der Spindel oder der Stopfnadel saß, wenn sie ganz in sich versunken war und es nicht merkte.

Sie war doch schön, seine Tochter, dachte er. Trotz der Silberhaare, die sie nicht zu bändigen vermochte und die ihr immer wie Schaum um den Kopf standen. Bestimmt konnte sie irgendeinen Burschen unten von Krokmyr verlocken, schmachtend im Wald auf sie zu warten. Der Gedanke erfüllte ihn mit einer kalten, steinernen Wut. Der Bursche war ihm völlig egal, der konnte noch so geil sein und irgendwelchen Jungfern nachjagen. Aber Inna. Sie gehörte zu ihm, sie gehörte zu Nattmyrberg, sie war das Einzige, was für ihn übrig geblieben war, als Hilma starb. Sie sollte sich bloß nicht einbilden, sie könnte sich frei von ihm bewegen, wo sie doch ein Teil von ihm war. Für sie durfte es nichts geben, was außerhalb oder anders war.

So regten sich die Gedanken in Knövel. Dass er seinen Platz als Alleinherrscher wieder einnehmen müsse und nicht mehr zurückweichen dürfe, von dieser sonderbaren Unsicherheit ergriffen, die ihn seit damals lähmte, als Inna zum Kaufmann gegangen war. Ja, das war für ihn das Schlimmste, dass er Angst bekommen hatte, Angst vor Inna. Dass etwas über sie gekommen war, was er nicht kannte, etwas, in dem er sich verirrte und seinen Willen verlor. Jetzt beobachtete er sie insgeheim. Er wollte dieses Neue kennen lernen, wissen, wo es steckte, wie es sich bewegte. Denn hat man einmal vor etwas Angst bekommen, muss man es aufsuchen, es erforschen, damit ringen. Das hatte er von Kindesbeinen an gelernt. Wenn der Wald einen schreckt oder der Stier, muss man hingehen und sich ihm aufs Neue stellen. Und hatte das Pferd einen abgeworfen, musste man sogleich wieder hinauf auf den Pferderücken. So war er erzogen worden. Ein Mensch darf sich nicht einschüchtern lassen. Und wirklich, ein erwachsener Kerl darf sich nicht vor seiner eigenen Tochter fürchten.

Es war ein Abend in der Weihnachtszeit. Lange hatte Knövel sich jetzt gesammelt, um das Neue und Fremde zu brechen, das über Inna gekommen war, und sie zurückzuzwingen in das, was früher geherrscht hatte. In das, was die Ordnung war.

– Heute Nacht soll sie im Bett bei mir liegen, sagte er.

Er hatte sich vorher nicht einmal geräuspert.

Die Stille, die sofort eintrat, war so stark, dass sie gleichsam ein vibrierendes Echo hinterließ. Jeder Winkel und Spalt, alles in der Stube war plötzlich schwer von Stille.

Inna stand am Herd, Knövel an der Tür der Kammer, in der sie schliefen. In ihr tönte der Nachhall eines riesengroßen Gongs, der angeschlagen worden war. Dass er es jetzt sagte. In ihrem Körper konnte sie spüren, wie angespannt der seine war, wie aufgeladen. Wie er sich den ganzen Herbst über für diesen Moment gesammelt hatte. Und tief aus dem Boden empor wie aus einem geheimen Wurzelgeflecht wuchs in ihr, Welle um Welle, ein Fieber aus Wut, Angst, Ekel. Sie stand wie in einem elektrischen Kraftfeld, mit den Entladungen, die über die Haut knatterten, das ganze Innere in Aufruhr. Kein Wort brachte sie heraus, keine Bewegung in die eine oder andere Richtung. Sie wurde wie von unsichtbaren Fäden gehalten, in einem feinmaschigen, glühenden Netz verbrannt.

– Was glotzt du so?, schrie Knövel von der Kammertür her. Wie? Kommst du jetzt, oder? Er stampfte mit dem Fuß auf. Kommst du gefälligst!

Jetzt zischten die elektrischen Peitschen durch die Luft. Er stürzte zu ihr hin und packte sie am Arm, um sie da hinzuschleifen, wo sie hinsollte. Doch da brach der Zorn mit gewaltiger Wucht aus ihrem Körper. Sie schlug und trat nach allen Seiten, sie biss, riss und zog. Plötzlich war sie in einem Kampf mit ihm begriffen, einem blanken, nackten Kampf, in dem seine Stärke letztendlich nichts gegen ihre Raserei vermochte. Sie war schnell, sie war erfinderisch, sie verstieß gegen alle Regeln einer Prügelei. Genau in dem Moment, als Knövel seine Faust, seinen Arm, ja seinen ganzen Oberkörper in einem Schlag gegen ihr Gesicht richtete, wich sie aus. Er verlor das Gleichgewicht und fiel mit einem dumpfen Knall vornüber auf den Boden. Als er nach einem Augenblick, in einer Grimasse des Schmerzes, wieder auf die Füße zu kommen versuchte, flüchtete Inna. Der Hass, der sie immer stärker erfüllt hatte, während sie mit ihm kämpfte, hatte sie erschreckt. Und als er sich vom Boden aufrappelte, waren ihre Augen an seinem dünnen, runzligen Hals hängen geblieben, und im selben Moment spürte sie es in ihren Händen, spürte, wie sie sich schon um seinen Hals legten, wie sie alles Leben aus ihm wringen wollten, in einem Hass, so stark wie Hunger. Sie stürzte hinaus ins Nachtdunkel und raste den gebahnten Weg zum Stall hinunter, auf der Flucht vor sich selber, vor dem Vater, vor den Kräften, die in Bewegung geraten waren. Hinter sich hörte sie Knövel.

– Du Saaatan!, brüllte er lang gezogen, so dass die Stimme den ganzen Abgrund bis hinauf zum bestirnten Himmel und hinüber zum Wald erfüllte, wo die Fichten wie Wachtposten in ihren weißen Rüstungen standen.

Unsicher drehte Inna sich um, als sie den Stall erreicht hatte. Es war still geworden. War er nochmals gestürzt, war er gestolpert? Es dauerte eine Weile, bis sie ihn entdeckte, ein Bündel am Fuß der Haustreppe, reglos.

Sie wagte sich nicht näher heran. Sie stand nur da, während der Atem den Brustkorb hob und senkte, stand im Winterdunkel und atmete in tiefen, raschen Zügen.

Er lag still. Aber noch war sie nicht außer Gefahr. Wenn sie erneut seine Hand an ihrem Arm spürte, in dem Griff, an den sich ihre Haut seit frühester Kindheit so deutlich erinnerte, wie an ein Feuermal würde sie ihn in einem Anfall von namenlosen, rasenden Gefühlen erwürgen. Dann würde sie in ihrer Abwehr alle Grenzen überschreiten, ihn zertreten, zerstampfen. Nie würde sie ihn mit dem Fremden in Berührung kommen lassen, den sie in ihrer Haut versteckte, an ihren Lippen, in ihren Haaren, in ihren Händen. Nie würde sie dem Vater erlauben, den Fremden zu kränken, wie er sie gekränkt hatte. Das war es, was mit Inna passiert war.

Die Kälte drang allmählich ganz in sie ein. Vorsichtig, damit sie nicht zu hören war, näherte sie sich dem scheinbar leblosen Körper an der Außentreppe. Jetzt sah sie, dass er vornüber lag, den Kopf auf die Seite gedreht. Blut war geflossen, das den Schnee in großen, roten Blüten färbte. Sie schlich sich vollends heran. Seine Augen waren geschlossen, der Mund weit geöffnet. Sie musste ihn ins Warme bringen.

Knövel wimmerte, als sie ihn ins Haus schleifte. Wie ein Kind oder wie ein sehr schwaches kleines Tier. Sie tat es in kurzen Etappen. Hinauf zur Tür, über die Schwelle. Dann über den Stubenboden. Sie keuchte. Als sie ihn schließlich in der Kammer hatte, kam der schwierigste Moment. Ihn ins Bett zu hieven. Sie hielt ihn von hinten, die Arme um seine Brust gelegt, und richtete sich mühsam auf, damit sie ihn vornüber aufs Bett kippen konnte. Sein Buckel drückte gegen sie, und sie fühlte immerzu den Knövelsgeruch auf sie eindringen – ein zugleich roher und süßer Geruch, das Süße schoss aus dem Rohen und Dichten herauf wie kleine Stiche, kleine Speere. Sie drückte ihn mit aller Kraft von sich weg, so dass sein Oberkörper auf den Fellen landete, hob seine Beine hoch und drehte ihn auf den Rücken.

Da lag er nun, die Augen noch geschlossen, noch betäubt. Sie lief hinaus und legte Holz im Ofen nach. Dann holte sie eine Kerze und ging hinein, um ihn genauer anzusehen. Er hatte Blut im Gesicht und in den Haaren. Direkt am Haaransatz klaffte eine hässliche Wunde, das Blut drängte heraus wie aus einem Mund, dick und eklig. Inna holte Stofflappen und versuchte, einen Druckverband anzulegen. Dann wischte sie alles Übrige ab, so gut es ging. Aber es war schwierig mit all dem Haar und Bart und allen Falten und Mulden. Außerdem waren ihre Hände so unbeholfen und unentschlossen, wenn es darum ging, Knövel anzufassen, sie wollten sich nicht recht da hineinbegeben, sondern wurden zurückgehalten, gehemmt. Die ganze Zeit war sie auf der Hut, er konnte schließlich jederzeit aufwachen, seine große, irrsinnig starke Hand konnte in einem Augenblick ihren Arm umschließen und sie ins Bett zu ziehen versuchen, hinab in den Geruch und die unmögliche Nähe.

Aber er wachte nicht auf. Bevor sie ihn verließ, wechselte sie seinen Druckverband und wusch die Wunde aus. Er jammerte leise und wollte sich gleichsam ihrer Fürsorge entwinden.

Als alles getan war, ging sie hinaus und setzte sich auf ihren Schemel am Feuer. Doch es war, als könnte keine Wärme der Welt sie wärmen. Mit starrem, leerem Blick saß sie da. Schuld empfand sie nicht. Aber einen Abgrund. Einen kalten Hohlraum, durch den sie taumelte.

Aron hatte schon im Herbst, als er nach Krokmyr zurückkam, beschlossen, im Lauf des Winters die ganze Bibel zu lesen, nicht nur die Sprüche und diese oder jene Stelle aufs Geratewohl, wie er es sonst tat, sondern die ganze Schrift von Anfang bis Ende. Und er wollte sie auf Schwedisch lesen. Er wollte sie in Innas Sprache lesen.

Die Ereignisse des Sommers hatten ihn aufgerüttelt. Er war aus jenem Gleichgewicht geraten, das er für sich gefunden hatte, aus seiner Art zu leben, seiner Art, das Leben zu betrachten. Inna, mit ihrer nackten, eigentümlichen Scheu, hatte sich in seine Welt hineingesprengt. Wenn sie ihn, sich vor ihm versteckend, zugleich jagte, wenn sie ihn zugleich mied und suchte, war etwas in Aron, das sich nicht dagegen wehren konnte. Es war eine Bewegung, ein Muster, das er kannte, und er konnte nicht anders, er musste darauf antworten und es bestätigen. Sein halbes Leben lang hatte er sich versteckt, er wusste kaum mehr, wovor. Und war gleichzeitig beharrlich seinen eigenen Spuren gefolgt, seinem eigenen Schatten hinterhergegangen. Er wollte herausfinden, ob er sich vor dem Menschen fürchten musste, den er jagte, er wollte wissen, ob er dieser Mensch war, und seine Grenzen kennen lernen. Aber im selben Moment, als er auf Inna geantwortet hatte, war es, als wäre ein starker Sturm aufgezogen. Und der stieß Türen und Fenster in ihm auf, kehrte das Unterste zuoberst, riss Wände ein, legte die Schutzwälder nieder, deckte Dächer ab. Als dann der Herbst gekommen war und er die Gegend verlassen hatte, in der sie war, versuchte er still zu sitzen, nichts sonst, vollkommen still zu sitzen. Er spürte deutlich, dass er sich schützen musste, dass er der Zeit bedurfte, die jetzt bevorstand, dass er den Winter brauchte.

Helga hatte ihm die Familienbibel geborgt. Wenn er sie nur am Sonntagmorgen mit nach unten nähme, dürfte er sie oben in seiner Kammer haben, solange er wollte. Es waren die Abende, an denen er lesen wollte, wenn die Unrast ihn am schlimmsten packte. Eine ganze Anzahl Seiten jeden Abend, um es bis zum nächsten Sommer zu schaffen, wenn er wieder hinaus sollte zum Pferdehüten. Denn sie wollten ihn auch weiterhin als Pferdehirten beschäftigen, die Männer von Spettliden ebenso wie die von Krokmyr. Und Aron wollte es ja selbst, er hatte sofort Ja gesagt, als sie ihn fragen. Nicht etwa, dass er dachte, es sei auf irgendeine Weise unrecht, was zwischen ihm und Inna geschah. Darüber konnte er sich kein Urteil erlauben. Es war, wie es war. Aber sie hatte seine Ordnung zum Einsturz gebracht, und unter all dem Gerümpel, das da unversehens zum Vorschein kam, war vieles, was er sich vom Leibe gehalten hatte. Er dachte an blinde, neugeborene Kätzchen. Wie ihre Augen Schutz vor dem Licht brauchten, bis sie sich öffneten. Und dass es mit ihm und Inna genauso war. Sie mussten eine Weile im Dunkeln bleiben. Sich weder sehen noch gesehen werden. Und dass ihre Augen sich vielleicht nie dem Licht würden öffnen können. Er wusste es noch nicht. Es hatte etwas mit Zerbrechlichkeit zu tun. Nicht so, dass Inna zerbrechlich gewesen wäre oder er selber, sondern vielmehr das, was sie verband. Wie hauchdünnes Eis zwischen ihnen.

In der Bibel gab es deutliche und klare Stimmen, da gab es Erzählungen, von denen er umschlossen sein wollte wie von einem Haus, einem Haus zum Bewohnen, voller Menschen und Dramen in allen Zimmern. Fünfzehn Jahre hatte er wie ein Büßer gelebt, es war sein Leben geworden, Versöhnung mit seinem Dasein zu suchen. Aber irgendwo mittendrin hatte er sich verirrt, hatte sich selbst aus den Augen verloren. Das Entsetzen, das er in Innas Gesicht gelesen hatte, als sie ihn zum ersten Mal sah, war auch sein eigenes Entsetzen. Solche Angst hatte er auch vor seinem eigenen Gesicht gehabt. Aber jetzt nicht mehr. Genau das hatte er in jenem Moment erkannt. Dass diese Jahre etwas mit ihm gemacht hatten. Er musste keine Angst mehr vor sich selber haben. Das Verbrechen, dessen er einmal schuldig geworden war, hatte ein Kind begangen. Und jetzt war dieses Kind erwachsen geworden, ja, die Untat selbst hatte es dazu gezwungen. Doch den Schrecken hatte er weiter mit sich herumgeschleppt, als bräuchte er eine Bürde. Vielleicht würde er weiterhin als Büßer leben, er wusste nur, dass es in diesem Fall auf eine andere Art geschehen müsste, es müsste eine andere Buße und eine neue Versöhnung geben.

So richtete sich Aron in diesem Winter ein. Er und Salomon würden einen großen Teil der Zeit bei der Waldarbeit sein, aber sie würden nicht draußen übernachten müssen. Und im Vorweihnachtswinter war die Dunkelheit so groß, dass die Arbeitstage nicht besonders lang werden konnten. Es blieb genug Zeit, um mit Helga zu räsonieren oder für die Kinder Märchen zu erfinden. Oft erzählte er Helga, was er zuletzt in der Bibel gelesen hatte, und dann drehten und wendeten sie die Geschichten, so dass es Salomon, der eigentlich nicht besonders gottesfürchtig war, förmlich entsetzte.

– Ihr behandelt ja die Heilige Schrift, wie ich ein Stück Holz behandle, wenn ich schnitze. Schnippelt herum und formt zurecht und kerbt aus, dass man richtig Angst bekommt, es könnte sich am Ende gegen euch wenden.

– Angst, das Messer könnte vielleicht in die Hand schneiden?, sagte Aron mit einem Zwinkern.

– Ähh! Aber man darf doch mit dem Wort Gottes nicht nach Belieben umspringen. Heißt es nicht, was in der Bibel steht, ist ohne Wenn und Aber Gottes Wort?

– Ist es ohne Wenn und Aber Gottes Wort, wie du sagst, dann glaube ich, es hält stand. Nicht wahr, Helga? Man muss es schließlich wagen, das Wort anzufassen, das ist meine Meinung. Und es in den Händen kneten und wärmen. Nicht davorstehen und sich verneigen, dann ist es zu nichts nütze. Oder was meinst du, Helga?

– Doch, doch, sagte sie, es hält schon stand.

– Na, ein Glück, dass man nicht religiös ist, sagte Salomon. Stellt euch vor, sie würden euch hören, die Granbergs und Jonssons!

– Aber das tun sie nicht, flüsterte Helga mit diabolisch glänzenden Augen. Und sie sind so zufrieden damit, dass du in der Hölle landest, für die ist alles in Ordnung!

Salomon schüttelte den Kopf.

– Na, dann lass ich euch mal, ihr zwei. Redet ihr nur.

Für Aron war es eine Erleichterung, sich die Abende mit Helga und Salomon vertreiben zu können. Sie waren seine Geschwister, seine Familie. Und man konnte auch gut mit ihnen schweigen. Sogar wütend werden. Bisweilen, in der Kammer oben, drohten seine Gedanken verrückt zu spielen. Dann ging er hinunter und ließ sie sich in der Wärme des Herdfeuers auflösen, ließ sie herausfließen und sich zerstreuen. In seinem Innersten saßen er und Inna im Dunkeln und hielten sich umarmt, dort versteckte sich sein Leben. Und überwinterte.

Als ich ein Kind war, zogen wir in ein neu gebautes Hochhausviertel. Wir wohnten im zwölften Stock. Ich stand an meinem Fenster und starrte auf ein Lager von Armierungseisen, das sich bis hinüber zum nächsten Hochhauspaar erstreckte, mehrere hundert Meter weiter.

Unser Haus warf seinen Schlagschatten auf den Boden. Außerhalb des Schattens war das Sonnenlicht hart und feindlich, wie wenn der Nordwind dem April die Wärme austreibt. Entlang der ganzen Straße – es war eine endlose Straße, aufgespannt zwischen den Horizonten – wuchs kein einziger Baum. Vom zwölften Stockwerk aus waren die zarten Baumpflanzen nicht zu erkennen, die, mit Klebeband an Stöcken befestigt, hier und da auf den unbesäten, braunen Lehmflecken standen, die vielleicht irgendwann zu Rasen werden sollten. Aber man sah sie nicht einmal, wenn man sich auf der Straße befand. Der Wind, oder ob es das Licht war, machte alles durchscheinend und egal, alles bis auf die Häuser, die paarweise aus dieser Trübsal aufragten. Ich war sechs Jahre alt. Ich nahm den Aufzug hinunter. Da gab es ein paar andere Kinder. Aber in ihren Augen war die gleiche verwunderte Lustlosigkeit. Wir konnten nicht spielen. Wir probierten es. Jedes Mal probierten wir es von Neuem. Wir saßen am Parkplatz auf den niedrigen Einzäunungen aus Gussbeton und probierten es.

Meine Mutter fand »Wir Kinder aus Büllerbü« langweilig. Das fand ich nicht. Am liebsten ging ich nicht ins Freie. Ich hatte Angst vor der Straße, in der wir wohnten. Angst vor den großen, viereckigen Schatten, die bis über hundert Meter lang wurden. Angst vor den gelben Schildern am Lattenzaun um das Lager mit den Armierungseisen. Eine große Hand war darauf abgebildet und etwas kleiner ein Polizistenkopf. Und eine Menge schrecklicher Buchstaben und Zeichen.

– Erzähl, wie es war, als du klein warst!, drängte ich meine Mutter. Erzähl von den Häuslern, erzähl von den Wölfen auf der Veranda!

Und sie erzählte gern.

Mein Schulweg war so weit, dass ich oft vergaß, wohin ich unterwegs war. Zuerst eine Ewigkeit, um das Ende unserer eigenen Straße zu erreichen. Das war das schlimmste Stück, belastet von meinem Widerstand gegen das Passieren all der Türen in den kastenbrotförmigen flachen Gebäuden, die zwischen jedes Hochhauspaar gelegt waren. Es schien, als hätten die Architekten mit Bauklötzen gespielt: zwei aufrecht, einer liegend. Auf diese Weise hatten sie eine grotesk vergrößerte Spielzeugwelt geformt, und meine Beine wollten da nicht gehen, sie war leer, rechtwinklig und einschüchternd. Dann jedenfalls kamen die Eisenbahnüberführung und eine lange Straße, wo vor den Türen Büsche mit Schneebeeren wuchsen. Anschließend eine noch längere Straße mit Paradiesapfelbäumen. Mir wollte nicht in den Kopf, wieso diese bitteren, ungenießbaren Früchte Paradiesäpfel hießen. Aber instinktiv begriff ich, es war gegen uns Kinder gerichtet. Die Schneebeeren waren angeblich giftig und daher streng verboten, das einzige, was man damit anfangen konnte, war, darauf herumzuhopsen, bis es knallte. Die Paradiesäpfel waren bitter, damit wir uns merkten, dass auch sie verboten waren. Und vermutlich war es das, was sie mit dem Paradies verband. Die verbotene Frucht.

Aber nach dieser Straße war auf meinem Schulweg immerhin was geboten. Mitunter begegnete man den Irren von Ecksta Gård. Sie kamen in sonderbaren, sackartigen Kleidern und mit komischen grauen Mützen auf dem Kopf in Kolonnen angetrottet. Alle sahen so aus, als hätten sie die falschen Sachen an, die Sachen von jemand anderem. Ihre Münder waren halb offen und groß, die Arme wirkten zu lang. Ich wusste, sie wohnten in den alten Gebäuden im Garten auf der anderen Seite der Schule. Aber was taten sie da? Das verriet niemand.

Hinter der Schule lag der Wald. Darin wohnten Zigeuner. Einmal stand ich versteckt hinter einem Baum und sah mit klopfendem Herzen einen kraushaarigen Mann in einem Netzhemd mit einer Axt in der Hand. Dass er Holz hackte, begriff ich damals nicht, ich sah nur die Axt. Ich weiß noch, wie ich, fast von Sinnen vor Schreck, über die Eisenbahnbrücke raste – auch das lebensgefährlich, da ein Mann, der dort auf die Gleise gepinkelt hatte, einen elektrischen Schlag bekommen hatte und gestorben war. Das hatte Papa erzählt.

In der Schule mussten wir in Reih und Glied antreten. Draußen auf dem Hof, vor den Klassenzimmern, vor der Turnhalle und vor der Kantine. Alle Reihen mussten perfekt sein, keiner durfte sich bewegen, keiner durfte schwatzen, keiner durfte kichern. Sonst mussten all die anderen auch warten. In der Kantine waren alte Knäckebrotscheiben unter den Tischplatten festgedrückt. Auf einigen davon war grellgrüne Margarine. Die hatten am längsten geklebt. Mal gab es Hering mit Kartoffeln. Und mal Grießpudding mit Saftsoße. Ich ging als Letzte hinaus, das ganze Mittagessen in die Backen gestopft wie ein Hamster. Manchmal erwischten einen die Tanten und zwangen einen zu schlucken. Aber es kam wieder, den ganzen Weg von unten nach oben.

Ich mochte die alten Häuser lieber als die neuen. Ich mochte es, wenn an den Straßen zu beiden Seiten Häuser standen. Da waren die Häuser, die Straßen und die Menschen wie Verbündete. Sie hatten etwas gemeinsam, ein Gespräch war im Gang. Die Fenster der Häuser waren die Augen, die Tür der Mund. Das war wichtig. In ein Gesicht sehen können, es lesen, sich vergewissern. Denn erst wenn man das Gesicht sieht, wusste man, ob etwas gefährlich war oder nicht. Aber die neuen Häuser, die überall aus Gruben und Löchern emporwuchsen, die hatten kein Gesicht. Und irgendwie hatten sie auch nichts mit der Straße zu tun, sie standen nur da, jedes für sich. Sie bestanden hauptsächlich aus Wand. Oft hatten sie ein falsch platziertes Auge mitten auf der Stirn oder auch lange Reihen von Augen, denen man sofort ansah, dass sie blind waren. Ich strengte mich an, die neuen Häuser zu mögen, auch unser eigenes Hochhaus versuchte ich zu mögen. Schließlich war ich ein Kind und musste mögen, was kommen würde, was meine Welt werden sollte. Aber ich konnte nicht. Ich sah, es war die falsche Welt.

Man kann nicht mit Häusern reden, die keine Gesichter haben. Alles wird stumm. Und es war eine Einsamkeit in allem, die es schwer machte, Anschlagen und Verstecken zu spielen, selbst als wir ein Stück von der Hochhausstraße weggezogen waren. Für uns Kinder war es, als seien all die neuen Orte, die unter Dampfwalzen und Baukränen emporwuchsen, nicht die unseren. Wir hatten da kein Heimatrecht, und es fehlten die Verstecke. War irgendwo in einem verwilderten Garten am Rand des Wohnviertels ein alter Kasten stehen geblieben, hielten wir Kinder uns dort auf, bis auch diese Zuflucht ausgeschachtet und eingeordnet wurde. Stück für Stück sollte alles dem Neuen weichen. Wir müssten raus aus dem Alten, hieß es. Das Alte war nämlich Düsternis, Geruch und Armut. Das Neue war hell und sauber gefegt. Moderne Menschen würden nicht mal mehr feste Nahrung zu sich nehmen müssen, hieß es in der Nachrichtensendung *Aktuellt.* Sie würden von Tabletten leben, von Vitamintabletten. Und auf dem Harten zwischen den Häusern herumgehen, das nicht einmal Straße war.

Ich sah ein großes, schweres Land ohne Gesichter. Ich entwickelte Fantasien über Gesichter. Ich träumte von Gesichtern. In einem Traum stand ich auf einer solchen neuen Straße, die unheimlich steil abfiel, man konnte kaum aufrecht stehen, so abschüssig war sie, und jemand aus der Grillbude kam an und schlug mir ins Gesicht, so dass meine Backe abriss und herunterfiel. Dann träumte ich von endlosen Prozessionen gesichtsloser

Menschen, die sich langsam über eine Brücke bewegten, und ich werde nie beschreiben können, wie ich mich fürchtete. Nirgends eine Öffnung in ihren weißen Gesichtern, keine Münder, keine Augen, nichts als unbezwingbare Glätte. Ich stand am Brückenpfeiler und sah sie kommen.

Ich nährte mich von den Erzählungen meiner Mutter aus der Zeit, als sie klein war. Sie waren für mich wirklicher als mein eigenes Leben. Ich glaube, ich habe die Unwirklichkeit genauso stark erlebt wie andere Generationen die Armut. Oft stand ich hinter einem Baum im Wald von Ecksta verborgen und beobachtete die Zigeuner. Sie waren zwar Furcht erregend, aber sie waren wirklich, sie schwatzten und lachten und zankten, hängten Wäsche auf und kochten. Es war eine kleine Schar völlig authentischer Menschen, und sie versteckten sich nicht wie die Menschen in unserem Hochhaus, wo alle hinter ihren gleichartigen Türen in Heimlichkeit voreinander lebten. Nur am Gründonnerstag, wenn ich und zwei andere Mädchen als Osterhexen verkleidet herumliefen, wurden diese Türen einen Spalt weit geöffnet, und wir durften in die seltsamen Welten dahinter spähen. Obwohl an einigen Türpfosten kleine Metallschilder hingen, auf denen stand BETTELN und HAUSIEREN an der Tür VERBOTEN.

In dem Hochhaus neben unserem wohnte ein kleiner Junge, der Jonny hieß und der Schrecken des Hofs war. Er stand gern auf den Lehmflecken, die einmal zu Rasenflächen werden sollten, die Hände voller Erde und Kies, und warf damit nach den Tanten, die aus dem Supermarkt kamen. Nach jedem Treffer rannte er auf eine besonders behände, wieselhafte Art davon. Oft war er den ganzen Tag allein da draußen, mitunter hatte er nicht einmal Kleider am Leib, und immer war er grau und braun vor Schmutz. Er war jünger als ich, und in den Jahren, die wir da wohnten, hat er meines Wissens die Schule nicht besucht.

Einmal klingelte ich an seiner Tür, ich weiß nicht mehr recht, weshalb. Es war die Großmutter, die aufmachte. Aus der Türöffnung drang ein stechender, süßer Geruch ins Treppenhaus. Ich fragte nach Jonny, und die Frau bedeutete mir, über die Schwelle zu treten, damit sie die Tür schließen konnte.

Der Flur, in dem ich mich befand, war leer, es gab keine Möbel, keinen Teppich, keinen Spiegel. Es gab nichts als ein großes Loch in der Wand, wie der Eingang einer Höhle, und dahinter sah ich in ein Wohnzimmer, das ebenfalls unmöbliert war. Nur eine Matratze war da und ein Mann in langen grauen Unterhosen, der schlaftrunken aufstand und zu mir herauskam, allerdings nicht durch das Loch in der Wand, sondern durch eine Tür von einer anderen Seite. Er nahm eine Uniformjacke von einem Haken, und dann kam die Mutter dazu, mit einem kleinen Mädchen auf dem Arm. Ich hatte sie schon öfter gesehen, aber jetzt war sie ungeschminkt und sah käsig und verlottert aus.

Sie fragten, was ich wollte, und riefen nach Jonny, aber der sauste herum wie ein kleines Elektromobil, das nicht festzuhalten ist. Ich hatte mich ein paar Mal mit ihm geprügelt und wusste, dass er auf eigentümliche Weise am ganzen Körper biegsam war, dass er wie ein Gummiband war, das sich länger und länger dehnt und dann überraschend mit Wucht auf den Gegner zurückschnellt. Heute erinnere ich mich nur noch an verschiedene Hände, die ihn einzufangen versuchten, und an die grau gemusterten Tapeten im Flur, die aussahen, als hätte sie jemand in Fetzen gerissen. Ich bekam die Mütze oder Jacke zurück – oder was es nun für ein Anliegen war, das mich hierher geführt hatte – und raste pfeilschnell zurück zu unserem Haus, in den Aufzug und heim. Vielleicht sah es auch hinter anderen Türen so aus, dachte ich. Löcher in der Wand, kein Sofa im Wohnzimmer, müde Trostlosigkeit in den Augen der Erwachsenen.

Ich weiß nicht, wie man die Unwirklichkeit richtig beschreibt. Ihr fehlt der Zusammenhang. Sie ist in alle Richtungen verstreut. Sie erzählt vom Zersprengten, wo jeder Bezug verloren gegangen ist.

Und sie besitzt keinen Blick.

Inna!!!

Knövel hatte sich in ein hilfloses, rasendes Kind verwandelt. Er lag in seinem Bett, unfähig aufzustehen, und er fügte sich nicht. Er schrie nach Inna, sobald er ihre Schritte durch die Tür hörte, sobald sie sich innerhalb des Hauses befand. Seine gekränkten Hände kniffen und kratzten sie. Er hatte Schmerzen. Der Rücken wollte ihn nicht aufrecht halten. Die Beine wollten ihn nicht tragen. Und in seinem Kopf und Nacken schmerzte es beständig. Er hatte nichts als seinen Mund, seine Zunge, seine Worte. Und die Wut der Hände.

– Aber so hilf mir doch, knurrte er, wenn sie eintrat.

Die kleine Kammer stank nach Exkrementen. Knövel hatte das Fell abgeworfen. Er lag nackt da, bis aufs Unterhemd, das löchrige, fleckige Unterhemd. Die dünnen Beine herausgestreckt, die kleinen Hinterbacken mit feuchtem Kot beschmiert. Es war zum zweiten Mal an diesem Tag, dass er alles im Bett unter sich gelassen hatte, und jetzt blitzten seine Augen scharf und wie lüstern in einer seltsamen Mixtur aus Unsicherheit und Triumph.

– Du Vieh!, rief Inna. Du Mistvieh! Wieso kannst du nicht Bescheid sagen?

– Du warst doch nicht da, kapierst du! Dauernd steckst du im Viehstall, du bist nicht hier, wenn man dich braucht!

Inna holte Wasser und Lappen. Heu hatte sie bereits in der Ecke der Kammer aufgeschüttet. Ja, sie hatte ihn in Heu gebettet, wegen der Säuberung. Einen Bezug für seine Halme hatte sie ihm verweigert.

– Du bist wie ein Vieh, und du sollst liegen wie ein Vieh, hatte sie gesagt. Und daran hatte Knövel sich gehalten.

Sie raffte das eingekotete Heu zusammen und warf es hinaus auf den Hof. Dann wusch sie ihm die mageren Hinterbacken und den Schritt mit Schmierseife blitzsauber. Der Vater lag während der Behandlung zusammengekrümmt und still, gleichsam gesammelt, gänzlich beansprucht von seinem Körper, seinen Sinneswahrnehmungen, von der Niederlage, die er in einen Sieg verwandelte.

Inna wusste, dass er es genoss. Dass er sie strafte und sie weiter zu strafen gedachte.

– Und wer ist denn schuld daran, dass ich hier liege wie ein Wrack, ohne Rücken und Beine? Kann ich was dafür, dass meine Tochter auf mich losgeht wie eine Bestie, wie eine rasende Wildkatze? Ich könnte dich dafür ins Gefängnis bringen. Ich hätte das volle Recht, dir dafür das Leben aus dem Leib zu prügeln, jawohl. Und das werde ich verflucht noch mal tun, sobald ich aus diesem verdammten Kratzbett hochkomme, wo man nicht mal einen Bezug übers Heu kriegt oder Hosen, um sich zu bedecken...

Jetzt lag er halb nackt auf der Seite, gekrümmt wie ein Haken, die Knie angezogen. Lag da unter ihren Händen, die an ihm arbeiteten, neues Heu in die Kuhle unter seinem Hintern schoben, die wuschen, zurechtlegten. Methodisch hantierte sie, wie sie es von der Arbeit mit den Tieren im Stall gewöhnt war, gewöhnt, die Hände sich vorantasten zu lassen, gewöhnt, an Öffnungen, Spalten zu rühren. Jetzt war es Knövel, jetzt war es sein Körper. Sie musste die Hände denken, die Hände fühlen lassen, sonst keinen Teil von sich selbst, nur die Hände, die so vieles berührt hatten, die Hilma berührt hatten, als sie tot und starr war und gewaschen werden musste, die verdrehte Lämmer im Uterus des Mutterschafs ertastet, ihre dünnen, schlüpfrigen Beine entwirrt, die kleine Ausbuchtung ihres Kopfes umfasst hatten, die in Tiermäuler eingedrungen und den Ball gesucht hatten, den Speiball der Wiederkäuer, der kränklichen Tieren Heilung bringt. Während sie arbeitete, hatte Innas Gesicht eine Art Ruhe, als wäre nichts unmöglich, wenn nur ihre Hände allein denken durften. Obwohl es seine Zeit brauchte. Erst musste sie die Schwelle überwinden, die Schwelle, dass es Knövel war und die Erinnerungen an seine Hand, die sie dahin zwang, wo sie nicht sein wollte, die Erinnerung an den Zwang, sich zu beugen, sich unter ihm zu krümmen, die Erinnerung an inneren Aufruhr und Verwirrung, das Verwischen aller Grenzen.

Indessen war es sein Buckel, den sie am meisten hasste. Mehr als seine Hände hasste sie den Buckel. Als wäre er der Sitz seiner Seele und seiner ganzen Gemütsverfassung. Zuweilen stellte sie sich sogar vor, aus dieser hässlichen, widerwärtigen Ausbuchtung auf dem Rücken sauge er seine Nahrung, seinen Lebenssaft. Sie hasste den Buckel, weil er falsch war und weil er ein Teil ihrer selbst war, weil auch sie gezwungen war, sich davon zu nähren.

Jetzt war er fertig. Sie streifte das hochgezogene Hemd herunter und breitete das Fell über ihn. Ihr kam der Fremde in den Sinn, der kleine Spalt zwischen Jacke und Hose, der Streifen von Haaren, der vom Nabel abwärts lief. Hatte sie das wirklich gesehen, hatte es das gegeben? Seine Arme um sie, die leichten Hände in ihrem Haar. Konnte sie glauben, dass es noch einmal so sein würde, konnte sie wirklich glauben, dass es das gab? Knövel lag jetzt still, er zeterte nicht, verlangte nicht nach diesem und jenem. Und Inna ging zu ihrem Schemel am Herd, griff nach der Spindel und gab sich ihren Träumereien hin. Die Wärme des Feuers umspielte ihre Schultern und ließ die Nackenhaare auffliegen wie von einem Lufthauch, wie von einem Atem. Ihre Hände waren beschäftigt. Für eine Weile war sie selig, sie hatte eine Lichtung im Wald gefunden, einen Ort für sich, an dem alles sein durfte, alles, was zum Leben erwachen wollte.

Als Kind hatte Inna in der Küche geschlafen, und Hilma und Knövel in Einzelbetten in der Kammer. Doch nach dem Tod der

Mutter musste Inna in die Kammer ins Bett umziehen, das hatte Knövel so beschlossen. Ja, eigentlich schon vor dem Tod der Mutter, denn als sie bettlägrig und krank war, sollte sie in der Küche liegen, um etwas Leben um sich zu haben. Aber später durfte Inna nicht mehr in ihr altes Bett zurück. Er hatte schließlich gesagt, jetzt bist du Hilma. Und dazu gehörte, mit dem Vater in der Kammer zu schlafen. Ebenso, wie die Kleider der Mutter zu tragen und die Pflichten der Mutter zu übernehmen. Kein Stück Stoff war für Inna gekauft worden, seit Hilma aus dem Leben geschieden war.

– Hier gibt es viel aufzutragen, bevor Neues angeschafft wird, behauptete Knövel, als Inna diese Angelegenheit zur Sprache brachte. Er wusste nicht so genau, was für Kleidungsstücke eine Frau brauchte, und Inna musste aus dem, was sie vorfand, Blusen und Jacken zusammenbasteln und alle Löcher und Risse mit Zwirn stopfen. Einen Webstuhl hatte es in Nattmyrberg nie gegeben, nur Wolle und Wollgarn für Fäustlinge und Filzpantoffeln. Jedenfalls, in diesem Winter, als Knövel halb gelähmt im Bett lag, zog Inna wieder in ihr altes Bett in der Küche um, wie sehr der Vater auch drohte und schimpfte.

– Jetzt wird es so, wie ich gesagt habe!, brüllte er sie an.

Doch sie trug wortlos ihre Felle und Laken aus der Kammer. Er besaß keine Macht mehr über sie. Er wusste nicht, dass Inna die ganze Zeit über die Hand des Fremden hielt und sie fest drückte, wenn sie Angst bekam.

– Das Bettheu braucht seinen Platz, sagte sie nur. Es soll in Mutters Bett liegen. Wir können keinen Heuboden in der Kammer haben. Und damit muss er sich jetzt abfinden.

Sie klang forsch, aber innerlich zitterte sie. Mach die Augen zu, dachte sie. Mach die Augen zu und geh los. Denn an jenem Abend, als Knövel nicht mehr aus dem Bett hochkam, war ein Gedanke in ihr aufgekeimt. Dass sie jetzt in ihr altes Bett zurückkehren würde, in das Bett ihrer Kindheit, das Bett aus Hilmas Zeit in der Welt. Und als dieser Gedanke erst einmal in ihr Wurzeln geschlagen hatte, hatte sie sich gesammelt, sich gestählt, um ihn durchzusetzen.

Für Inna war es eine Rückkehr in die Kindheit, als sie dalag und wieder die vertrauten alten Risse und Astlöcher in der Wand betrachtete. Das Astloch, das einem Auge glich und das sie sich vorgestellt hatte als Auge Gottes, das auf ihr ruhte, zuverlässig, nicht verurteilend. Und die Zeichensprache all der Risse, bald verspielt, bald beängstigend. Sie war erstaunt, wie genau sie sich an all die Welten erinnerte, die da an der Wand geblüht hatten, wie gründlich sie sich ihr eingeprägt hatten, so dass sie in der ganzen Fülle ihrer Einzelheiten wiederkehrten, sobald sie die Augen über die Spuren schweifen ließ – dass sie sich sogar noch an die Gedanken erinnerte, die sie vor langer Zeit gehabt hatte, an die langen Gedankenketten.

Dass eine leichte Berührung des Auges mit einem Fleck oder einem Riss genügte, und schon war alles wieder da.

Es waren merkwürdige Jahre gewesen seit Hilmas Tod. Das konnte sie jetzt sehen, da die alte Zeit wieder in ihr erwacht war. Sie war kaum noch vorhanden gewesen. Das war ihre Art, sich zu schützen. Sie hatte nur so gerade eben überlebt, durchgehalten und sich so klein gemacht, dass nichts sie angreifen konnte. Eine jämmerliche kleine Ameise lässt sich weder streicheln noch schlagen. Nur zertreten kann man sie. Inna war wie jedes andere kleine Getier darauf bedacht gewesen, im Verborgenen zu bleiben, schnell zu entschlüpfen, sich unsichtbar zu machen. Und das hatte sie ja schon ihr ganzes Leben lang getan, hatte schon immer Knövels Zorn gemieden.

Doch seit Hilma gestorben war, hatte sie sich auf noch gründlichere Art klein gemacht, war auch nach innen geschrumpft und hatte sich sogar irgendwie selber gemieden. Sie wollte sich durchsichtig machen wie Quellwasser oder Luft, sie wollte kein Mal, keinen Fleck an sich tragen. Sie wollte vorhanden sein, ohne dass man sie erkennen oder berühren konnte. Erst als sie dem Vater zum Trotz nach Krokmyr gegangen war, hatte sie gemerkt, dass sich etwas veränderte. Als hätte sie etwas für einen Moment aus der Unsichtbarkeit geweckt, vielleicht die Sehnsucht, sich selbst zu erblicken, etwas festzuhalten – ein Bild, einen Faden –, ehe es sich ganz und gar auflöste, verloren ging. Dann hatte der Fremde sie gerufen. Er hatte nach ihr gerufen. Er hatte sich geweigert, sie nicht zu sehen.

Aber einen Raum hatte es immer gegeben, der sie beschützt hatte, einen Ort, an dem sie sichtbar war. Das war der Stall. Dahin kam Knövel nicht. Da ging es um Innas Aufgaben, Innas Zeit, und da war ein großes Stück der Welt, welche die Mutter und sie geteilt hatten. Der Geruch da unten, das Licht, das spärliche Licht – oder im Winter der Feuerschein, der über die Wände flackerte –, das war etwas, das nie zerstört werden konnte, das immer da gewesen war, so selbstverständlich wie ihr eigenes Gesicht. Wenn Knövel spätabends oder nachts manchmal gänzlich außer sich geriet und sie in seiner Raserei mit Schlägen niederstreckte oder unter sein schweres, stinkendes Fell zwang, hatte sie manchmal gedacht, fast wie eine Beschwörung, morgen früh, früh, früh, bin ich unten im Stall. Und dann nahm sie in sich das Licht da drinnen wahr und die Geräusche der warmen, wiederkäuenden Tiere, die sich mit ihren harten Hufen auf dem Boden ein wenig hin und her bewegten. Und obwohl Hilma tot war und ihr bei der Arbeit keine Gesellschaft mehr leisten konnte, war sie in der Luft anwesend, im Geiste. Da unten im Stall sind wir befreit, Inna, da sind wir ganz wir selber, da bestimmen wir, worüber wir lachen.

Nattmyrberg duckte sich unter dem Winter. Der Schnee fiel und fiel, bis er schließlich bis an die Fenster reichte, und die Sonne stieg und stieg, jeden Tag ein wenig höher, ein wenig weiter in ihrer Bahn. Langsam begriff Inna, dass der Vater nicht vorhatte, sich aus dem Bett zu erheben, er hatte etwas gefunden, was ihn da festhielt, er würde da bleiben und sich einkoten und wie ein Kind versorgen lassen. Offenbar wollte er nicht wieder ins Leben hinaus. Die Wunde an der Stirn heilte, er klagte nicht mehr über Kopfschmerzen, nichts an ihm wirkte mehr krank oder verletzt. Trotzdem lag er da und weigerte sich beharrlich, auch nur versuchsweise auf die Beine zu kommen.

– Aber ich stütze dich, schlug Inna vor.

– Du! zischte Knövel und packte ihre Handgelenke und zog sie hinunter zu sich ins Bett, so dass sein Gesicht plötzlich ganz nah an ihrem war. Du! Du stützt mich nicht, Mädchen, du bringst zu Fall, du stößt um!

Sie versuchte sich ihm zu entwinden, bekam aber ihre Hände nicht frei, drehte nur den Kopf, damit sie ihn nicht mehr ansehen musste, sein erregtes, wettergegerbtes Gesicht, das sich ihr eingeprägt hatte wie ein Stempel. Warum musste er ihren Hass schüren, warum musste er ihn dauernd aus den Winkeln kratzen, ihn wie einen Bären aus dem Winterlager jagen und ihn hetzen, reizen, in sich einsaugen?

– Aber ich pflege dich doch... Merkst du nicht, dass ich dich pflege!? Ihr Schrei kam gedämpft heraus, als wäre die Stimme in ihr zusammengedrückt worden, zusammengepresst zu einem dünnen, heiseren Rinnsal.

Da zog er sie noch näher zu sich heran und stieß sie dann plötzlich mit aller Kraft von sich, so dass sie rückwärts taumelte und stürzte.

– Bilde dir ja nicht ein, ich wär am Ende, bloß weil ich hier liege, keifte er von oben aus dem Bett. Ein Speichelstrahl folgte auf die Worte, doch er verfehlte Inna, sie war schon auf dem Weg nach draußen.

Aber dass Knövel Holz für mindestens sieben böse Winter gehortet hatte, dafür dankte ihm Inna im Stillen. Es genügte, dass sie den Vorrat so weit ergänzte, wie ihre Zeit und Kräfte es erlaubten. Sie würde es schaffen, dachte sie, sie würde es allein schaffen mit ihm im Bett, es würde gehen, auch wenn sie keine Felle hatte, um sie dem Händler zu verkaufen, sie würde lernen, wie man Vögel in der Schlinge fängt, jede freie Stunde würde sie Fäustlinge stricken, sie würde Käse machen, schöne, runde Käselaibe mit Sternmustern obendrauf. Im Sommer würde sie das Gesicht des Fremden in ihren Händen halten und heil werden. Das dachte sie unten bei den Tieren, in der Tierwärme, im Tiergeruch. Das wagte sie zu denken, obgleich sie wusste, wahr werden könnte es wohl kaum.

Der Frühling ließ sich Zeit. Der Schnee des Winters wollte nicht schmelzen. Stattdessen schneite es bis tief in den Mai hinein. Es verlangt viel Geduld von den Menschen, wenn sie sich einem Frühling wie diesem unterwerfen müssen; dass sie nicht in Raserei geraten und ihr ganzes Hab und Gut kurz und klein schlagen. Der Schnee fiel unerbittlich aus dem trübgrauen Himmel, scheußliche große Schneebäusche, die sich auf der Winterdecke zurechtlegten und alles einbetteten und verstopften. Da der Wind in diesem Mai von Norden kam, war die Luft kalt. Es gab kein Erbarmen.

Aron saß in seiner Kammer und malte ein Bild. Helga sollte es später bekommen. Die Bibel hatte er jetzt durchgelesen, und die Idee zu dem Bild war ihm gekommen, als er die Offenbarung des Johannes las. Eine kleine Passage darin hatte sich in ihm festgesetzt.

> *Wer sind diese, mit den weißen Kleidern angetan? Diese sind's, die gekommen sind aus großer Trübsal und haben ihre Kleider gewaschen, und haben ihre Kleider hell gemacht im Blut des Lammes.*

Er malte eine Schar weiß gekleideter Menschen mit bleichen, ernsten Gesichtern und großen, gleichsam hohlen Augen. Sie kamen aus einem diffusen, zerfaserten Dunkel links im Bild, einige davon befanden sich noch mitten darin. Die Hände hatten sie vor sich ausgestreckt, als wären sie blind. Unter einem Baum in der Mitte des Bildes lag wie in einer Glaskugel das Lamm. Es hatte blaue, unendlich sanfte, aber zugleich leuchtende Augen. Aus einer kleinen Wunde in der Seite sickerte das Blut, rot auf der weißen Wolle, so dass sich neben ihm am Boden eine Pfütze gebildet hatte. Hinter dem Lamm, ganz rechts im Bild, öffnete sich das Meer, hell und weit, in einer Nuance von Grün oder Türkis. Dort hatte Aron ganz klein, mit blutfarbenen Buchstaben, die Bibelworte hingeschrieben.

Er war sehr berührt von den Worten und dem Bild der Weißgekleideten, den aus großer Trübsal Gekommenen. Auf diese Weise konnte er Helga von sich selber erzählen und ihr zugleich für alles danken, wonach zu fragen sie sich enthalten hatte. Dass er einer von denen war, die ihre Kleider, ja, auch ihre Hände im Blut des Lammes gewaschen hatten. Aber ob seine Kleider weiß waren, wusste er nicht. Eine der Figuren auf dem Bild stellte ihn selbst dar. Er hatte sie in hellgrauen Kleidern gemalt. Doch als das Selbstbildnis fertig war, hatte er das Gesicht unter einer Haube verborgen. Sonst wäre es zu nah gekommen.

Eines Tages ein Stück weit im Juni kam der Sommer. Der Schnee lag meterhoch, und die Sonne blies ihre Hitze in Stößen von warmem Wind darüber hin. Auf einen Schlag erwachten alle Häuser in Krokmyr zum Leben. Türen wurden aufgestoßen, und Stimmen fuhren heraus, Lärm von allen erdenklichen Tätigkeiten hallte zwischen den Höfen. Überall scheuchte man den Winter hinaus, das Wasser strömte auf Pfaden und Straßen, die Vögel saßen in den knospenden Bäumen und zwitscherten.

Aron und Salomon zersägten in aller Eile das restliche Holz. Helga nahm die Innenfenster heraus und machte große Wäsche, während die Kinder halb nackt in den Schneewehen spielten, taub für Schelte und Drohungen.

Nach etwa einer Woche waren nur noch Erinnerungsflecken vom Winter übrig. Das Land badete im Wasser, die Straßen waren Flüsse, die Keller überflutet.

Eines Tages, als sie beim Sägen waren, sagte Salomon zu Aron, er hätte Inna von Nattmyrberg vor einiger Zeit beim Kaufmann gesehen. Und hätte erfahren, dass der Alte da oben, Knövel, wie sie ihn nannten, darniederlag und nicht mehr aus dem Bett kam.

– Du hast sie vielleicht im letzten Sommer getroffen?, warf er ein, und die Säge, die sie zwischen sich gezogen hatten, blieb stecken.

– Ja. Doch, beeilte Aron sich zu sagen. Sie hat eines Tages Beeren gepflückt. Und da haben wir uns begrüßt.

– Jedenfalls, fuhr Salomon fort, habe ich ihr gesagt, sie soll sich nicht scheuen, um Hilfe zu bitten. Ja, ich sagte ihr, du würdest im Sommer sowieso in der Nähe sein, du könntest ja Balder nehmen und ihr zumindest das Heu einbringen helfen.

– Freilich, sagte Aron. Freilich kann ich ihr helfen. Er musste gegen die Hitze ankämpfen, die ihm ins Gesicht steigen wollte, als wäre er ein Jüngling, ein junger Kerl. Freilich, sagte er noch einmal und versuchte Salomons Blick männlich und fest zu begegnen. Ich bin ja mit den Pferden in der Nähe.

Rauch stieg tief unten aus dem Wald auf. Eine schmale, graue Rauchschlange, die sich ein wenig wand und drehte, ehe sie sich zwischen den Wolken verlor.

Inna war zu dem Sitzstein gegangen, den sie direkt hinter dem Haus hatte, um ein wenig auszuruhen und nach dem Fremden Ausschau zu halten. Es war Abend, und sie war müde von der Schinderei. In diesem Frühjahr hatte ihr die Zeit oder die Kraft gefehlt, Nattmyrberg zu verlassen, um auch nur nach der Multbeerblüte zu schauen. Das hatte sie in all den Jahren zuvor getan, solange sie sich erinnern konnte. Sie und Hilma hatten es immer gemeinsam getan. Später hatte Inna es allein gemacht. War zu all den auserwählten Stellen gegangen und hatte geschaut, sinniert. Die Multbeerblüte musste man in seinem Herzen verfolgen. Erst wenn man wirklich alle Blüten gesehen hatte, konnte man in den kalten Frostnächten mit ihnen wachen und leiden, konnte mit ihnen im Platzregen zerschlagen werden. Heuer hatte sie keine Zeit gehabt, sie aufzusuchen, und konnte sie nicht in ihrem Herzen bewahren.

Darauf besann sie sich, als sie den grauen Rauch bemerkte, der zwischen den Fichten aufstieg, aus dem Baummeer tief da unten. Es gab ihr einen Stoß. Er war gekommen. Er war wieder da. Ihr Puls hämmerte, die Luft wurde heiß und trocken. So saß sie mit flatterndem Herzen und beobachtete die Rauchfahne, die sich draußen im Luftmeer kräuselte. Die ihr schön tat, die für sie tanzte. Jetzt war die ganze Müdigkeit verflogen, diese Nacht würde sie hinausgehen, aber nicht gleich zu ihm, er war vielleicht noch nicht allein. Aber zur Multbeerblüte. Heute Nacht würde sie die auserwählten Stellen aufsuchen und alles in Ordnung bringen.

Die Sommernacht öffnete sich ihr. Sie wurde in den Vogelsang einbezogen.

Das Licht war wie ein Gewässer, und sie watete hindurch.

Und das Multbeerkraut blühte noch, jedenfalls in den feuchten Spalten, jenen im Halbschatten. Die Nacht duftete stark nach Moor, süß und würzig. Inna rieb einen Sumpfporstzweig zwischen den Fingern und roch daran. Er ist gekommen, dachte sie. Ob er sich an mich erinnert? Ob er an mich denkt? Himmelschlüssel standen zwischen den Krähenbeeren, knospend, noch nicht aufgeblüht. Leicht strich sie mit der Hand über die Blumen, an denen sie vorbeikam, streifte wilden Rosmarin, Wollgras, Sauerkleeblüten. Die weiße, durchscheinende Nacht umschloss sie ganz dicht, wich keinen Zoll, wurde keinen Moment durchlässig oder vage. Sie verbarg ihre Dunkelheit wie im Spiel, war in ein unsichtbares Dunkel gehüllt und tanzte mit ihren weißen Schleiern vor Inna. Auch in der weißen Dunkelheit kann ein Mensch irregehen, auch da ist er blind.

Sie wusste es und wusste es nicht. Sie wurde immer näher an ihn herangeführt. Sie versteckte sich im Vogelgesang, in den Blumen, die ihr zublinzelten, sie versteckte sich in den Düften von Brunst und Tod und Erwachen, die aus dem Moos aufstiegen. Sie versteckte sich vor sich selber. Sie ließ sich von der Nacht entführen, sich in sie hineinzaubern. Als ihr der Geruch von Holzfeuer in die Nase stieg, dachte sie: Es riecht nach Mensch. Und sie war am Ziel.

Auf dem offenen Platz glühte noch das Feuer. Sie hörte den Bach, der laut in der Nähe rauschte. Sie sah den Windfang, aus frischen Fichtenzweigen auf dem alten Gerüst zusammengefügt. Ehe sie sich noch richtig klargemacht hatte, wohin die Nacht sie geführt hatte, kam der große schwarze Hund auf sie zugestürmt. Er winselte eifrig und stieß mit der Schnauze gegen ihr Bein. Besorgt mahnte Inna ihn zur Ruhe, sie beugte sich über ihn, um ihn zu streicheln. In diesem Augenblick bemerkte sie den Fremden. Er saß ganz nah am Feuer an einen Baumstamm gelehnt. Er sah sie direkt an. Ihre Hand erstarrte im Fell des Hundes. Sein Gesicht erschien ihr wie gemeißelt.

Inna wurde zu ihm hingetragen. Ob es die Luft war, die Nacht... Aber sie wurde wie von einer Welle getragen. Aron war aufgestanden, und als sie bei ihm ankam, legte er ihr seine Hände auf die Schultern und sah sie an. Sie waren stumm, ernst, nichts erschien leicht. Es war wie etwas Wundes in ihnen, ein Schmerz, der jetzt hervortrat, der zwischen sie trat. Es war etwas, das der Winter bereitet hatte, tief, tief unterm Schnee, und das jetzt aus dem Bodenfrost emporstieg.

Sie atmeten schwer. Sie sahen einander an und fühlten, wie dieser Atem sich immer schwerer hob, gleich den Bugwellen eines großen Schiffs, das aus dem Blickfeld herausgesegelt war. Unfassbare Bugwellen aus dem Nirgendwo. Inna spürte, wie sich seine Hände immer fester um ihre Schultern schlossen. Aber die Zeit stand still, sie konnte sich nicht bewegen.

– Inna. Aron seufzte es aus sich heraus.

Und endlich war die Lähmung durchbrochen. Sie drückte sich an ihn, seine Arme hielten sie umschlossen, ihre Hände waren unter sein Hemd geschlüpft und hatten heimgefunden. Doch das Begehren, das in ihnen erwachte, war nicht spielerisch. Es war hungrig, es glich einer rasenden Wut, es kam wie aus einem Schmerz. Und auf einmal musste alles ganz schnell gehen, jetzt waren sie in etwas begriffen, was treibend und stark war, ihre Umarmung wollte sich nicht begnügen, sie suchte mehr, sie suchte mit wilden, harten Fingern irgendwo einen Halt, einen festen Punkt, irgendwo einen Platz für all das in ihnen, was Lebensraum gab, Spielraum.

Eng umschlungen tasteten sie sich wie ein einziger Körper die paar Schritte in den Fichtenduft unter seinem Windfang, und da fielen sie ineinander, jeder in des anderen Umarmung, die Beine verflochten wie Weidenruten in einem Korb, und mit Händen, die rastlos den anderen suchten und jagten, was immer es zu erreichen gab. Außerhalb ihres Atems gab es schließlich nichts mehr, er riss die ganze Nacht mit sich fort, den Vogelgesang, das Mückensirren, das Tosen des Bachs – alles hatten sie in das Ihre hineingezogen, alles waren Stimmen und Nebenflüsse, alles brauste und sang in ihrem Gesang.

Inmitten dieses Wirbels wurde Inna von Schrecken gepackt. Es ging so schnell. Und sein Körper war so entschlossen, seine Hände so bestimmt. Sie fühlte sich plötzlich in einem wilden, hitzigen Tanz gefangen und wusste nicht mehr, wohin die Füße sie trugen. Sie wirbelte, kreiselte, und jederzeit konnte sich alles verwandeln und seine Hände die falschen Hände sein und sein Gesicht nur wie eine Maske, die ein anderes Gesicht verbarg. Das falsche Gesicht.

– Warte, stieß sie hervor. Aron!

Als die Bewegung aufgehört hatte, lag sie auf ihm, seine Beine umschlossen die ihren. Sie hob den Kopf ein wenig, um ihn zu sehen. Doch als sie sein Gesicht unter sich erblickte, lächelte sie. Es war so vertraut, so lieb, so ganz und gar richtig. Es konnte sich nicht verwandeln, konnte nicht die Gestalt wechseln. Er erwiderte ihr Lächeln, er sah schüchtern aus, wie ertappt. Sie schauten sich an, während das Keuchen zwischen ihnen in Stößen ging. Behutsam berührte Aron ihr Gesicht mit dem Zeigefinger, berührte ihre Wangen, Lippen, Augenlider. Für einen Moment schloss sie die Augen, und er drehte sich unter ihr, so dass sie Seite an Seite zu liegen kamen. Er schob seinen Arm unter ihren Nacken und fuhr fort, ihr Gesicht mit dem Zeigefinger zu streicheln. Als sie die Augen wieder schloss, flüsterte er ihr zu, sie solle die Augen offen halten.

– Ich will, dass du mich ansiehst, Inna.

Jetzt hatte sich die Raserei gelegt. Und mit ihr der Schmerz, der hervorgebrochen war. Aron strich mit seinen Lippen über ihren Hals und die Ohrläppchen, liebkoste ihre Lippen mit seinen

Lippen. Er sah, wie sie lächelte, als er ihr die Bluse und das Mieder aufknöpfte, leicht mit dem Mund ihre Brust streifte und auch dann, als er sich aufsetzte und sein Hemd abwarf. Die ganze Zeit sah er sie an, mit diesem vorsichtigen Lächeln in den Mundwinkeln. Sie sah, dass er sich nicht verwandelte, dass er er war, mehr und mehr er selber. Und als sie wieder die feine Linie von Haaren bemerkte, die vom Nabel abwärts unter den Hosenbund lief, errötete sie. Sobald er sich wieder neben sie gelegt hatte, ließ sie die Finger behutsam daran entlanggleiten, ihr folgen, wie das Wasser einem Bachbett folgt, wie die Schritte einem Pfad. Das Begehren flammte in ihr auf wie ein trockenes, laut knackendes Feuer.

Sie wollte etwas von ihm, aber sie wusste nicht, was, die Maßlosigkeit riss Abgründe in ihr auf. Mit harten Fingern griff sie ihm ins Haar und presste sich gegen ihn. Und nun waren sie wieder mitten in dem Wirbel. Die Kleidungsstücke, die sie noch nicht hatten abstreifen können, lösten sich wie von selber auf. Inna spürte seine Hände überall an ihrem Körper, und dennoch war es nicht genug, dennoch wollte sie mehr. Jetzt fühlte sie seine Finger, wie sie sich um ihren Schoß herum bewegten, wie sie die äußere Scham öffneten und unter ihr in das Dunkle, Heimliche vordrangen, wie sie sich an der Öffnung bewegten, die sich mit warmer, honigdicker Flüssigkeit gefüllt hatte. Sie lag starr da und horchte gleichsam auf die seltsamen Wellen des Verlangens, die sie durchströmten. Er hatte sich über ihr halb aufgerichtet, sie wollte ihn ansehen, wagte es aber nicht. Es war zu unerhört, was er jetzt tat. Vorsichtig schob er seinen Finger in sie hinein. Da war nichts, was ihn hinderte, nichts, was sich ihm entgegenstellte. Das überraschte Aron ein wenig, er hatte gedacht, es würde da ein Hindernis geben, es hätte sie noch keiner angerührt. Aber zugleich fühlte er sich sicherer in dem, was sie so rasend begonnen hatten. Er zog seinen Finger aus ihr zurück und legte die Hand auf den weichen kleinen Hügel. Dann flüsterte er ihr zu, sie solle die Augen öffnen.

– Inna?, fragte er. Sollen wir weitermachen?

Ihre Augen glänzten wie Wasser. Sie schaute ihn an, ohne ein

Wort zu sagen. Dann drückte sie ihn wieder an sich, fest, und er drang in sie ein.

Inna schrie bei dem überraschenden Schmerz auf, doch er hörte sie nicht, er ließ sich nicht aufhalten, jetzt gab es kein Halten mehr, jetzt wollte er sie besitzen, jetzt wollte er nur immer tiefer hinein. Und Inna wollte auch, sie wollte von ihm aufgesucht werden, sie wollte berührt werden, wie sie nie zuvor berührt worden war, sie antwortete ihm aus dem Innersten heraus, und sie spürte es wie einen Jubel, dass sie es konnte, dass sie es wollte, dass sie es wagte.

Aron zog sich rasch aus ihr zurück, so dass der Samen auf ihrem Bauch landete. Dann lagen sie eng aneinander gedrückt, während die Laute von außerhalb zu ihnen hereindrangen. Sie lagen wie zwei kleine Tiere und atmeten, er streichelte gemächlich ihren Rücken, lange.

Ich habe Angst vor der Nacktheit. Selbst wenn keiner sie sieht, wenn ich mit meinem Körper allein bin, selbst wenn es keinen Spiegel gibt, habe ich Angst vor der Nacktheit.

Der gewaltige fremde Doktor, der zu dem kleinen Mädchen sagte: Zieh das Hemd aus, streif die Hose runter. Ich konnte meine Nacktheit unter den Kleidern spüren; ein Graus. Die Erwachsenen, die mir die Hosen für Schläge herunterzogen, für Bestrafungen. Sie brachten Nacktheit und Scham zusammen; eine Erbsünde. Niemals die Nacktheit unter den Kleidern vergessen. Immer die Nacktheit wie eine Wunde über den Kleidern tragen.

In dem, was das verworrene Orchesterwerk meiner Jugend war, bildeten Scham und Nacktheit ein Thema. Ich fühle, wie es auf meinem Körper gespielt wird, fühle die alte Melodie schon nach zwei, drei Tönen. Dass ich nie geschützt bin; jederzeit kann man mir die Kleider ausziehen, jederzeit die Haut kränken. Meine Kindheit brachte mir die Scham nahe wie eine Heimat. Meine Eltern hatten bestimmt etwas Besseres im Sinn, aber sie vermochten es nicht.

In meinem erwachsenen Leben ging es darum, der Scham zu entrinnen, sie zu umgehen. Doch am Genusstor ist die Scham postiert, da ist sie Türsteher. Will man zum Genuss, muss man sich an ihr vorbeidrängen, ihr scheußlich nahe kommen. Manchen gelingt das spielend. Sie zeigen dem Wächter ihren Passierschein – scherzen vielleicht sogar ein wenig mit ihm – und gleiten vorbei, eine reine Formsache. Ich aber krame panisch in allen Taschen nach dem Ausweis, besorgt, man könnte mich wegen irgendetwas bloßstellen, besorgt, irgendwo könnte ein Fehler sein, ein Stempel zu wenig, ungenügende Vollmachten. Oder dass die Scham mich mit leicht gerunzelten Brauen ansieht und fragt: Hast du wirklich einen Genuss verdient?

Was würde ich darauf antworten? Würde ich mit klarer, aufrichtiger Stimme sagen: Ja, das habe ich. Nein, ich würde erröten und mit gesenkten Augen, eingesperrt in meine Scham wie in einen Sack voll kratzendem Rosshaar, den ganzen Weg zurückgehen, weg von der Scham, weg vom Genuss. Nicht, weil ich etwas getan hätte, wofür ich mich schämen müsste, sondern weil die Scham ein Auge auf mich geworfen hat, mich gesehen, mich erwählt.

Meine vielerorts wohlmeinenden Eltern sperrten mich gern in eine Kleiderkammer ein, damit ich mich schämte, wie sie sagten. Es war keine große Kleiderkammer, sondern eine ganz kleine, moderne, fensterlose Kammer mit einer Stange für die Kleiderbügel und einem Wäschekorb aus harter Pappe. Sie schlossen die Tür hinter mir, von innen ließ sie sich nicht öffnen. Ihre schrecklichen Stimmen da draußen ermahnten mich wütend, mich da drinnen zu schämen, zu schämen. Diese Kammer hieß die Schamecke, sie hatte diesen Namen. Aber sie hätten mich nicht eigens dazu auffordern müssen. Die Scham lebte bereits in mir wie ein irrsinniges Tier, ein reißendes Tier, ein Beiß- und Kratztier. Die Scham und eine Wut, so überwältigend, dass sie mich zu ersticken drohten. Ich war nicht viele Jahre alt, vielleicht drei, vielleicht vier. In mir wurden drei Knoten auf einem harten Strang geschürzt: ein Knoten für die Scham, einer für die Kränkung, einer für die Wut. Sie glühten, die Knoten, aber nicht so, dass sie platzten. Sie wurden gehärtet. Sie wurden zu Klumpen, unauflösbar, steinhart.

Nie wurde ich wegen Unfug bestraft, wegen bösen Streichen. Ich wurde bestraft, weil ich schwierig war. So nannten sie es. Schwierig. Ich störte, richtete etwas an. Einmal war es mein Stiefel, der vom Schmodder angesaugt worden war und darin verschwand. Es machte nur slurrp, und schon hatte der Boden meinen Stiefel gefressen und verschluckt. Mir selber schien, es sei ein bemerkenswertes Ereignis, ich hätte etwas Großes und Rätselhaftes erlebt. Als ich mit nur einem Stiefel nach Hause gehinkt kam, wurde daraus ein beschämendes Ereignis.

Ein andermal kam ich nicht ins Haus, als meine Mutter rief. Ich dachte, es wäre ein Spiel, ein Versteckspiel. Ich erfand ein Lied: Nein, ich komme nicht. Nein, ich komme nicht. Nein, ich komme nicht. Ich saß rittlings auf einem Zaun und sang dieses Lied, wiegte den Körper im Takt und sang und sang.

Es ist nicht zu beschreiben, was dann passierte. Es war unbegreiflich. Die kleine Prinzessin wurde ohne weiteres dem Drachen geopfert, und es kam kein Prinz, um mit dem Ungeheuer zu kämpfen. Sie musste allein damit fertig werden. Und es sprühte Feuer und grüne Galle über sie, es peitschte sie mit einem uralten, verknöcherten Hass aus fremden Märchenwelten. Es brüllte ihr zu, sie solle sich schämen, und ihre Nacktheit wurde unauslöschlich, sie war hautlos.

Viel später hast du gewollt, dass ich dir vertraute. Du wolltest meinen Genuss erobern, meine Nacktheit öffnen, wie man das Tor zu einem Garten öffnet, sie all ihrer Angst entledigen. Du wolltest, dass ich meine Augen offen hielt, während du von mir trankst. Dass ich nicht versuchte zu entfliehen.

Ich glaube, du weißt nicht, wie nahe du mir schließlich kamst. Aber du wurdest weggerissen, während ich noch zitternd und frisch geöffnet dalag. Ich glaube, wir waren eins im Akt. Und wurden dann gespalten.

All das ist jetzt lange her, alles das liegt im Schnee begraben. Die Kindheit, du. Es vermischt sich, es sind Teile derselben vergangenen Welt. Und zuweilen weiß ich nicht genau, ob ich woanders daheim bin als dort, im Schnee.

Sie ging nachts zu ihm, aber nicht in allen Nächten. Manchmal mussten sie auch schlafen. Denn wenn sie sich trafen, waren sie nur wach. Sie lagen unter dem Dach aus Fichtenzweigen, durch das die Nacht sickerte. Ihren Hunger stillten sie mit einem noch heftigeren Hunger. Maßlos aßen und tranken sie voneinander. Wenn sie redeten, ging es um nichts Besonderes. Sie gaben einander Bilder, Sachen, die sie gesehen, Dinge, die sie erlebt hatten.

Der Umstand, dass Knövel in diesem Sommer bettlägrig war, machte alles zugleich einfacher und schwieriger. Es kam ja vor, dass er nachts aufwachte und nach Inna rief. Oft lag er auch wach, der Schlaf kam und ging in ihm ein und aus, leicht und launisch. Sie konnte ihm nicht verheimlichen, dass sie unterwegs war, er merkte es, wenn sie wegschlich. Doch er konnte sich nicht rühren. Er kam nicht aus seinem Bett; musste da liegen und hören, wie sie fehlte.

Zuweilen wurde er von Gedanken überschwemmt. Wenn sie nun nicht zurückkäme? Wenn sie verschwand, ihn einfach da liegen ließ? Aber dann blieb noch das Vieh. Das würde sie nicht im Stich lassen, dessen war er sich fast sicher. Der schlimmste Gedanke, den er hatte, war der, dass sie die Tiere von Nattmyrberg mitnehmen könnte und ihn dann allein zurücklassen. Aber war das Inna? War es Inna, die so etwas fertig brächte? Knövel erinnerte sich, wie sie als kleines Kind geschrien hatte, wie die

Haare sich weigerten, auf ihrem Kopf zu wachsen, wie wütend und schrill die kleine Säuglingsstimme gewesen war. Sie wollte sich nicht ins Leben fügen, sie verlangte das Ihre. So hatte es geklungen. Und jetzt, dachte er, war sie zurück an diesem Punkt, die Jahre dazwischen hätte es genauso gut nicht geben können. Sie war genauso eigensinnig wie damals, als sie geboren wurde.

In Wirklichkeit hatte Knövel keine Ahnung, ob die Tochter im Stande war, die Tiere aus dem Stall zu holen und ihn zu verlassen. Er wusste nicht, wer sie war. Und früher hatte er keinen zwingenden Grund gehabt, es zu wissen. Nicht, solange sie tat, was er wollte. Er hatte sich eingebildet, er hätte sie geformt. Zuerst drinnen in Hilma, in der Gebärmutter, mit seinem Samen. Später, als sie ein Kind war, mit seinen Händen, seiner Stimme, seinem Willen. Jetzt lag er da und hörte, wie sie nachts zu einem Stelldichein davonschlich, das sie vor ihm geheim hielt, einem Stelldichein, von dem er ausgeschlossen war.

Im Grunde waren Furcht und Erbärmlichkeit die Gefühle, die ihn erfüllten. Dass er hilflos in die Hände eines Fremden geraten war. Doch Knövel hatte Angst vor der Furcht und verachtete die Erbärmlichkeit. Es waren Gefühle, die er nicht zulassen wollte. Er ließ sie stattdessen in Hass und Verbitterung umschlagen, das waren gute alte Verbündete. Mit ihrer Hilfe konnte er auch den Willen aufrufen, und das war wichtig. Und sein Wille sagte, dass Inna für ihn aufgespart worden sei. Sie war für ihn aufgespart worden, als Hilma starb, und anders konnte es seitdem nicht sein. Denn Hilma war eine Wunde in ihm, eine Verletzung, die offen geblieben war, ein kleiner Fleck schutzloser Empfindlichkeit. Und der Schmerz über ihren Tod hatte ihn stechen können, direkt in das Schutzlose hinein. Um sich davor zu schützen, hatte er Inna gepackt und hielt sie vor sich wie einen Schild.

Über das, was er seiner Tochter im Lauf der Jahre angetan hatte, dachte er nicht viel mehr, als dass er es getan hatte, dass es dazugehörte. Er hatte es weder vergessen, noch es im Gedächtnis behalten. Im Schutz der vier Wände geschehen viele Dinge. Immer gibt es einen, der gerade den Hund prügelt, immer gibt es irgendwo einen Hund, der gerade geprügelt wird. Knövel meinte das Leben zu kennen. Und er hatte gesehen, dass es hässlich war. Dass selbst im prächtigsten Sonnenaufgang ein Unschuldiger gehängt werden konnte. In der Welt, welche die seine war, hatte das Hässliche bereits gesiegt, und er lehnte sich nicht dagegen auf, der Bodensatz der Bitterkeit war auch ein Triumph, ein verqueres jubelndes Es-lebe-die-Scheiße, Es-lebe-der-Tod!

Tief im kratzenden Heu gefangen, begann er an einem Hass zu mauern, mit Steinen, die er nicht besaß. Jedenfalls noch nicht. Aber in seinen Gedanken war Inna bereits diejenige, die ihn, gefolgt von der langen Reihe der Viecher, ohne Erbarmen auf Nattmyrberg dem Tod überließ. Und die Verbitterung darüber wuchs immer mehr. Er ließ sie wie eine Mauer wachsen, zuerst klein und leicht umzustoßen, aber mit der Zeit immer höher, immer stabiler. Sie wollte ihn verlassen, diese nächtlichen Ausflüge waren nur ein Vorspiel, ein erstes Lösen und Aufbrechen. Dass er verkrüppelt, bucklig, bettlägrig war, dass er ihr Vater war, dass er allein im Leben stand – davon würde sie sich nicht abhalten lassen. Nein, sie würde einfach weggehen, und obendrein würde sie die Tiere mitnehmen, würde sie unter einen unbekannten, fremden Bestand mengen, sich vermischen und neu entstehen lassen.

Emsig mauerte er seine Steine, fühlte, wie seine Mauer sich erhob und wuchs. Bald müsste er den Willen zu Hilfe nehmen und wieder auf die Beine kommen. Hat man den Willen, dann braucht man weder Muskeln noch Fleisch.

Tagsüber, wenn Inna bei ihm war und nichts von nächtlichen Ausflügen erwähnte, leuchtete sie wie eine Sonne. Es blitzte und sprühte aus ihren Augen, die Hände waren heiß und sehr sicher, der Gang, ihr Gang, war federnd und wiegend. Sie war wie ein wildes Tier im Wald, wenn die Sonne in seinem Fell glänzt. Muskulös und geschmeidig und gesammelt. Sie zu sehen, hätte eine Freude sein können. Mitunter sang sie. Die Haare quollen unter dem Kopftuch hervor wie Wasser im Frühling. Die Arme machten große, selbstsichere Bewegungen, sie drehte ihn wie ein Stück Fleisch auf dem Hackbrett, wusch, trocknete ab, kleidete an und packte zu. Knövel spürte, dass sie nicht zahm war. Aber er sagte nichts, nicht mehr als sonst. Das Bauen und Wachsen sollte seinen Lauf nehmen, zu gegebener Zeit würde er sich selbst und seine Lebensgüter verteidigen, das verteidigen, was für ihn aufgespart war.

Inna selbst wusste nichts davon. Dass sie Knövel sehen ließ, wie schön sie war. Sie wollte es nicht wahrhaben, dass es von allen Augen zuallererst seine waren, die sie betrachten sollten. Dass sie ihn geblendet sehen wollte von der Pracht, die in ihr aufgegangen war, dass ausgerechnet er über ihre Blüte staunen sollte. Dass es seine Augen waren, die ihr von ihrer Schönheit erzählen sollten. Und doch war es so.

Inna sah nur Aron, wie sie den Fremden jetzt nannte, bei ihm waren all ihre Gedanken. Seine Zärtlichkeiten wollten sie nicht verlassen, sie hatten sich in ihr eingenistet, sie war wie ein Baum voller Vogelnester, aus jeder Astgabel hörte man das Piepsen und Singen, und das Rascheln aller Blätter in einer Brise, das Rauschen mitten in allem. Woher sollte sie wissen, dass es der Vater war, den sie auserwählt hatte, dies alles zu sehen und zu würdigen? Dass es sein Blick war, unter dem es Gültigkeit und Gesetzeskraft gewann. – Sieh mich an, lockte ihr Gang, ich bin in einem solchen Übermaß, dass ich berste!

III | Die Wiederholung

Aron kam nicht zur Ruhe. Die Zärtlichkeit, die er für Inna empfand, hatte ihn innerlich brüchig gemacht. Alle Wände waren dünn wie Papier, und manchmal fühlte er sich schutzlos. Plötzlich erinnerte er sich stärker als je zuvor an seine Mutter und seine Geschwister. Fast zwanghaft wuchs in ihm der Wunsch zu erfahren, wie sie jetzt lebten. Ob sie überhaupt noch lebten. Seine Mutter konnte ja durchaus schon tot sein, ohne dass er es wusste. Das war ein Gedanke, der ihn im Schlaf quälte und in seinen unruhigen, wirren Träumen Gestalt annahm. In den Nächten, die er allein verbrachte, und an den langen, stillen Tagen spielte er mit dem Gedanken, einen Brief nach Hause an seine Familie zu schreiben, ihnen zu sagen, dass er lebte, sie zu bitten, ihm zu vergeben, sie zu beschwören, ihm ein Lebenszeichen, einen Gruß zu senden. In Gedanken schrieb er den Brief wieder und wieder, feilte, strich, formulierte ihn neu. Wie er mehr als zehn Jahre lang gleich einem heimatlosen Schatten draußen auf den Meeren gelebt hatte, wie er schließlich in diese abgelegene Waldgegend geraten war und Aufnahme in einem Haus gefunden hatte, bei einer Familie, die ihn zu einem der Ihren gemacht hatte, zu einem Beteiligten, einem Mitglied. Und jetzt Inna, dass er Inna begegnet war, die er zu lieben glaubte. Und wie alles, was er geliebt hat, dank ihr wieder zum Leben erwacht ist in ihm, die Stimme und das Gesicht der Mutter, die Geschwister, die zusammen aufgewachsen sind, dicht gedrängt wie ein Wurf Welpen, eng verbunden in all den Kindheitsjahren. Dass er es jetzt nicht mehr ertrug, von ihnen allen getrennt zu sein, dass er jetzt wissen musste, ob sie noch lebten, ob sie auf der Erde waren und nicht nur Schattenbilder aus seinen Schattenwelten, verwischte Zeichnungen an der Wand, eine schnelle, flüchtige Bewegung.

Er hatte ja draußen im Wald weder Stift noch Papier bei sich, das Schreiben und Umschreiben geschah in Gedanken, der Brief war ein Traum, den er hegte, ein rastloser, bohrender Traum von einer Möglichkeit, von einer Unmöglichkeit.

In der letzten Nacht, die Inna in diesem Sommer bei ihm verbrachte, erzählte Aron von sich selbst. Er erzählte ihr von Dingen, die er noch keinem erzählt hatte, davon, woher er gekommen war, was ihn in die Flucht getrieben hatte, alles vertraute er ihr an, alles bis auf den Namen, seinen Namen; den zu erinnern brachte er nicht über sich, den konnte er nicht aussprechen.

– Ich bin auf den Färöern aufgewachsen, fing er an. Aber bestimmt weißt du nicht, wo das ist.

Inna schüttelte den Kopf.

– Es ist eine Inselgruppe auf halbem Weg nach Island, weit draußen im Meer. Dort bin ich auf einer kleinen Insel aufgewachsen, die Mykines heißt. Das ist weit von hier, Inna, eine andere Welt.

Sie hatten vor seinem Lagerfeuer beisammen gesessen. Jetzt legte Aron sich hin und schloss die Augen. Er tat einen tiefen Atemzug und griff nach Innas Hand, die er in der seinen behielt.

– Da waren Vater und Mutter, eine Schwester, die fast so alt war wie ich, und zwei jüngere Brüder. Wir hatten ein Boot und fischten wie alle anderen, und zu bestimmten Zeiten holten wir Eier und Vögel. Alle besaßen Schafe, und sie liefen das ganze Jahr frei herum auf den Weiden, ungefähr wie bei euch die Rentiere. Ich war der älteste Sohn und durfte von früh an meinen Vater aufs Meer und ins Fjäll begleiten. Überall, wo er war, war auch ich. Und weißt du, ich bewunderte ihn sehr. Er konnte alles, was ich können wollte. Ständig waren meine Augen auf ihn gerichtet. Auf seine Hände, was sie taten. Und was er sagte. Und wie er im

Sturm das Gesicht zusammenkniff und das Boot durch die Wellen zwang. Immer fand er einen Weg durch Wind und Wasser, es spielte keine Rolle, wie rau das Wetter war. In meinen Augen war er der Mutigste und Stärkste, den es gab. Für ihn schien alles einfach und selbstverständlich. Sich zu dem Felsabsatz abzuseilen, wo die Vögel waren, oder die Lämmer in den Mutterschafen in die richtige Lage zu drehen. Ich erinnere mich an seine Hände, wie ruhig und schön sie arbeiteten. Keines von uns Geschwistern musste vor Vater Angst haben. Er war nicht aufbrausend.

Mit Mutter war es anders. Sie wurde schnell ungeduldig. – Raus!, schrie sie. Raus mit euch! Und dann rannten wir weg, schnell. Mutter war gläubig, ziemlich streng, und gehörte wie alle anderen in unserem Dorf zu einer pietistischen Gemeinde. Jeden Sonntagvormittag mussten wir mucksmäuschenstill in der Stube sitzen, die Hände im Schoß gefaltet, die Beine gerade nebeneinander. Anschließend gingen wir in einer schweigenden Schar zum Bethaus. Vater ging meistens nicht mit. – Ich spreche die Gebete besser zu Hause, sagte er gern mit einem fast unmerklichen Augenzwinkern. Ich fürchtete, er könnte den Herrn mit seinem Trotz reizen, aber in meinem Herzen wusste ich, dass Er trotzdem gütig über ihn wachte. Es war viel Himmelreich um meinen Vater. Mitunter, wenn es schlecht ging mit der Fischerei und alle im Dorf jammerten und klagten und sagten, das ist die Strafe für all unsere Schlechtigkeit, da pflegte Vater zu sagen, wir müssen dem Meer den ausgebliebenen Fang verzeihen, wir müssen dem Meer verzeihen, dass es uns manchmal die Nahrung versagt. Dann spießte Mutter ihn mit ihren Augen auf, aber sie sagte nichts.

Aron richtete sich auf und fing an, mit einem Stock im Feuer zu stochern. Inna saß da, die Arme um die angewinkelten Beine geschlungen und das Kinn auf die Knie gestützt. Sie schaute ihn unverwandt an.

– Willst du mehr hören?, fragte er. Soll ich fortfahren?

Und Inna nickte.

– Ich war dreizehn, fast vierzehn, und beinah ein Mann, das fand ich jedenfalls selber. Es war Frühling, und ich war mit Vater und ein paar anderen Männern zur Vogeljagd oben im Fjäll. Wir ließen uns an Seilen zu den Absätzen herab, auf denen die Vögel saßen. Verstehst du? Es war ja zu steil zum Klettern. Einer bekam also das Seil um den Leib gebunden und wurde von den anderen hinabgelassen. Dann holte er sich unten am Felsabsatz so viel wie er konnte, bis sie ihn wieder hochzogen. So wurde es gemacht. Aber an diesem Tag fing es an zu regnen, nicht stark, es nieselte nur. Vater war auf dem Felsen und suchte eine Stelle, an der er das Seil befestigen konnte, aber der Regen hatte den Felsen glitschig und unsicher gemacht. Ich beobachtete ihn, wie üblich, und sah, dass er plötzlich mit einem Fuß abglitt und ausrutschte, so dass er nach einigen Ruderbewegungen einfach rückwärts von der Felskante stürzte, in den Abgrund hinaus. Glaub mir, diesen Augenblick vergesse ich nie. Und er fiel eine Ewigkeit, so kam es mir vor. Die Arme ausgestreckt, ohne einen Schrei auszustoßen. Er lag gleichsam in der Luft und wurde langsam hinabgesogen. Und zuletzt dann das Harte, Gewaltsame, als er am Ufer auf dem Boden aufschlug, tief, tief da unten. Ich weiß nicht mehr, wie ich zu ihm hinunterkam, weiß nur noch, wie er dalag, und das Blut, das die Steine rings um seinen Kopf färbte, es war so rot, so entsetzlich leuchtend rot.

Hier musste Aron sich unterbrechen. Es war seltsam, dies erzählen zu hören, obwohl er selbst es doch war, der erzählte. Er warf einen Blick auf Inna, sie saß noch in exakt derselben Haltung da.

– Und er war tot?, fragte sie.

– Ja, er war tot. Nun war mein Vater tot. Und ich grübelte unaufhörlich darüber nach, was Gott damit gemeint haben mochte, als er uns Vater nahm. Ob er es tat, weil er die Besten bei sich haben wollte, wie der Pastor einmal auf einem Kinderbegräbnis gesagt hat. Oder ob es eine Strafe für sein eigenwilliges Denken war. Ich war jetzt das Oberhaupt der Familie geworden, als ältester Sohn, und das war eigentlich mein einziger Trost, dass ich es Vater gleichtun wollte, ihm so ähnlich sein wollte wie es irgend ging. Allerdings besuchte ich treu das Bethaus. Und so verging ein Jahr. Das Trauerjahr. Dann tauchte ein Mann bei uns auf, ein Fremder aus Eysteroy, der mit dem Bethaus zu tun hatte, es sollte umgebaut und vergrößert werden. Er kam zu uns ins Haus, und er aß mit uns, und eines Tages sagte Mutter, jetzt werde sie wieder heiraten. Jetzt würden wir einen neuen Vater bekommen, sagte sie.

Aron fuhr sich mit den Händen durchs Haar. Wieder nahm er Innas Hand in die seine, und nun sah er sie direkt an, während er erzählte.

– Weißt du, ich mochte diesen Mann nicht. Und ich fand, ich bräuchte keinen neuen Vater, nicht für mein Leben wollte ich einen anderen Vater haben als den, den ich im Fjäll verloren hatte. Ich fand, dass dieser Mann kein Recht hätte, sich in unserm Haus breit zu machen, und dass meine Mutter uns verriete und uns den wahren Vater nehmen wollte. Außerdem misstraute ich dem Mann. Bestimmt wollte er nur in den Hof und die Fischerei einheiraten und uns das nehmen, was uns gehörte. Aber Mutter wurde sehr zornig, als ich diese Dinge bei ihr zur Sprache brachte. Ich sollte mich hier nicht als Hausherr aufspielen, ich sei doch nur ein Grünschnabel, meinte sie. Und dann heirateten sie. Und mein Widerwillen wurde zu Hass. Nachts lag ich da und haderte mit Gott. Denn ich wollte diesen Mann töten. Und ich wollte Gott dabei auf meiner Seite haben. Ja, Herrgott, Inna. Bist du immer noch sicher, dass du die Fortsetzung hören willst?

Sie drückte seine Hand und streifte mit den Lippen darüber.

– Es war vielleicht ein gutes halbes Jahr seit der Heirat vergangen. Mutter war schon anzusehen, dass ein neues Kind unterwegs war. Ein Kind von diesem Mann. Und ich war fünfzehn Jahre alt und ausgewachsen. Seit Monaten hatte ich alles geplant. Sobald sich ein günstiger Augenblick böte, würde ich ihn töten. Ich erinnere mich ganz deutlich, wie er aussah, als er spät an einem

Frühlingsabend am Herd saß und ein verknäultes Netz entwirrte. Meine Mutter und die Geschwister waren zu Bett gegangen, ich hatte noch draußen nach den Hunden gesehen und kam gerade herein. Ohne dass ich weiß, wie es zuging, stand ich vor ihm, das Messer erhoben. Er war bestimmt völlig überrumpelt. Versuchte mich wegzustoßen und griff einen Holzscheit aus dem Feuer, um sich zu verteidigen. Da stieß ich ihm das Messer in den Hals und rannte weg. Ja, Inna, sieh meine Hände, die schmutzigen Hände zittern. Ja. Es war Nacht. Ich raste hinaus, ich hatte noch nicht begriffen, was ich getan hatte, ich rannte nur davon. Dann kauerte ich mich hinter einem Felsblock zusammen, weinend und zitternd. Die Hosen hatte ich vollgeschissen, es klebte und stank. Gott, wie klein ich mich fühlte. Viel zu klein für meine große, wahnsinnige Tat. Was dann geschah, weiß ich nicht so recht, aber ich muss kurz eingeschlummert sein, denn beim nächsten Blick ist Morgengrauen, und das Haus, unser Hof, brennt lichterloh, und ich sehe Mutter und die Geschwister herausgerannt kommen, schreiend. Und Mutter, ihre Stimme, die meinen Namen schreit. Sie schreit meinen Namen wie einen Fluch. Als würde sie einen Fluch ausstoßen.

Aron schwieg und starrte in die Glut. Nach einer Weile rührte Inna behutsam an seinem Arm.

– Weiter, flüsterte sie.

Er drehte sich langsam zu ihr hin und sah sie an, musterte jeden Millimeter ihres Gesichts, als suche er nach einem Platz, einem Halt.

– Ich lief hinunter zum Meer, zum Boot, geduckt wie ein gejagtes Tier, ein Wild, und dann hinaus mit dem Boot, hinaus aufs Meer nach Westen, weg von den Inseln und den Augen und Mutters furchtbaren Schreien und dem Rauch der Feuersbrunst. Zuerst ruderte ich, dann setzte ich Segel, und ich ruhte nicht, bevor nichts als das Meer mich umgab und Mykines und der Brandrauch hinter dem Horizont verschwunden waren. Dann reffte ich die Segel und ließ das Boot treiben. Ich wollte sterben. Die Scham war so entsetzlich stark, dass ich dachte, sie würde ganz von allein ein Ende mit mir machen. Mich wegätzen wie eine Säure. Einen Tag und eine Nacht muss ich getrieben sein, denn es war wieder Morgengrauen, als Rufe mich weckten. Als ich aufsah, lag ein großes Schiff ganz nahe bei meinem, und Leute standen an Deck und winkten und riefen mir zu. Ich blieb im Boot liegen und dachte, nein, sie dürfen mich nicht herausholen, ich will nicht gerettet werden, ich will nicht leben. Und ich wollte nie mehr von einem Menschen angesehen werden, nicht erkannt, nicht berührt. Ich wollte mit einem Sack über dem Kopf den ganzen Weg zum Galgen gehen, und keiner sollte mit mir reden, mich anschauen, mir eine Antwort abverlangen. Aber sie schleppten mein Boot auf ihre Höhe, und ein Mann kam herüber und hob mich hinauf zu dem großen Schiff. Ich verstand nicht viel von dem, was sie sagten, sie sprachen Englisch und kamen von Schottland gesegelt. Aber sie wollten nach Island, so viel verstand ich, und sie hatten Kohle geladen. Ja, das war ungefähr schon alles. Fast die ganze Reise über war ich krank und lag mit hohem Fieber im Bett. Als wir in Reykjavik ankamen, war ich matt und abgemagert. Sie gaben mir mein Boot, das sie ins Schlepptau genommen hatten, und ließen mich am Hafen zurück. Und ich lebte. Zur Strafe für das, was ich getan hatte, lebte ich. Das war mein Gedanke.

– Dann ist also Aron nicht dein richtiger Name?

– Nein, das ist er nicht. Und ich weiß auch nicht, ob dies mein richtiges Leben ist. Ich hätte ja zu meinem Namen stehen können und zur Polizei gehen und sagen, ich bin ein Mörder, ich habe meinen Stiefvater mit einem Messer umgebracht. Aber ich war zu feige, Inna. Ich hielt es nicht aus, der zu sein, der ich war. Ich wagte es nicht.

– Aber jetzt hast du es mir erzählt.

– Ja. Jetzt habe ich es getan.

Das Schwierigste ist, sich lieben zu lassen. Nicht zu lieben. Das Kind nimmt die Liebe entgegen wie die Luft, wie die Milch. Aber der Erwachsene, der gelernt hat, das Selbstverständliche zu kaschieren, die Nacktheit zu kaschieren. Der sich seiner selbst qualvoll bewusst geworden ist und fragt: Wer ist es, der behauptet, mich zu lieben? Wer ist es, der glaubt, mich zu kennen?

Da scheint es einfacher, selbst Liebe auszuschenken wie aus einem Gefäß, Löffel um Löffel, als sie zu empfangen, als erfüllt zu werden, erfüllt von der Liebe eines anderen, von einem Fremden erfüllt zu werden.

Ich sehe mich selbst vor mir, mit dem Rücken zum Elektroofen. Es ist vielleicht zwei, vielleicht drei Uhr nachts. Wegen des Rauchs läuft der Ventilator. Der Ruf aus meinem Mund:

– Ja, aber du liebst *mich* nicht!

Die Worte waren vor dem Gedanken gekommen, die Gedanken wühlten weiter im Dunkeln:

– Du siehst mich nicht!

Es war in jenen Nächten, als wir hinter alle Linien gerieten, als wir, in Insekten verwandelt, uns in blinder Abwehr bekämpften. Und ich weiß noch, wie ich, als ich mich selber diese Worte rufen hörte, gleichsam aufhorchte und innehielt. Und ich spürte, mit welcher Besessenheit das Gefühl in mir lebte, du könntest mich nicht sehen, nicht so, wie ich wirklich war, sondern du sähest eine Spiegelung, ein vielleicht teilweise ähnliches Bild, ein Abbild. Und es war nicht das Hässlichste, was dir entging, das zeigte ich dir ja in diesen Nächten, nein, es war das Höchste, das Schönste, Welten, die in mir rasten und wüteten, weil du sie nicht kanntest und trotzdem sagtest: Ich liebe dich.

Zuletzt wolltest du mich verlassen. Das werfe ich dir nicht vor. Aber ich wollte dich nicht gehen lassen. Eine Entschlossenheit, die ich in all den Jahren, die wir teilten, noch nie empfunden hatte, stieg jetzt in mir auf. Wir waren so wund, so zermürbt. Du plantest mein Leben mit den Kindern ohne dich, sprachst von Umzügen, von passenden Häusern. Wir haben sogar Häuser besichtigt, in denen du nicht wohnen wolltest, nur als Besucher. Einmal haben wir auf Matratzen in leeren Zimmern übernachtet. Ein Gewitter tobte die ganze Nacht, in der Nähe schlugen dauernd Blitze in Eisenbahnschienen ein. Du hast dich mir verschlossen und hast mich abgewiesen, nicht schroff, aber beharrlich; in kleinen Buchstaben, wie die Lehrer in der Volksschule gern sagten. Wir redeten über praktische Dinge, während das Gewitter in den Wänden dröhnte. Ich tat so, als würden wir selbstverständlich zusammen in dem Haus wohnen, nur um die Wölfe nicht zu wecken, die Wolfsrudel der Verzweiflung, die hungrig umherstrichen. Und die nach mir schnappten, sobald du vorsichtig eine Zukunft anderer Art andeutetest. Dass es ein Haus sein müsste, in dem ich allein zurechtkam.

– Aber du wirst doch gelegentlich hier wohnen?

– Ich komme euch besuchen. So oft es geht.

Ich wollte nicht Teil deiner Pläne sein. Ich klammerte mich an meine Entschlossenheit, ließ sie nicht los.

Und du hast mich nicht verlassen. Es war nicht etwas, das einfach so kam. Es war ein Entschluss. Du hast Ja zu mir gesagt. Ich lag nackt auf einem Sofa. Dein Blick war endlich sanft, ohne Kanten. Mach die Augen zu, sagtest du. Sei ganz still.

Und du hast mich gestreichelt. Die Luft im Zimmer war porös, wie in komplizierten Mustern gemeißelt, wie winzig kleine Frostkristallglocken in den dünnsten Birkenzweigen an einem

Wintertag. Mein Genuss war rot und keusch, du warst es, der ihn brachte, du hieltest ihn in deinen Händen, in deiner dunklen Mundhöhle. Ich wurde von dir getragen, ich ließ mich, ließ dich.

Ich hatte nicht vor, das zu erzählen. Aber es hängt mit dem zusammen, was ich mich selbst in jenen Nächten rufen hörte. Es ist mit der Einsamkeit verbunden. Ich weiß nicht, was mit einem geschieht, wenn die Kindheit sich Stück für Stück auflöst und abfällt. Wenn das Absolute der Kindheit im Lauf der Jahre zerbröckelt und eine andere Art von Licht hineingepresst wird, eine andere Sicht. Ob es so ist, dass man aufhört zu sein? Und stattdessen mehr und mehr glaubt zu besitzen, im Besitz der Person zu sein, die man Ich nennt und deren Entfaltung man sich dann widmet. Auch im Kind steckt ja eine Person, eine oft genug selbstsichere Stimme, die schreit: Nein! Jemand, der sich auf den Boden wirft und brüllt: Du bist gemein, gemein! Das meine ich nicht, so nicht. Das Kind hat auch ein Ich, aber nicht so entwickelt und ausgeschmückt, nicht so schwer von Erinnerungsdingen und Mustern und Schmutz; es hat sein Ich noch nicht ausgebaut, noch keine Welt aus Rätseln und Labyrinthen hineingedichtet, nicht angefangen, es als Schutz zu benutzen. *Lasset die Kindlein zu mir kommen,* hat Jesus doch gesagt. Ich glaube, es ist wegen ihrer Fähigkeit, sich lieben zu lassen, dass den Kindern das Himmelreich gehört. Liebe empfangen zu können, wie man Regen empfängt, der auf einen fällt; sich erlauben, nass zu werden, obwohl man den Hahn nicht selbst geöffnet hat.

In unseren gemeinsamen Jahren habe ich mit der Liebe gekämpft. Ich habe mich gewehrt und mich geschlagen. Du musst mir vertrauen, hast du gesagt. Ich liebe dich doch. Und das war unerträglich für mich. Ich glaubte, es nicht ertragen zu können. Es war, als würden meine Gebäude überflutet, meine gewaltigen, sinnreich angeordneten Städte unter Wasser gesetzt. Später habe ich überlegt, wo meine Wunde sich befand, meine tödliche Wunde, die ich schützen musste. Und zugleich, dieser Durst, der tiefe, andere Durst: geliebt zu werden. So einfach wie ein Tag, ein Morgen. Geliebt zu werden.

Die erste Zeit, die wir teilten, die Zeit der Verliebtheit, war nicht schwierig. Ich fühlte mich damals so geliebt, so bis zum Rand mit Liebe gefüllt, und wollte nur noch mehr gefüllt werden, immer mehr. Die Verliebtheit, glaube ich, gleicht dem Echo. Die Stimme, die von weither aus den Bergen tönt, klangvoll, groß. Man kann nicht glauben, dass es die eigene Stimme ist, die man hört.

Das Absolute des Kindes besteht darin, dass es in einer unvergleichlichen Welt lebt. Dieses Absolute kann sich nicht wehren, gegen Grausamkeit ebenso wenig wie gegen Liebe. Alles ist, was es ist, und kann auf keine andere Art sein. Eden war auch auf Gedeih und Verderb. Aber unvergleichlich, ohne Unterscheidung.

Es wohnt Demut darin, sich lieben zu lassen. Ich schreibe nicht Unterwürfigkeit, sondern Demut. Eine Nähe zu dulden, die fremd ist, die nicht ist wie man selber, und sich bis zum Rand davon füllen lassen. Als senkte man sein Gesicht. Als wendete man seinen Blick für eine Weile ab und lasse den eines andern zu.

Ich weiß nicht, wer mich hierher gebracht hat. Ob du es warst oder Inna, die hier draußen liegt. Es kann auch die Landschaft gewesen sein, die mich in sich hineingelockt hat, wie die Waldfee einen Mann in ihren Körper lockt. Bin ich jetzt also verhext? Hat sie mir den Blick verzaubert, die Waldfee? Ich fühle hier keine Unrast, seltsam genug, keinen Drang aufzubrechen. Denke, dass ich hier eine Zeit lang sitzen kann, eine Zwischenzeit, und Holzscheite in Innas Ofen legen und von den Kartoffeln essen. In mir ist eine Vorsicht, irgendetwas an der Grenze zwischen Achtsamkeit und Wachsamkeit. Sie ist darin enthalten, sie ist anwesend, sie ist ein Teil unserer Begegnung. Und du. Du auch. Es ist, als wäre ich zur Seite getreten, sei aus dem Bild gegangen, für einige Zeit.

In diesem Sommer war er Knövel unter die Augen getreten. Es hatte sich nicht vermeiden lassen. Inna brauchte schließlich Hilfe bei der Heuernte, das war versprochen, und der Alte wollte sehen. Er wollte den Mann sehen. Und Aron hatte im Kammerdunkel gestanden, und erst allmählich hatten sich die Augen daran gewöhnt. Es war sicher gut, dass es eine Zeit brauchte, ehe er etwas sah, denn der Blick des Alten war wie ein Speichelstrahl.

– Da bist du also, hatte er gesagt. Und dann nichts mehr.

Aron war eine Weile stehen geblieben und hatte sich ein paar höfliche Worte abgerungen, dann war Inna gekommen und hatte ihn weggelotst, jetzt müssten sie an die Arbeit. Es war Knövel, der darauf bestanden hatte, den Erntehelfer zu sehen, aber Inna gefiel das nicht. Sie ließ Aron mit dem Vater allein, es war ihr unerträglich, dabei zu sein, wie dieser seine Schlüsse zog. Das wusste sie auch so. Und sie wollte nicht Zeugin sein, wenn Welten sich vermischten, die besser getrennt geblieben wären.

Als der Sommer zu Ende war und Aron mit seinen Pferden davonzog, hatte Knövel viel Material gesammelt. Inna sah, er war prall davon. Sie hielt sich fern. Sie behandelte ihn wie etwas, das kaum vorhanden ist. Keine Furcht, keine schlammige Verbundenheit.

– Da hat er seine Grütze!

Sie bemühte sich, beinah heiter zu klingen. Als könnte man über Knövel hinweggleiten. Nichts fühlen, nichts wissen. Knövel hatte jedoch in all seiner Untätigkeit reichlich Zeit zum Nachdenken gehabt, er glitt über nichts hinweg, sondern hielt alles fest, was er in die Finger bekam. Die langen, leeren Stunden widmete er außerdem seinen Übungen. Zuerst im Liegen: Beine, Rücken. Er streckte, er prüfte die Muskeln. Hob das eine Bein, hob das andere. Hob den Steiß, kämpfte mit dem Hohlkreuz, langsam ging er vor, füllte die Tage des Sommers, des Herbstes, dann des Winters – und die langen, schlaflosen Nächte – mit diesen nahezu unsichtbaren, lautlosen kleinen Übungen.

Er musste auf die Beine kommen. Er musste es dem Leben und all den Mächten zeigen, die sich gegen ihn verbündet hatten. Der Rücken, der ihm gebrochen, Hilma, die ihm geraubt worden war, all die Niederträchtigkeiten, die sich im Lauf der Jahre gegen ihn verschworen hatten. Er hatte überlebt, mit einem Rest von Wut machte er weiter, und er würde dem Leben nicht erlauben, ihn zu zerschmettern und zu zerbrechen, dieses Vorrecht besaß nur der Tod. Und als er lange genug im Heu gelegen hatte, dämmerte ihm allmählich, dass es noch nicht der Tod war, der ihn suchte, sondern wieder das Leben, das Leben, das hinter ihm her war. Und da fing er an zu üben, da bot er Widerstand.

Er hatte einmal eine Vorstellung gehabt. Dass er, obwohl ihm von Anfang an nichts geschenkt war, eine Welt für sich errichten würde. Nattmyrberg wurde zu diesem Ort. Und es war ein hartes Los. Als alle anderen aufgaben, hielt er daran fest. Und Hilma hatte ein gewisses Verständnis. Auch sie hatte etwas davon in sich. Sie verbündeten sich auf die Weise, dass sie in Nattmyrberg blieben und jeder denkbaren Entbehrung die Stirn boten. Allerdings aus verschiedenen Gründen. Sie appellierte an das Gute, für sie zu sorgen. Er befand sich im Krieg mit allem, was nicht so wollte wie er. Aber sie zogen am selben Strang, ohne Worte waren sie sich einig. Es waren er und Hilma auf Nattmyrberg. Und später auch Inna, als sie schließlich erschien. Inna, die blieb, nachdem Hilma ihm geraubt worden war.

So wurde es wieder Winter. In Krokmyr und in Nattmyrberg. In dem ganzen schweigenden Hohaj. Ein großer, weißer Winter, der eher einer Welt glich als einer Jahreszeit.

Aron und Inna hatten eine Vereinbarung getroffen. Im Winter würden sie sich nicht sehen. Es würde für sie beide nur eine Qual sein, wenn sie es immer wieder versuchten. Aber sie konnten Briefe und Mitteilungen tauschen, sie in einen hohlen Baumstumpf dicht an der Malgostraße legen, am Pfad hinauf nach Nattmyrberg. Und die Spuren hinter sich verwischen.

Aron war es in diesem Winter schwer ums Herz. Er fand nicht aus seinen Gedanken heraus. Mehrmals hatte er Lust, sich Helga anzuvertrauen und ihr von Inna zu erzählen. Vielleicht würden die Gedanken klarer, wenn man sie in die Luft hinaus entließ, statt dass sie jetzt wie ein Fischschwarm in einem Strudel herumwirbelten. Sie sollten doch eigentlich heiraten, Inna und er, war einer seiner Gedanken. Sie sollten offen als Mann und Frau leben. Es war nicht recht, wenn man sich heimlich so nahe kam wie sie, und ohne den Segen des Pastors, ja, er wusste kaum, ob es recht wäre, selbst wenn sie heirateten. Zugleich war es so, dass Aron meinte, er hätte kein Recht zu heiraten, es war so etwas wie seine Bestimmung geworden, dass er sein Leben als Büßer verbrachte. Und es musste ein Außenseiterleben, ein einsames Leben sein. Er hatte sich um sein Erbe gebracht, er hatte kein Recht auf Familie, dieses Recht hatte er in seiner Torheit verwirkt.

Aber jetzt also Inna. Es bestürzte ihn, wie er mit ihr geschlafen hatte. Ihr Gesicht unter seinem, wie es ihn gereizt hatte, es verwandelt, es von dem Feuer entzündet zu sehen, das in ihm selber raste. Auf seltsame Weise war es ihr Gesicht, das ihn zwang, das ihn trieb. Sehen, wie es sich dem Genuss öffnete, das wurde seine Seligkeit. In der geschlossenen Strenge und Sammlung ihres Gesichts, bevor es wie eine Blüte aufbrach, konnte er etwas lesen, das ihm fremd war und zugleich vertraut. Es bestürzte ihn, dass er nach all diesen Jahren eine so blinde, verwilderte Leidenschaft in sich entdeckte. Eine solche Kraft, die eigenmächtig das ihre suchte. Und wie verbrecherisch es ihm auch vorkam, was er tat, fand er gleichwohl im tiefsten Inneren, es sei richtig. Das war fast das Schlimmste, dass er sich das Recht genommen hatte, den Geboten zu trotzen, die er immer noch heilig hielt. Er tat schließlich Unrecht, nicht nur in Bezug auf die Gebote der Bibel, auch an Inna tat er Unrecht. Wie sehr er sich auch vorsah, sie konnte ja schwanger werden, und was würde er dann tun, was hatte er dann für einen Plan?

Es gab zwei Gründe dafür, dass er sich Helga nicht anvertraute. Der eine war, dass er sein Liebesverhältnis mit Inna nicht preisgeben wollte. Und das, hatte er erkannt, lag daran, dass er sich nicht für einen Mann hielt, der überhaupt in Liebesverhältnisse geraten konnte. Es geheim zu halten, das hieß, halb und halb so zu tun, als wäre es nicht geschehen, ein Auge zu verschließen. Der zweite Grund war, dass er genau wusste, was Helga zu ihm sagen würde. Mit seinem inneren Ohr konnte er ihre laute, hart klingende Stimme hören:

– Ja, aber dann heirate doch das Mädchen! Darüber muss man doch nicht lange nachgrübeln!

Und dann ihr Lachen.

Aber diesen Rat wollte Aron nicht hören. Denn so einfach war das Leben nicht. Vielmehr war es ein Gewirr von Knoten, und neue Knoten entstanden aus denen, die vorher da gewesen waren. Um diese Knoten zu lösen, musste man die ganze lange Leine einholen, mit all dem Vergangenen in harten Klumpen am Ende. Und es gab einen dritten Grund, warum er sich Helga nicht anvertrauen konnte. Seine Vergangenheit drängte sich so nah heran, dass sie nicht mehr von der Gegenwart zu trennen war.

Auch Inna dachte nicht ans Heiraten. Sie gehörte ja nach Nattmyrberg, und da die getrennten Welten in ihrem Leben nicht vermischt werden durften, war es unmöglich, dass Aron dort einzog. Denn zu Nattmyrberg gehörte auch Knövel mit allem Drum und Dran. Vielleicht, dass nach Knövels Tod eine Heirat mit Aron möglich wäre, aber so weit wagten sich ihre Gedanken nicht vor.

Außerdem war da all das Getier im Viehstall, und das gehörte mehr als alles andere zu Inna. Nicht nur die Tiere und die Fürsorge für sie, nicht nur die Käselaibe und die Butter und die Wolle und die Felle, nicht nur das Lammen und die Zicklein und die prallen, warmen Euter, es war auch Hilma, der Geist der Mutter, der darin wohnte. Vor allem ihretwegen konnte der Gedanke, Nattmyrberg zu verlassen, in Inna nicht Wurzel schlagen. Allein mit Knövel hatte sie sich so sehr an Hilma klammern müssen, dass quer durch die Wand des Todes so etwas wie eine Nabelschnur gewachsen war, die sie verband. Ohne den Viehstall und ihre Aufgaben dort würde die Nabelschnur reißen, und Hilma wie Inna würden nichts als Schatten und Erinnerungen sein, aus dem Zusammenhang gerissene Gespenster.

Ohne sich ein einziges Mal zu sehen, teilten Aron und Inna diesen Winter und anschließend das unendlich langsam schleichende Frühjahr – das bald einen Schritt zurück in die Schneewehen tat, bald einen Satz vorwärts in einen verirrten Sommerwind, meistens aber auf der Stelle trat. Die schneefreien Ringe um die Bäume blieben unverändert; schwarze Taler, die einfach da liegen wollten. Sie lebten einer in den Gedanken des anderen, in den Bewegungen des anderen, im Blick des anderen. Inna bekam ein paar kleine Briefe von Aron, die sie mühsam entzifferte. Da waren seine guten Hände zwischen den Buchstaben, die Hände, die sie umfassten und sie bewahrten und sein Angesicht über ihr leuchten ließen. Einige Male versuchte sie sich auch an einem Brief, aber es ging nicht so gut. Stattdessen schickte sie gepresste Blumen, einen Käse, eine Haarsträhne. Jedes Mal, wenn sie zum Kaufladen musste, hoffte sie ihn dort zu sehen. Es waren zwar nur drei jämmerliche Male in der ganzen langen Zeit, die er in Krokmyr verbrachte, aber sie hoffte trotzdem, er könnte zufällig vorbeikommen, andere Dorfbewohner kamen ja auch vorbei, manche waren sogar drinnen beim Kaufmann.

Wir müssen uns bemühen, nicht aneinander zu denken, hatte Aron gesagt.

Das brachte keiner von ihnen fertig. Die Unrast trieb sie um, in den Nächten wie am Tage. »Es ist keine Ruhe, wo du nicht bist«, schrieb er an sie. »An Aron mit den guthen Händen«, schrieb sie an ihn. Aron versuchte ihr Gesicht auf kleine Papierzettel zu zeichnen, mit denen er dann den Ofen fütterte. Er bekam den Ausdruck nicht zu fassen. An Einzelheiten erinnerte er sich, dass ihre Augen ziemlich tief lagen und die Lippen kraftvoll geformt waren. Und dass alles klein war, dass es ein kleines Gesicht war. Aber das Ganze, das, was ihn jäh getroffen hatte, als er sie zum ersten Mal sah, das entzog sich ihm.

Inna hatte viel Zeit für sich allein. So viel Schweigen. Als die Sonne wieder den Sitzstein hinter dem Haus zu wärmen begann, stahl sie sich abends dort für eine Stunde hin. Hoch oben auf dem bemoosten Felsblock sitzend, konnte sie in die Täler unterhalb von Nattmyrberg schauen. Die Landschaft war wie ein Körper, wo sie sich unter der Schneedecke hob und senkte. Die Schatten flossen darüber hinweg. Hier und da ragten Wälder auf wie Herden von schläfrigen Tieren. Sie sah Aron meist klar vor sich, und die meerblauen Augen wie Vogelzwitschern in den Maibäumen, so wie er sie immer ansah, wenn sie miteinander schliefen. In Gedanken beschrieb sie ihn Hilma. Wie er aussah, was er mit ihr machte, jede Einzelheit von dem, was er mit ihr machte, besonders, was seine Hände unternahmen. »Mit diesen Händen hat er mich beinah neu erschaffen«, versuchte sie zu erklären. Denn so empfand sie es. Sie bewegte sich wie in einem komplizierten Tanz zwischen seinen warmen Handflächen. Ihr Gesicht hielt sie empor gewandt, und die ganze Zeit sah er sie an, die ganze Zeit verloren sich ihre Blicke ineinander. »Wenn wir uns anschauen, sehnen wir uns«, berichtete sie Hilma, »und wenn wir zusammen sind, sehnen wir uns.« Sie wollte, dass auch die Mutter verstand, wie unbegreiflich das war. Für Knövel gab es fast überhaupt keinen Platz mehr in Inna. Er war abgedrängt worden in ein karges und entlegenes Randgebiet, wo nichts lebte und wo das Licht kaum hinreichte. Sie sah ihn zwar, wie er da im Heubett lag, aber das war auch alles. Er bestand vor allem aus etwas Haut und etwas Knochen und einem Mund, der zu stopfen war. Er war jetzt außerhalb von ihr. Er war auf der anderen Seite der Wand, die ihre Haut und ihre Knochen bildeten, seine Blicke oder Worte oder harten, rauen Hände drangen nicht hindurch. Sie waren getrennt. Den Buckel, den sie getragen hatte, hatte Aron weggestreichelt, ebenso wie die Scham über das, was die Hände des Vaters sie zu fühlen gezwungen hatten. Aron hatte sie nie zu etwas gezwungen. Sie liebte es, sein Geschlecht in sich zu spüren, sie liebte es, davon erfüllt zu werden, und das Wirbeln, wenn er sich in ihr bewegte. Aber nie hatte sie sein Geschlecht mit den Händen berührt, es nie angesehen. Sie wusste, dass es ihr wehtun könnte, wenn sie es täte, es könnte ihre Liebe stören. Und warum sollte Aron sie bitten, zu sehen oder zu fühlen, wo doch ihr Schoß ihn umschloss wie ein Mund?

Vom Sitzstein aus sah sie die Ankunft der Kraniche. Das Land lag noch schneebedeckt da, aber Wasser floss unter dem Schnee und machte ihn brüchig. Bald würde er zergehen wie Brot in der Tunke und sich auflösen. Die Kraniche schlugen mit den Flügeln und ließen ihre Rufe durch die Weiten hallen, hart und flehend, wild und reißend. Im Luftmeer über ihnen segelten auch Singschwäne und Gänse mit ihren Lauten, dahingleitend wie Nachen in einem Gewässer. Näher am Boden zogen Schneeammern in ungeordneten Scharen. Inna konnte die Erregung spüren. Der plötzliche, schnelle Puls des Frühlings schlug in ihr.

Deine letzte Zeit. Darin habe ich mich verirrt. Den Weg hinaus nicht mehr gefunden, trotz all dieser Jahre, die sich an Jahre reihten. Wir teilten etwas, blindlings. Und du, innerlich leuchtend von einer seltsamen Liebe. Wir sagten etwas zueinander, das unhörbar war, wir trugen zwischen uns ein Wissen, das nicht zu tragen war. Es war so zerbrechlich, so vage. Aber du hast deine Briefe sortiert, du hast die Orte deiner Kindheit besucht, du hast geweint, du hast mir deinen großen Kopf in den Schoß gelegt und geweint. Als ich fragte, weshalb du weintest, sagtest du: Verstehst du nicht, ich trauere über mein Leben. Aber wie sollte ich verstehen? Du warst so lebendig. Du warst ein Wunder an Leben. Doch in den Nächten träumte ich von dir, dass du an eine Wand gelangt warst, dass du vor einer Wand standest, und da war Schluss. Es war nicht dein Körper, es war dein Leben, das nicht weiter trug.

Die erste Zeit nach deinem Tod. Es zerriss mich. Jetzt kann ich es sehen. Ununterbrochen habe ich mit dir geredet, gefragt, geschüttelt, beschworen. Das Schwere, was mir oblag, war, dich sterben zu lassen. Dir endlich zuflüstern zu können: Du darfst sterben. Dein Tod ist der deine, er gehört dir. Du darfst sterben.

Menschen kamen an und wollten trösten und sagten: Wie grausam, wie sinnlos. Und sicher war es grausam. Aber es war dein Tod. Es war dein Leben. Und du hast dich dem allem gestellt, nicht leicht, nicht freiwillig, du hast dagegen angekämpft, hast gerungen, dann hast du geweint, monatelang. Aber die letzten Wochen stand die Liebe in dir, sanft, stark. Ich sah sie und war verwundert. Mitten in unserem Alltag diese Gestalt, ein Licht, das brannte, etwas von einem Feiertag. Du kamst deinem Leben ganz nahe, du hattest den Tod gesehen und dich vor ihm verneigt. Und ich wurde Zeugin, geblendet. Ich sah, ohne zu sehen. Was sich in dir bewegte, die schweren, unbegreiflichen Worte, vermochtest du mir nicht zu sagen. Aber zu anderen hast du es gesagt: Jetzt habe ich keine Angst mehr, jetzt weiß ich, dass ich sterben werde. Das hat dir ja keiner geglaubt. Du warst ein Wunder an Lebendigkeit.

An dem Abend bevor du starbst, schriebst du ein Abschiedsgedicht für mich. Das Personal im Krankenhaus hat es später gefunden, als sie deine Sachen zusammenpackten. Sie bekamen Angst. Dein Tod war doch vollständig unerwartet gewesen. Man hatte ihn sogar dem Gesundheitsamt gemeldet. Er galt als unerklärlich, sinnlos. Du schriebst: Ich glaube, dass die Liebe der Sinn des Daseins ist. Ein sanfter Lockruf aus der Ewigkeit.

Du gabst mir eine Erzählung in unentzifferbarer Schrift, eine Erzählung, die in mein Leben eingeritzt wurde und dort lebt, die weitergeht, sich fortspinnt. Es ist eine große Erzählung mit tausend Aus- und Eingängen und sonderbaren Räumen darin, wechselnd, lebendig wie Landschaften. Ich habe mich in dieser Erzählung verirrt, noch nach so vielen Jahren irre ich in dem herum, was mein Leben geworden ist. Ich finde nicht aus der Erzählung heraus, und ich finde keine Wege tiefer in sie hinein. Ständig befinde ich mich an neuen, nicht erkennbaren Orten, Schneisen tun sich auf, und wenn ich hinkomme, ist nichts so, wie es war. Ich habe mich verirrt im Undeutbaren, im Wortlosen, all die leeren Seiten der Erzählung blenden meinen Blick. Mir fällt der Säugling ein, der, um sich selber zu erkennen, unverwandt in das vertraute Gesicht der Mutter schaut, darin liest. Es ist fast so, dass ich mich erinnere: das Entsetzen, wenn das Gesicht sich als falsches Gesicht erwies, wenn, zu Ende gelesen, ein anderes, unrichtiges Gesicht den Schrei aus mir hervortrieb. Das Verirrtsein, die Verlassenheit. Eli, Eli, lema sabaktani. Wir alle kennen den Abgrund.

Du hast mir diese Erzählung aus Liebe geschenkt. Ich versuche zu erzählen. Ich versuche mich ganz vorsichtig in ihr zu bewegen. Ich weiß, ich darf mich nicht umdrehen. Ich weiß, ich darf das Licht nicht anzünden. Ich weiß, ich muss es wagen, blind zu sein, vielleicht noch für eine gewisse Zeit, vielleicht für immer.

Aber etwas Sonderbares ist geschehen, als ich hier in Hohaj aus dem Auto stieg. Als würde das Licht plötzlich in meine Augen gedrückt. Es tat weh, aber ich mochte den Schmerz, hatte ihn vermisst. Zuerst sah ich nichts, meine Augen mussten das Licht trinken, ehe sie sehen konnten. Dann sah ich gleichsam einen Strand und etwas, was aus dem Meer angeschwemmt worden war. Das war ich selbst. Ich war ungeheuer alt. Ich lag da wie ein Ding, eine Scherbe, ein Rest von etwas, das weit da draußen verloren gegangen war. Und in diesem Moment fing ich an zu gehen. In diesem Moment wurden die Schritte in mir geboren. Der Ruf.

Aron hatte den Brief nach Hause an seine Familie nicht zu Stande gebracht. Den ganzen Winter hatte er darüber nachgedacht, ihn in Gedanken geschrieben, geändert und gestrichen und neu entworfen. Als der Frühling kam, hatte er sich entschlossen zu warten. Erst musste er wissen, wie es mit ihm und Inna weiterging, dann würde er schreiben. Denn es hing ja auf eine unbestimmbare Art zusammen: Inna und der Brief. Inna und seine Vergangenheit. Inna und sein richtiger Name.

Aber der Winter war lang gewesen. Als er im Frühsommer zum Pferdehüten aufbrach, wusste er nicht, wie sich die Begegnung mit Inna gestalten würde. Er hatte reichlich Zeit gehabt, sich ein Bild einer Frau zu erschaffen, die es vielleicht nicht gab. Er musste sie treffen, um sich zu vergewissern. Und konnte er etwas wissen, selbst wenn sie leibhaftig vor ihm stand? Es war ja durchaus möglich, dass er die ganze Zeit einem Wachtraum gehuldigt hatte. Inna, wie er sie kannte, existierte vielleicht überhaupt nicht, außer als Hülle, die eine ganz andere Person verbarg. Und heiraten? Davon hatten sie nicht einmal gesprochen. Und vielleicht wollte sie das gar nicht. Er selber wusste es ebenso wenig. Doch, wenn er überhaupt heiraten würde, dann Inna. Aber würde er jemals heiraten? Der Winter hatte keine Antworten gebracht, im Gegenteil, es hatte ihn nur noch tiefer ins Labyrinth getrieben.

Er beschloss, ehe er hinauszog, dass dieser Sommer jedenfalls nicht so werden dürfte wie der vorige. Wenn er Inna weiterhin auf dieselbe Weise traf wie zuvor, musste er Konsequenzen ziehen. Sie heiraten oder Krokmyr verlassen, die Gegend verlassen, wieder aufbrechen.

Aber wenn sie sich zur Heirat entschlossen, würde er den Brief schreiben.

– Was ist das für eine Sehnsucht, der du da draußen begegnen willst?, hatte Helga mit einem neckenden kleinen Lachen gefragt, am Abend, bevor er hinauszog.

Aron war so überrumpelt, dass ihm keine Antwort einfiel. Dummerweise hatte sich sein Mund stattdessen zu einem Lächeln verzogen, einem blöden, sprachlosen Lächeln, das einfach so kam. Er versuchte es hinter seiner Packerei zu verbergen, aber er fühlte die ganze Zeit Helgas aufmerksamen Blick und wie sie ihn anschaute.

– Sommerweide, du weißt schon, murmelte außerdem Salomon von der Feuerstelle her. Als wüssten sie beide Bescheid oder ahnten etwas. Eine plötzliche Scham überkam Aron. Und mit der Scham wurde er an den Abgrund geführt, den alten, in Stein gehauenen Abgrund. Die Freude erlosch in seinen Augen, er streckte den Rücken und sah verwirrt auf, Leere und Schwärze im Blick. Wie müde er sich fühlte, müde seiner selbst und seines Lebens. In den Märchen wachte oft ein böser alter Troll über den Goldschatz. Verwandelte er sich allmählich in einen solchen? Geizig und missgünstig, den Schatz tief im Berg versteckt. Und die Freude verbannt.

– Du bist manchmal wie ein kleines Kind, Aron, sagte Helga.

Aron begriff überhaupt nichts. Seine Gedanken traten sich gegenseitig auf die Füße, es kam ihm so vor, als würde er dauernd stolpern.

– Ja, aber dann ist es doch gut mit der Sommerweide, sagte er in dem Versuch, schlagfertig zu sein. Da kann ich groß und stark werden.

Helga machte sich an seiner Ausrüstung zu schaffen.

– Wir finden, es wird hier recht leer, wenn du auf die Sommerweide ziehst, sagte sie. Nichts anderes haben wir gemeint.

Salomon klopfte die Pfeife im Herd aus.

– Ich begleite dich morgen nicht hinaus, du kannst Balder reiten. Dafür komme ich dann in zwei Wochen. Du weißt, dass man einen Bären gesehen hat, auf der anderen Seite von Saddijaure?

Ja, das wusste Aron bereits.

– Es wohnen viele Geschöpfe im Wald, sagte er nur. Aller Arten. Und am schlimmsten ist es wohl mit den Mücken.

– Nein, du musst keine Angst vor Bären haben. Ich wollte es nur gesagt haben. Du könntest dich ja täuschen, meine ich. Und einen Bären anlocken statt den Hund.

Sie brachen in Gelächter aus.

Helga horchte in die Stille hinein, die folgte.

– Es regnet, sagte sie. Hört ihr? Jetzt ist der Regen gekommen!

Als sie in der ersten Nacht dieses Sommers bei ihm lag, weinte Inna. Es war eine Heimkehr, so heftig und gewaltsam wie nach einem langen Fall. Sie fiel in ihn hinein, schwer. Und er war eine Landschaft, ein Reich. Sie tastete sich über ihn hin, auf der Jagd. Sie fühlte seine Hände zittern, als diese rastlos ihren Rücken, ihre Haare streichelten.

– Wir haben uns gesehnt, flüsterte er. Wir haben uns gesehnt.

Sie drückte ihn fester an sich, es tat so weh, der Schmerz öffnete Tür um Tür in ihr, fuhr durch sie wie durch Tunnel, durch unterirdische Kanäle. Sie fand seinen Mund und wühlte sich hinein. Er war da drin, sie wusste es, er hatte da drin auf sie gewartet, und jetzt erhob er sich und stürzte ihr entgegen. Jetzt waren sie nur noch Münder, Zungen. Jetzt waren sie Mundhöhlen und zwei Drachen, die miteinander kämpften. Aus Innas Nasenlöchern kamen eine Art kleine Schreie, aus seinem Hals grollte es von dumpfen Lauten. Lurv fing an zu bellen, sie hörten es nicht. Sie befanden sich tief in einer Raserei, in einem Hunger, der einen ganzen langen Winter verleugnet gewesen war und doch gelebt hatte und gewachsen war, einen ganzen Hohajwinter ohne Ende, sie jagten einander wie zwei ausgehungerte Raubtiere, die sich, verrückt vor Gier, beim Kampf gegenseitig Fleischstücke aus dem Leib reißen …

– Besinn dich, fauchte Inna drinnen in seinem Mund.

Sie hielten inne und sahen sich an. Es war nicht dunkel draußen, die Nacht war hell wie der Tag, und sie sahen sich an, als hätten sie sich noch nie gesehen, als wäre es die erste Nacht, der erste Morgen, der große Sabbat der Schöpfung umgab sie. Die Vögel sponnen mit ihrem Gesang feine Netze zwischen den Bäumen, Lurv lag wieder still in der Öffnung des Windfangs, nur seine Ohren spielten.

– Oh, seufzte Inna und bohrte ihren Kopf in Arons Hals. Sie rollten eine Weile hin und her, die Blicke ineinander, Arme und Beine umeinander geschlungen. Sie sah Aron an, und er lächelte. Lächelte, als wäre er gerade befreit worden, und seine Augen waren so voller Lächeln und Leichtigkeit – sie fuhr einfach hinein in das alles, wie auf einem glitzernden Strom ritt sie direkt in ihn hinein.

Sie wussten nicht, wie, aber sie waren nackt. Er glitt in sie hinein, und sie zog sich um ihn zusammen wie ein Biss.

– Beruhige dich, flüsterte sie wieder. Sei ruhig, damit ich dich ein wenig halten kann.

Da legte er ihr seine Hände um die Haare und drückte sich tiefer. Und dann begannen sie zu tanzen.

Sie tanzten eine langsame Polka miteinander. Der Spielmann stand kerzengerade mitten im Raum, das Gesicht tief über der Geige. Aron bereitete Inna den Weg, Inna bereitete Aron den Weg. Feierlich, streng, schritten sie umeinander, bedächtig, achtsam. Und sie fingen an, sich gefährlich zu drehen, mit ausgebreiteten Armen, und die Augen starr in denen des anderen, schneller, schneller. Inmitten des Ganzen befand sich der Spielmann mit Saiten, die unter dem Bogen zitterten, mit der Geige, die in langsamem, taktfestem Schmerz sang.

Innas Haare standen steil in die Luft, Arons Gesicht war hart und kompakt wie eine Frucht. Sie drehten sich, sie hörten nicht auf sich zu drehen, sie schritten umeinander herum, vor, zurück, vor. Nichts als ihre Schritte hielt die Welt zusammen.

Dann verstummte der Spielmann. Einen Augenblick standen sie schwankend da. Im nächsten packten sie einander, umklammerten sich. Aron lag wie ein Bogen über ihr, sein Gesicht war wie ein in starker Hitze zersprungener Stein. Sie war das Wasser, in das er zischend hinabgetaucht wurde und das ihn dann kochte, lange.

Es dauerte lange, lange. Sie tauschten Rufe wie Verwirrte in einer Talschlucht. Wo bist du?, riefen sie. Ich bin hier, hier!

Als sie sich gefunden hatten, lagen sie da, und jeder drückte den anderen an sich. Und sie wollten nie mehr loslassen, sich nie mehr aus diesem Griff lösen, der ihnen endlich Halt gab in dieser Weite.

– Ich will dich nie mehr verlieren, sagte Inna. Du darfst nie mehr von mir weggehen.

– Ich bin dein. Ich bin ganz und gar dein. Ich bin nichts als dein.

– Du ziehst nirgendwo hin?

– Ich ziehe nirgendwo hin.

– Du bleibst bei mir?

– Ich bleibe bei dir.

– Immer?

– Immer.

– Oh, du!, rief Inna in einem Flüstern. Du weißt nichts.

– Was weiß ich nicht?

– Du weißt nichts.

– Doch, ich weiß.

– Was weißt du?

Auch der Schmerz braucht eine Heimstatt.

Einen Ort, der nur ihm gehört, mit Gesichtern und Häusern, die erkennbar sind. Es muss Plätze für den Schmerz geben, Räume, Schneisen, lange Straßen. Leid ist eine Spur, die einen mitzieht, man muss ihr folgen, weiterkommen: Brücken über Gewässer, Stege über Moore, Wege im Weglosen. Fast wie eine Witterung ist diese Spur. Man muss ihr mit seinem ganzen Wesen folgen, konzentriert, aufmerksam. Nicht wegschleichen, nicht abweichen. Vielfältig sind die Gerüche. Wie wilde Sehnsucht oder wie hauchdünnes, hart gespanntes gräuliches Licht. Oft geht es bergab, hoffnungslos bergab, und das Leid ist verschlungen und sammelt sich in schwarzen Knoten. Aber das kann sich jederzeit ändern, es kann sich wie eine Sturmbö drehen, in einem Rausch.

Es gibt auch Augen in dem Schmerz, und die sehen einen manchmal an, lange. Auch diese Augen brauchen eine Heimstatt, sie müssen in einem Gesicht sein, dessen Züge man kennen gelernt hat.

Fehlt dem Schmerz ein eigener Ort, ist er überall. Dann verwandelt er sich in einen Luftgeist, und es besteht die Gefahr, dass er aufquillt und über alle Grenzen wuchert. All die verschiedenen Schichten und Muster, aus denen er besteht, vermengen sich und werden ein und dasselbe. Und dasselbe ist ohne Farbe, dasselbe hat keine Schattierungen, keine Merkmale, keine Unterscheidungszeichen. Es ist ein Land, in dem man sich verirrt.

Ich habe gelernt, dass der Schmerz eine Heimstatt braucht, und ich habe sie erkannt, als ich hierher kam. Nun bin ich da und lese ihre Züge und Spuren und Wege. Inna unter dem Schnee. Die gebahnten Pfade. Der Stall, den ich nicht betreten werde. Und der Himmel, der hier ist, eine große Kuppel aus Glas, rundherum von dünnen Wipfelspeeren getragen. Und von den Bergen.

Ich werde mich nicht mehr verlaufen. Die Berge stehen fest. Die Mutter hat ihr Kind nicht vergessen.

Er hatte mit ihr von Heirat gesprochen. Wir können nicht nur spielen, hatte er gesagt. Wir müssen erwachsen werden. Und am Ende entsteht noch ein Kind aus all unsern Nächten. Inna hatte die Augen geschlossen. Sie hatte sich innerlich gewehrt.

– Ich will in Nattmyrberg bleiben, sagte sie.

– Dann bleiben wir in Nattmyrberg, sagte er.

– Aber, sagte Inna. Der Knövel.

– Wir heiraten, sagte Aron. Sonst geh ich hier weg.

Wieder schloss sie die Augen. Die Dunkelheit tanzte hinter den Lidern. Blicklos suchte sie Arons Hände. Sie hob sie an den Mund und küsste sie und versteckte sich darin.

– Du darfst mich nicht verlassen.

Er antwortete nicht.

– Du darfst mich nicht verlassen, wiederholte sie, und jetzt öffnete sie die Augen und sah ihn an.

– Wir müssen eine Entscheidung treffen, sagte er hartnäckig.

– Es ist wegen Knövel, sagte Inna.

– Er ist dein Vater, er ist nicht dein Mann. Sogar in der Bibel steht, dass man seinen Vater und seine Mutter verlassen soll.

– Knövel schert sich nicht darum, was in der Bibel steht.

Inna fühlte den Schrecken in ihrer Brust wachsen. Plötzlich konnte nicht einmal Aron sie mehr schützen. Die Hände des Vaters hatten sich zwischen sie gedrängt, jetzt waren sie an ihrem Leib, jetzt taten sie ihr Kränkendes an.

– Inna, sagte Aron und zog sie an sich. Jetzt fliehst du wieder vor mir wie beim ersten Mal. Jetzt rennst du weg wie ein erschrecktes Tier. Aber du musst keine Angst vor mir haben, verstehst du. Ich werde zwischen dir und deinem Vater stehen. Begreifst du das nicht? Ich werde dich ihm wegnehmen.

Sie wollte ihn nicht ansehen, sie wollte ihn nicht in ihr Gesicht sehen lassen, die Dinge, die da geschrieben standen.

– Und wenn er dich nicht lässt?, flüsterte sie, so leise, dass die Worte kaum verständlich waren.

Er zwang ihr Gesicht hoch, aus dem der versehrte Blick ihm förmlich vom Grund der Augen entgegenstürzte.

– Meinst du, ich hätte Angst vor einem alten Mann? Meinst du, ich würde dich nicht trotzdem nehmen? Meinst du, ich würde es nicht fertigbringen?

– Verzeih mir, sagte sie. Ich wollte nicht so sein.

– Ich glaube, manchmal muss man sich selbst überwinden.

– Du findest mich schwach?

– Ich habe dich erkannt, Inna. Ich habe dich mit meinem eigenen Körper erkannt. Und du bist nicht schwach. Du bist sengend wie glühendes Holz. Du hast nur zu lange allein mit deinem Vater gelebt.

– Wir könnten uns vielleicht da oben ein eigenes Haus bauen?

– Ja, das können wir. Das müssen wir.

– Nächstes Mal, Aron, werde ich Ja sagen. Aber erst muss ich ein bisschen allein sein mit meinen Gedanken.

Und sie schlüpfte aus seinem Windfang davon, wo sie gesessen hatten. Wie üblich war es Morgendämmerung, und sie kam heim zu den Ziegen und der Kuh, die zu melken waren, zu den schweren Eutern, die zu leeren waren. Sie zog an den Zitzen und hörte das spitze Kratzen der Strahlen im Melkeimer, wie Schläge, wie Peitschenschläge. Ihre Gedanken waren verschwommen, zerstreut.

Sie selbst sei es, vor der sie Aron schützen wollte, nicht vor dem Vater, dachte sie zuerst. All die Räume, die sie ihn nicht betreten lassen wollte. All das Schmutzige, Stinkende, mit dem er nicht in Berührung kommen durfte. Später dachte sie, es sei sie selbst, die sie schützen wollte, und nicht Aron. Denn wie sollte sie weiterleben, wenn das Widerliche auch in ihn eingesickert wäre, auch in Aron, und es keinen Platz mehr gäbe für ihre Sehnsucht nach etwas, das rein war?

Hart rauschten die Strahlen in die Milch. Mit Wut in den Händen zog Inna sie aus dem Euter, aus dem Tier. Sie war so besorgt um Aron, um all sein Licht. Es durfte kein Dunkel von dem ihren zu ihm kommen. Sie trank ja sein Licht, sie wollte endlich geheilt werden. Aber wenn sie jetzt Nein zu ihm sagte, hätte ihr Dunkel am Ende gesiegt. Und sagte sie Ja, würde er ein Teil davon werden. Bei dieser Erkenntnis hielten ihre Hände inne und wurden ganz still. Als sie sah, wie gefangen sie war, dass sie in ihrem Leben feststeckte, daran klebte, an allem, was es enthielt. Lange verweilte sie in diesem Gedanken. Dass es so war. Fuge an Fuge. So nah war es, so gleich nebenan. Und die Tore, die nach und nach in ihr aufgestoßen wurden, taten ihr weh. Tore, die sagten: Ja, lass ihn hereinkommen, lass ihn. Es waren keine Freudentore, sie wurden aufgerissen, sie rissen etwas durch. Und das Licht, das hereinfiel, war grell und blendete.

Zerstreut schob sie die letzte Ziege zur Seite. Die Milch stand zitternd im Melkeimer.

Die Nächte wurden dunkel und brachten Kälte mit. Sie waren sich einig geworden. Sie würden heiraten. Es sollte eine Winterhochzeit werden, und Aron würde mit einem Pastor sprechen. Außerdem würde er Helga und Salomon fragen, ob sie in ihrem Haus heiraten dürften. Es sollte eine schlichte Trauung werden, so schlicht wie nur möglich. Knövel würden sie heraushalten. Stattdessen wollte Inna Mari, die ihre Mutter gekannt hatte, als Trauzeugin laden.

Außerdem würde Aron Bauholz kaufen, das man auf dem Schnee nach Nattmyrberg hinaufziehen konnte. Dort würden sie ein Haus für sich errichten, ein eigenes Haus. Knövel müsste sich damit abfinden.

Im Herbst nahmen sie Abschied, voller Versprechungen und Pläne. Aron kehrte mit den Pferden nach Krokmyr zurück, die Pferde aus Spettliden hatten die Leute schon geholt. Inna lief in Nattmyrberg mit einer rastlosen Unruhe in der Brust herum. Es war so schwer, sich dieses vorzustellen, was werden sollte, was kommen würde. Es schleuderte sie zwischen Freude und Schreck hin und her, die Abgründe dazwischen waren tief. Was Aron und ihr gehörte, sollte rein bleiben, frei bleiben. In diesem Herbst wollte sie die Reste der Schande ausräuchern, die es noch oben auf dem Hof gab. Den Stock, der Laga geheißen hatte, hatte sie in der Feuerstelle unten im Stall verbrannt, kaum dass Knövel ans Bett gefesselt war. Nun waren die Felle dran, die Hemden, der Schemel, auf den er sie niedergezwungen hatte. All das musste weg, nichts davon sollte übrig sein, wenn Aron kam. Kein einziges von diesen Dingen. Sie wollte glauben, es ließe sich in Asche verwandeln. Das Schwarze. Und falls sie nicht im Haus unter demselben Dach wohnen könnten wie Knövel, sie und Aron, in der ersten Zeit, solange sie bauten, würden sie im Stall wohnen. Davon hatte sie Aron nichts gesagt, aber das hatte sie sich ausgedacht. Sie hatte beschlossen, dass es gehen würde. Es würde schon gehen. Dass sie ihren Willen gegen jeden Widerstand durchsetzen würde, und er würde unbeugsam sein wie eine Wand.

Bereits wenige Tage nach seiner Heimkunft erzählte Aron seinen Hauswirten in Krokmyr von Inna, von ihren Plänen. Helga wurde ganz rot im Gesicht und schrie auf vor Entzücken, Salomon lachte.

– Haben wir es nicht gesagt, meinte er, dass da was war.

– Aber ich hätte nie an … Inna gedacht! Silber-Inna, Silberhaar-Inna, Knövels-Inna … Nein, nie hätte ich an sie gedacht!

Helga schaute Aron neugierig an, damit er es erklärte, sich erklärte.

– Ist sie, nun ja, ist sie wirklich eine Frau für dich?, fragte sie dann.

– Das muss sie wohl sein, gab Aron zurück und machte ein verlegenes Gesicht. Er mochte nicht viele Worte machen, was ihn und Inna betraf.

– Herrgott, sagte Helga. Und du willst heiraten!

– Und der Alte …?, fragte Salomon.

– Er weiß von nichts. Er soll es erfahren, wenn es geschehen ist. Deshalb möchten wir darum bitten, dass wir hier heiraten dürfen.

– Der alte Satan, fuhr Salomon fort. Und trotzdem wollt ihr da oben wohnen? Er ist tückisch, dieser Kerl, das weißt du hoffentlich?

Aron nickte knapp. Eigentlich wollte er nicht so viel räsonieren. Es war, wie es war. Jetzt würden sie heiraten, er und Inna. Und das war das Einzige, was Bedeutung hatte.

– Ach ja, seufzte Salomon. Alte Männer sterben, das weiß man ja. Der da wird wohl auch sterben, zu guter Letzt. Er wird wohl nach und nach verkohlen. All das Schwarze, das der anzieht. Ha! Eines Morgens wird er nur noch wie eine harte schwarze Kohlenscherbe in seinem Bett liegen. Haha!

Salomon genoss seine Worte. Er beherrschte diese Kunst.

– Sei nicht albern, murmelte Helga verlegen. Er kann noch zehn Jahre leben, wenn er darauf besteht. Und das wird er bestimmt.

Es war so schnell gegangen. Der Sommer verschwand, als wäre er nie da gewesen. Das Wasser wollte nachts schon gefrieren. Das Laub machte sich mit dem Wind davon. Oder mit dem Regen. An den Abenden feilte Aron an seinem Brief nach Hause. Es sollte kein langer Brief werden. Ein paar Zeilen nur sollte er enthalten. Ein paar einfache Zeilen, die dennoch das Entsetzen, die Reue, die Scham vermittelten, die er noch immer empfand. »Ich verlange nicht, dass ihr mir verzeiht«, schrieb er, »aber wenn ihr meine Bitte um Vergebung annehmen könntet. Ich bin geflüchtet, aber nie vor der Erinnerung an meine Untat. Mein ganzes Leben lang habe ich nach nichts anderem gestrebt, als dafür zu sühnen. Bitte, nehmt diesen Brief an, reißt ihn nicht in Stücke, werft ihn nicht ins Feuer. Gedenkt meiner, nicht nur wegen meines Verbrechens, sondern auch um meiner Reue willen.«

Lange musste er mit sich ringen, bevor er seinen richtigen Namen ganz unten aufs Papier zu schreiben vermochte. Es war seltsam mit diesem Namen, wie viele Erinnerungen er barg, nicht nur die Stimme der Mutter, als sie ihn wie einen Fluch hervorstieß, es war auch die Stimme des Vaters, der Geschwister, eine ganze Welt, die er hatte untergehen lassen. Erst an dem Abend, als er losging, um den Brief zur Post zu bringen, schrieb er: »Euer Sohn und Bruder – Kjartan.«

Er hatte den Brief in Malgo aufgeben wollen, wo man ihn nicht kannte. Auch wenn der Gedanke weit hergeholt war – der Brief war außerdem auf Dänisch geschrieben –, fürchtete er trotzdem, jemand in Racksele könnte den Brief öffnen und ihn lesen, so dass er lieber den längeren und beschwerlicheren Weg nach Malgo nahm. Dort würde er auch, ohne den Klatsch fürchten zu müssen, den Ring und den Stoff kaufen können, seine Geschenke für Inna.

Inna erwachte kurz vor dem Morgengrauen mit dem Gefühl, dass etwas nicht stimmte. Sie schlug die Augen auf, und da stand Knövel an ihrem Bett. Er atmete. Sie hörte, wie er atmete. Seine Gestalt erschien wie ein dunkleres Ding im grauen Licht der Dämmerung. Ein Massiv. Ein Körpermassiv.

Auf einmal wusste sie es. Er stand da. Er war da. Er atmete und wollte einen Entschluss fassen. Jetzt wusste sie, dass sie wach war, dass sie nicht träumte. Und auch er wusste, dass sie wach war, die Augen, die aufgeschlagen wurden, hatte er gesehen.

– Jetzt bleibt sie also zu Hause bei Nacht, sagte er. Seine Stimme war ein langer Blitz, der ins Zimmer geschleudert wurde.

Inna schnappte nach Luft. Ein Gefühl überkam sie, etwas Altes, irrsinnig Vertrautes. Sie fühlte, dass alles um sie herum zerfiel, wie eine Blume, wenn sie ihre Kronblätter loslassen muss. Für einen Moment gelang es ihr zu spüren, dass sie davonkommen wollte. Wie ungeheuer stark sie es wollte. Könnte sie sich bloß aus ihrem Leben davonstehlen. Könnte sie bloß die Andere sein. Die Andere, die es vielleicht in Wirklichkeit nie gegeben hatte, es sei denn als Hoffnung, als Aufflackern. Sie spürte, wie sie festgenagelt wurde. Genau hier. Und der Atem war deutlich zu hören. Es war, als würde jemand nach ihr greifen und sie zurückführen. Schritt für Schritt. Wie sie es ganz und gar nicht wollte, und es half nichts.

– Aber du gehörst mir, ließ Knövels Stimme sich wieder vernehmen. Zu mir sollst du kommen.

Die Kronblätter fielen nicht. Sie wurden abgerissen. Ein irrsinniger Wind, ein peitschender Regen.

Sie besaß keine Worte. Sie wurde rückwärts gedreht und sollte da tanzen, hart, ruckartig.

Seine Hand schloss sich um ihren Arm, und vor Entsetzen blieb sie da. Sie konnte sich nicht wehren, sie war in ihrem Schicksal gefangen, dem alten, stinkenden. Sie kannte jeden Schritt in diesem Schicksal. Über ihre Lippen kam kein Wort, kein Laut. Sie ließ sich mitschleifen, aber rückwärts, im Widerstand gekrümmt, ins Heu, in den Geruch.

Da war der ekelhafte Mund. Und die Hände um ihre Handgelenke. Abwärts, abwärts. In ihrem Inneren konnte sie Aron nicht bitten, nicht rufen. Denn dies durfte er weder sehen noch ahnen, nicht einmal in einem unruhigen Traum in der Nacht. Dies musste draußen bleiben, von ihm fern gehalten werden, nicht einmal in ihrem Inneren durfte er sie schützen, nicht erinnern durfte sie sich an eine andere Art von Händen, eine andere Berührung.

– Für mich wurdest du aufgespart, Inna, hörte sie Knövel keuchen. Für mich, für keinen anderen, keinen verdammten Pferdehirten. Für mich, Inna, hier, hier.

Hinterher kroch sie wie ein Tier auf allen vieren hinunter zum Stall. Vielleicht hätte sie gehen können. Oder rennen. Aber sie kroch. Unten schleppte sie sich in eine Ecke, neben die alte Geiß. Es wurde hell. Keine Dunkelheit barg sie. Sie sollte wach sein, leben. Der Tag stieg steil durch die schmutzigen kleinen Fensterluken, ein Todesgrau, ein Weißgrau. Sie zwang sich, die Ziegen und die Kuh zu melken, ließ sie aber nicht ins Freie. Sie wollte, dass sie bei ihr blieben, dass sie den kleinen Raum zusammen mit ihr ausfüllten, damit sie nicht im Weiten verloren ging. Der Schrecken steckte im Licht. Er steckte in allem, was sichtbar war, in allem, was die Welt war, was der Fall war. Jeden Winkel leuchtete er aus mit seinem Knochenlicht. Sie hielt sich dicht an die Tierleiber. Sie könnte eins davon werden. In sie einsickern.

Lurv kehrte allein zurück. Eines Abends stand er bellend vor Helgas und Salomons Haus. Das Fell war struppig von Eis und Schnee, und er hinkte stark auf einem Bein. Helga ließ ihn in die Wärme hinein, und er legte sich sogleich mit einem schweren Seufzer auf den Boden. Schaute mit braunen Augen die Hauswirte an und konnte nichts erzählen.

Eine Woche war vergangen, seit Aron nach Malgo aufgebrochen war. Es war Oktober und bereits kalt. Schnee lag in den Birkenkronen, wo noch vereinzelt herbstgelbe Blätter hingen. Sie schimmerten durch. Es wirkte irgendwie verkehrt.

– Was machst du hier, Hund?, sagte Helga. Was machst du hier ohne deinen Herrn?

Auffordernd blickte sie Salomon an, der am Herd saß und rauchte.

– Sag doch was!, forderte sie ihn mit einer Stimme auf, die ins Falsett rutschte.

– Aber was soll ich denn sagen? Es ist etwas passiert, Helga. Das ist uns doch allen beiden klar.

– Aber dann müssen wir doch was tun!

Helga schrie. Sie stand mitten im Raum und schrie.

– Wir müssen doch um Gottes willen irgendwas tun!

Salomon barg das Gesicht in den Händen. Als er es nach einer Weile hob, sagte er:

– Es ist bald Nacht. Der Hund hinkt. Er ist völlig erschöpft. Morgen gehe ich mit ihm und lasse mich hinführen. Du weißt genauso gut wie ich, dieser Hund verlässt Aron nicht, er lässt ihn nicht zurück, wenn er verletzt ist. Aber ich werde morgen früh mit ihm gehen.

– Morgen! Morgen! Helga war außer sich. Morgen ist er tot, wenn er mit gebrochenem Bein im Wald liegt.

– Wenn Lurv nach einer Weile unruhig wird, gehe ich noch heute Nacht mit ihm, Helga.

Lange sah Helga ihren Mann an. Dann zog sie sich aus dem Lichtkreis zurück, lehnte den Kopf gegen die Wand und weinte lautlos.

– Es war wie ein Fluch über dieser Reise, stammelte sie. Es war wie ein Unglück. Ich wollte nicht, dass er geht. Erinnerst du dich? Ich sagte, aber warum fährst du nicht lieber nach Racksele? Es war wie verhext mit dieser Malgofahrt. Und wozu musste er dahin? Was hatte er in Malgo zu tun? Weißt du, Salomon, als er am Dienstag von hier wegging, da dachte ich, diesen Mann sehe ich nie wieder. Gott verzeih mir, Salomon, aber das habe ich gedacht.

Während sie sprach, hämmerte sie mit dem Kopf gegen die Wand. Salomon blieb am Herd auf seinem Schemel sitzen, schwer und betrübt. Lurv schlief und wimmerte im Schlaf, die Pfoten zuckten unter ihm.

– Helga, sagte Salomon. Du machst uns verrückt. Hör auf mit diesem Hämmern, du schlägst dir noch die Stirn ein. Komm, setz dich her. Wir müssen die Kinder in Ruhe schlafen lassen.

Eine Weile saßen sie still beieinander, bevor sie ins Bett krochen und zu schlafen versuchten.

Früh am nächsten Morgen brach Salomon mit Lurv auf. Er holte die Skier, die den Sommer über verstaut gewesen waren, und packte Proviant für mehrere Tage ein.

– Jetzt wirst du mich hinführen, murmelte er dem Hund zu, als es losging. Jetzt wirst du mich hinführen, du stummes Geschöpf.

Es war ein Grauwettertag mit spärlichem Licht. Streckenweise musste Salomon die Skier tragen, wenn der Weg durch den Wald führte, und immerzu auf Steine und Wurzeln achten, die aus der dünnen Schneedecke aufragten. Gegen Nachmittag waren sie am Arawasser angelangt, wo die Kirchspiele von Malgo und Racksele aneinander grenzen. Und dort wollte der Hund hinauf aufs Eis. Salomon folgte ihm zögernd auf Skiern, prüfte und schlug mit den Stäben. Deutlich fühlte er, dass er nicht hinaus wollte, nicht sehen wollte. Und wie konnte Aron so unvernünftig sein, dass er sich schon im Oktober auf einen See wie diesen hinausbegab?

Nach ein paar hundert Metern landauswärts blieb Lurv stehen. Da war die Wake, groß und brüchig. Das Wasser darin war in der vergangenen Nacht gefroren. Wie eine Wunde mit schwarzem Schorf, darunter unruhig das Wasser. Neben der Wake lag Arons Rucksack, von Raureif überzogen. Vielleicht hatte der Hund ihn geschnappt, beim Versuch, Aron herauszuziehen?

Salomon ließ sich auf Skiern in die Hocke nieder. Lurv winselte laut und raste Runde für Runde um die Wake. Aron!, wollte Salomon rufen. A-R-O-N!, wollte er über all das frische Weiße, Stumme hinausbrüllen. Doch er blieb in der Hocke sitzen und schaukelte lange, lange. Schaukelte, die Arme um den Körper geschlungen und den Ruf wie eine Schnittwunde in seinem Inneren. Dann griff er nach dem Rucksack und zog ihn zu sich heran. Er war hart gefroren, ein Klumpen von Kälte.

Langsam verschlang die Dämmerung die Landschaft und löschte alle Linien aus. Müde hängte er Arons Rucksack über die Schulter und machte dem Hund ein Zeichen, ihm nach Hause zu folgen.

Ich bin noch hier. Es ist leicht. Einfach nur hier zu bleiben. Heute friere ich. Ich wage nicht, Feuer zu machen, denn am Vormittag habe ich Motorschlitten in der Ferne gehört. Menschen.

Der Himmel ist tiefblau, die Sonne steht pulsierend daran. Jetzt triefen die schneebedeckten Bäume von ihrem Gold. Eine Sonne, die Kälte ausstrahlt, hat etwas Beängstigendes, das habe ich immer so empfunden. Die Kristalle feuern spitze kleine Schüsse in meine Augen ab. Hier bei Inna war kein Thermometer zu finden, aber ich spüre die Kälte, sie ist schneidend und gefährlich.

Du bist zurückgekehrt, in meinen Träumen. Warum zählen die Träume nicht, warum sind sie nicht wirklich? Dein Gesicht ist mir so ungeheuer nahe gekommen, als wäre ich darin eingetreten. Oder als hätte es sich mir übergestülpt. Mehrere Nächte hintereinander bist du bei mir gewesen, aber noch haben wir nicht miteinander geschlafen. Im Inneren des Traums warte ich darauf.

Was ein Mann ist oder sein kann, habe ich erst spät im Leben begriffen. Es gab Hindernisse, vermute ich. Schmutz. Störungen. Vielleicht habe ich genauso wenig gewusst, was eine Frau ist oder sein kann. Ich habe keinen von beiden gesehen. Weder Adam noch Eva. Und nicht den Garten Eden, die Frucht, die Schlange. Vielleicht hast du mir etwas über diese Dinge zu sagen versucht. Ich habe es trotzdem nicht verstanden, wusste wohl nicht, wovon du sprachst.

Aber jetzt. Im Traum sehe ich mit solcher Erwartung unserer

Vereinigung entgegen. Eine Frau, die noch wartet, verliert niemals ihre Jungfräulichkeit, hast du das gewusst? Es mag sonderbar klingen, aber ich weiß, dass es wahr ist. Wie gern würde ich jetzt mit dir schlafen, wo ich zu wissen glaube, was eine Frau ist, was sie von ihrem Mann will.

Viele Jahre bin ich im selben Trott gelaufen und habe die Tage kommen und gehen lassen. Bestimmt habe ich alles Mögliche gemacht, aber ich könnte kaum sagen, was. Die Kinder groß gezogen, gearbeitet, Häuser eingerichtet und sie wieder verlassen. Die Katzen haben Junge gekriegt, der Hund ist gestorben. Ich weiß nicht. Ich weiß wirklich nicht. Irgendwann habe ich mich verliebt. Und bin gestochen worden. Dann habe ich mich zurückgezogen.

Es ist etwas Seltsames mit der Zeit. Wie lang sie ist, und wie kurz. Nein, die Zeit kann ich nicht verstehen. Aber ich habe Respekt vor ihr bekommen. Unerbittlich wie nichts anderes bewegt sie sich auf ihr Ende zu. Langsam führt sie mich aus mir selbst heraus. Und sie hinterlässt kleine Zeichen, kleine Abdrücke im Fleisch, in der Haut. Ich werde mehr und mehr meiner Mutter ähnlich, die schon so lange tot ist. Mit einem sonderbaren, etwas trockenen Gefühl der Fremdheit muss ich feststellen, dass ich jetzt bin wie sie. Das Kind, das seine Mutter sieht. Die Kindmutter. Die auch sie gewesen ist. Kindmutter. Aber du bist unberührbar, sogar von der Zeit. Du hast an einem Punkt innegehalten, und da bist du geblieben und hast aufgehört. Man könnte sagen, du bist da, obwohl das nicht stimmt, denn du bist nicht.

Letzten Sommer habe ich in weiter Ferne einen Bussard beobachtet. Ein kleiner schwarzer Punkt mit ausgespannten Flügeln. Mitunter schien er für eine Weile in den Wolken zu verschwinden. Ich sah, wie er rüttelte, eine mikroskopische Schwingung nur im Luftmeer. Er war so weit weg und so hoch oben, dass ich immerzu dachte, eigentlich dürfte ich ihn nicht sehen. Und wie konnte ich wissen, dass es ein Bussard war? Wie konnte ich die Schwingung in seinem Körper erkennen? Ja, ich sah es, es war so.

Meine Gedanken haben ihren Biss verloren. Sie bekommen

nichts zu fassen, stochern nur herum, stochern herum. Heute, als ich von fern die Motorschlitten hörte, habe ich mir gesagt, ich sollte hier weggehen. Aber dann war es wieder still. Ich weiß nicht, was der nächste Schritt sein wird. Stattdessen löst sich alles auf, und dann denke ich wieder, ich sollte hier weggehen.

Ich habe nicht in Innas Sachen herumgeschnüffelt. Aber heute, als ich fror, habe ich ihre Truhe und Kommode auf der Jagd nach einer weiteren Decke durchsucht. Und da fand ich ein merkwürdiges schwarzes Kruzifix, offenbar aus Eisen. Es war kein kleines Kruzifix, das man um den Hals trägt, sondern ein größeres, so eins, wie sie in kleinen irischen Pensionen an der Wand hängen. Ich konnte mich nicht zurückhalten, ich hob es hoch, hielt es fest zwischen meinen Handflächen, so dass all das Scharfe in meine Haut schnitt. Auf einmal erfüllte mich ein starkes Gefühl. Von Wirklichkeit. Harte, wahre Wirklichkeit. Realität. Nach geraumer Zeit legte ich das Kruzifix wieder an seinen Platz in die Schublade. Aber ich vermute, heute Nacht werde ich es beim Schlafen zwischen den Händen halten. Man kann die Schlüssel zum Leben besitzen, die Schlüssel dazu, wie man lebt. Aber man muss die Tore kennen, in die sie passen. Dann geht man mit dem schweren, klappernden Bund herum und probiert die Schlösser. Ich habe solche Angst, ich könnte aufgeben. Der Faden, an dem das Leben hängt, ist aus dünnster Seide. Der Faden alles Lebendigen. Deshalb vibrieren die Tiere in unaufhörlicher Aufmerksamkeit. Die Haut, das Zucken. Die schnellen Kehrtwendungen. Etwas wie elektrische Hitze strömt von ihnen aus. Gelingt es einem je, den Blick des wilden Tieres zu fangen, ist es, als würde man dem Leben begegnen, unverhüllt. Allem entkleidet, wogegen wir uns schützen wollten. Eine eigentümlich vertraute Melodie.

Ich habe den Tod nicht erkannt, ehe es zu spät war. Aber du hast gesehen. Wie das wilde Tier sieht, hast du gesehen. Und wusstest, man konnte es nicht aussprechen, es gab keine Sprache dafür. Es lebte in Muskeln und Sehnen, tief in Gängen und Passagen, in Nerven und Schwingungen.

Ich hatte mich in der Zeit versteckt wie in einem Nest. Jetzt spüre ich, wie es stürmt, wie der Wind den Baum schüttelt. Und das Nest schaukelt mit. Langsam lerne ich, ich, die glaubte, alles zu wissen.

Wenn mein Gedanke Finger bekommen hat, einen Zugriff, werde ich von hier verschwinden. Ich werde gehen, wieder in mein Leben hinein. Das ist es, was ein Mensch tun muss.

Es dauerte noch bis zur Adventszeit, ehe Helga und Salomon sich nach Nattmyrberg aufmachten, um Inna von Arons Unfall zu berichten. Sie hatten es hinausgezögert, weil sie noch hofften. Solange niemand seinen toten Körper gefunden hatte, konnte er noch leben. Aber als die Wochen ins Land gingen, starb die Hoffnung. Er kam nicht, wie sehr sie auch nach seiner Stimme lauschten, nach seinen Schritten. Und Inna beunruhigte und quälte sich bestimmt da oben.

Sie hatten eine Aushilfe für die Kinder und das Vieh besorgt, denn sie rechneten damit, in Nattmyrberg zu übernachten. Auf dem Weg dorthin war der Schnee noch ungebahnt, und das Tageslicht reichte nicht weit.

Aber als sie von der Malgostraße abgebogen waren und auf den Winterweg nach oben hinaufkamen, war der Schnee doch schon fest. Jemand musste im Winter hinaufgefahren sein. War es Inna? Soweit sie wussten, war sie nicht im Dorf gewesen. Sie hatten zu Olofsson und auch zu einigen anderen gesagt, falls Inna käme, sollte man sie geradewegs zu Helga und Salomon schicken. Kein Wort über Arons Schicksal durfte durchsickern.

Es dämmerte bereits, als sie die Gebäude von Nattmyrberg auftauchen sahen. Keiner von ihnen war je dort gewesen, aber sie wussten ja, wo sie waren, dass sie am Ziel waren.

Sie nahmen die Skier ab und steckten sie vor dem Wohnhaus in den Schnee. Einen Moment trafen sich ihre Augen, ehe sie zur Tür hinaufstiegen. Salomon öffnete sie und rief zugleich Gut'n Abend, so laut er konnte.

Es brannte ein Feuer im Herd drinnen in der Stube, und sogleich entdeckten sie Knövel, der dasaß und an einem Holzstück herumschnitzte. Er fuhr zusammen und starrte auf die Leute, die eintraten. Besuch in Nattmyrberg war etwas Ungewöhnliches, erst recht zu dieser Jahreszeit.

– Gut'n Abend, brachte er krächzend hervor.

Salomon erklärte rasch, wer er war und wer Helga war und fragte, ob sie hereinkommen dürften. Der Alte machte eine kaum merkliche Kopfbewegung. Seine Gedanken wirbelten herum, misstrauisch, besorgt. Ging es um Grund und Boden?, dachte er. Ging es um Besitz, um Grenzen? Oder war es etwas Religiöses?

Helga spähte in allen Ecken nach Inna, doch sie war nicht zu sehen. In der Kammer brannte kein Licht.

– Ja, es wundert ihn wohl, weshalb wir hier in der Dunkelheit ankommen, denk ich mir, sagte Salomon.

O ja, dachte Knövel. Aber er sagte nichts. Rück schon raus damit!

Salomon sah sich länger in der Stube um.

– Ja, wir kommen nicht wegen ihm, Vadder. Es geht um Inna. Wir möchten mit Inna reden.

– Inna, rief Knövel aus. Dann schwieg er.

Es folgte eine Pause.

– Ist sie nicht zu Hause?, hakte Salomon schließlich nach.

Knövel blickte von dem Holzstück auf, an dem er hantierte, und sah mürrisch zuerst zu Salomon hin, dann zu Helga.

– Im Stall, sagte er. Die Hure ist im Stall.

Helga und Salomon wechselten einen Blick.

– Aber dann kommt sie doch bald wieder?, probierte es Helga.

Der Alte legte ein Scheit ins Feuer, antwortete nicht.

Wieder sahen sie einander an. Helga schnitt eine Grimasse und deutete mit der Hand auf die Tür.

Der Pfad hinunter zum Stall war ausgetreten. Der Eingang führte durch eine Tür in der Scheune. Salomon klopfte an, bevor er sie öffnete. Aber dann ließ sie sich nicht öffnen.

– Inna!, rief er. Hier sind Salomon und Helga, Arons Hauswirte. Dürfen wir hereinkommen?

Von drinnen waren Bewegungen zu hören. Und Tiere, die blökten und sich rührten. Dann wurde die Tür einen Spalt weit geöffnet, und da stand Inna. Sie zog sich sofort einen Schritt zurück, als sie die beiden sah, und Salomon drückte die Tür auf.

– Dürfen wir hereinkommen?

Sie nickte und wich noch einen Schritt zurück.

Auch hier drinnen brannte ein Feuer im Herd. Die Schafe und Ziegen starrten sie an, und die Kuh drehte ihren großen Kopf. Salomon schloss die Tür und schob den Riegel wieder vor.

– Gut'n Abend!, sagte er.

– Gut'n Abend, Inna, sagte Helga.

– Gut'n Abend, sagte Inna dünn. Sie war sehr bleich, und aus ihren Augen leuchtete die Angst.

– Dürfen wir uns irgendwo setzen?, schlug Salomon vor.

Sie hockten sich auf Holzklötze und Schemel, was eben da war. Helga kramte im Rucksack und fischte die Kaffeetüte heraus.

– Wir dürfen uns doch Kaffee kochen, fragte sie, und ein bisschen was zu Abend essen?

Inna nickte und schob ihr den Kessel hin.

– Es geht um Aron, sagte Salomon. Wir kommen mit dem, was am schwersten zu sagen ist.

Es fuhr wie ein Beben durch Inna. Und jetzt hefteten sich ihre Augen auf Salomons Gesicht, sie wichen nicht. Salomon holte tief Luft.

– Aron ist draußen auf dem Arawasser im Eis eingebrochen, als er auf dem Heimweg von Malgo war.

Jetzt war es still in dem kleinen Stall. Helga zwang ihre Hände, Wasser und Kaffee in den Kessel zu füllen und den Deckel zurechtzurücken. Sie zwang sie, das Brot hervorzuholen, den Speck, die gekochten Kartoffeln, und sie auf dem Herdrand aufzureihen.

– Malgo?, flüsterte Inna.

– Ja, er ist doch nach Malgo gefahren, sagte Helga, und jetzt kramten ihre Hände noch eifriger in dem Sack. Sie zog ein Päckchen heraus und reichte es Inna.

– Hier!, sagte sie. Hier, Inna! Er war in Malgo, fuhr sie fort, um Besorgungen zu machen.

Doch nun brach Helga in Tränen aus. Die Hand, die das kleine Päckchen hielt, zitterte so, dass Salomon es nehmen und Inna auf den Schoß legen musste.

– Das ist für dich, sagte Salomon. Von ihm. Von ihm…

Inna starrte auf das Päckchen, dann auf Helga und Salomon.

– Er ist tot, flüsterte sie. Er ist tot.

In diesem Moment begann ihr Unterkiefer zu zittern und zu klappern, obwohl sonst alles vollständig still war.

– Oh, mein liebes Mädchen, sagte Helga und umfasste sie. Mein liebes, liebes Mädchen, welch eine traurige Botschaft müssen wir dir bringen.

Salomon musste sich um den Kaffee kümmern. Helga hielt Inna in den Armen, und jetzt weinten sie alle beide, auch Inna war in Tränen aufgelöst.

– Du musst in das Päckchen schauen, schluchzte Helga. Da liegt der Ring. Und ein Stoff. Er hat für die Hochzeit eingekauft. Gott weiß, wieso er nach Malgo fuhr, wo er doch nach Racksele hätte fahren können. Aber nun ist er nach Malgo gefahren, und sein Hund kam allein zurück, und Salomon ist ihm zur Wake gefolgt, und da lag der Rucksack auf der Eiskante, ja, der hatte auch im Wasser gelegen, der Hund hat ihn wohl rausgezogen… Ja, dass Gott sich erbarme, kleine Inna, was für ein Unglück…

Salomon schenkte für alle drei Kaffee ein. Dann füllte er die Becher mit Branntwein auf, den er in einer Taschenflasche im Mantel gehabt hatte.

– Trinkt jetzt den Kaffee, sagte er.

Die beiden Frauen ließen einander los. Salomon deutete auf die Becher, und so nahmen sie jeder einen. Eine Weile schlürften sie den heißen Kaffee.

– Du hast was Starkes in den Kaffee getan, sagte Helga, nachdem sie etwas getrunken hatte.

– Ja, das hab ich, gab er zurück. Trinkt jetzt. Wir haben es nötig. Und hier... Er reichte ihnen vom Brot.

– Esst jetzt und trinkt. Es ist schwer, das alles. Auch für uns ist es traurig, musst du wissen, Inna. Wir hatten Aron lieb. Es war etwas Besonderes mit ihm. Und wir waren so froh, dass er eine Frau gefunden hatte.

Inna schlürfte den Kaffee. Sie aß nichts. Ihr Blick war heiß und fremd. Hin und wieder durchlief es sie wie ein Fieberschauer.

– Wir werden dir alles berichten, sagte Helga. Wenn du willst, werden wir alles berichten, was wir wissen.

Dann saßen sie schweigend da, aßen und tranken. Die Tiere hatten sich wieder niedergelegt, Inna schob mechanisch neue Holzscheite in den Herd. Im Übrigen saß sie starr und regungslos da, als hielte sie etwas fest, etwas, das nicht verschoben werden, nicht aus seiner Lage geraten durfte. Helga beobachtete sie.

– Du wohnst also im Stall?, fragte sie vorsichtig.

Inna nickte kurz.

– Ihr seid euch also nicht gut, dein Vater und...?

Wieder war es eine Zeit still.

– Aber wir dürfen doch über Nacht hier bleiben, Salomon und ich? Uns nur ein wenig ausstrecken?

– Ja, flüsterte Inna.

Sie richteten sich Schlafplätze im Heu. Helga lag nah bei Inna und hielt sie umarmt.

– Wir werden ein andermal weiterreden. Und wir wollen dir die Sachen geben, die ihm gehörten, Aron. Aber wir haben sie jetzt nicht dabei. Und der Hund, vielleicht magst du den Hund hier oben bei dir haben? Später kannst du zu uns nach Krokmyr kommen. Oder wir kommen wieder herauf. Ich sehe ja, dass du im Frühjahr hier Hilfe brauchst. Du erwartest ein Kind, Inna, so ist es doch?

Inna drückte sich an Helga, ganz fest. Helga spürte, wie ihr Körper sich vor Schmerz krümmte.

– Du wirst ein feines Kind von ihm bekommen, sagte sie und strich Inna über die Silberhaare. Ein feines, kleines Kind.

Peter Stamm
Agnes
Roman
btb 72550

btb
Aus Freude am Lesen

Peter Stamm

Eine moderne Liebesgeschichte vom Glück, das im Detail liegt, und von der Nähe, die zwei Menschen trennt.
»Eine der schönsten Geschichten, die in letzter Zeit ein junger Schweizer geschrieben hat.« *DIE ZEIT*

Peter Stamm
Blitzeis
btb 72750

btb
Aus Freude am Lesen

» ›Blitzeis‹ gehört zum Bemerkenswertesten, was man gegenwärtig in der deutschen Sprache lesen kann.«
Neue Zürcher Zeitung
Hochgelobt vom Literarischen Quartett und wochenlang auf der SWR-Bestenliste.